IL LUSSO DELLA MORTE

UN THRILLER DI KATERINA CARTER

COLLEEN CROSS

Traduzione di
IRENE APRILE

SLICE PUBLISHING

Il Lusso della Morte

Un Thriller di Katerina Carter

Colleen Cross

ISBN: 978-1-990422-07-2

Slice Thrillers

IL LUSSO DELLA MORTE: UN THRILLER DI KATERINA CARTER

A volte è meglio lasciare il passato sepolto…

Il viaggio di Katerina Carter, investigatrice specializzata in frodi, alla volta di un'isola remota, porta alla luce un misterioso culto degli anni Trenta, passaggi segreti e voci riguardo a un tesoro nascosto. I segreti arcani della Fondazione Acquariana sono persi nelle sabbie del tempo, ma un crimine sinistro giace in quelle acque profonde.

Kat scopre una verità terrificante, una che il killer vuole proteggere a ogni costo. Svelare il segreto indurrà l'assassino a colpire ancora e solo lei può fermarlo. Se sarà fortunata riuscirà a uscirne viva, ma se la sua fortuna fosse esaurita?

Un legal thriller psicologico affascinante che vorrete leggere con le luci accese!

CAPITOLO 1

Frank sedeva nella cabina e guardava indietro verso la scia lasciata dalla barca. La giornata era perfetta. Il sole era splendente, la brezza forte e il traffico marittimo era quasi del tutto assente. Era la giornata ideale per una traversata in direzione dell'isola di Vancouver attraverso lo stretto di Georgia. Un giorno perfetto per un nuovo inizio. Dopo mesi di preparazione, la fine era finalmente in vista.

Gettò un'occhiata verso Melinda, che prendeva il sole sul ponte. Era stesa a pancia in sotto sul suo telo da mare. Le cosce increspate e pallide contrastavano con la schiena bruciata dal sole, che diventava un tutt'uno con gli shorts rossi. Era immobile, priva di sensi o ignara. Non era sicuro di quale delle due.

Aveva un aspetto orribile, con la bruciatura o senza, ma di lì a poco non avrebbe più avuto importanza. Dopo la nascita di Emily si era davvero lasciata andare e si era perfino rifiutata di fare esercizio o stare a dieta. Non riusciva nemmeno a ricordare quando l'avesse vista con gli shorts l'ultima volta. Di solito indossava t-shirt sformate, pantaloni da ginnastica, e niente trucco, cosa che, francamente, era un miglioramento rispetto agli shorts. La donna che aveva sposato sette anni prima era una sciattona che non aveva alcun desiderio di compiacerlo. Ne aveva abbastanza.

La sua situazione era intollerabile a causa dell'egoismo di sua moglie. L'aveva costretto ad agire. Era un peccato essere arrivati a tanto, ma era colpa sua. L'aveva pianificato per mesi. Ora doveva solo mettere in atto il piano.

La sua vita stava per compiere una svolta decisiva. Sorrise e immaginò l'indomani. Le possibilità erano infinite.

In effetti gli piaceva ancora Melinda, una cosa sorprendente. Come moglie aveva avuto un sacco di carenze e lui meritava di più. Ma poteva farlo davvero? Certo che poteva. Se non l'avesse fatto, non avrebbe avuto da incolpare altri che sé stesso per la sua esistenza miserabile. Non aveva intenzione di giocare a quel gioco. Tutto quello che doveva fare era attenersi al piano.

Solo le persone deboli agivano guidate dai sentimenti, ed era una cosa che non cessava mai di divertirlo. La maggior parte delle persone lasciava che le emozioni regolassero le loro azioni. Questo faceva sì che prendessero pessime decisioni e diventassero bersagli facili. Lui non era prigioniero delle sue emozioni. Era un maestro di logica, aveva il suo destino sotto controllo. Non era così ingenuo da non sapere quando andare avanti.

Si era quasi rassegnato a gettare via la sua vita, ma finalmente aveva visto la luce. Aveva sposato la vecchia Melinda, non quella versione sciatta. Era arrivata l'ora di un cambiamento, uno permanente. Nessun divorzio complicato o battaglia per la custodia. Se solo gli avesse prestato più attenzione e non lo avesse costretto ad agire. Nel giro di qualche ora, Melinda non avrebbe più provato niente.

Era stata la sua seconda scelta su un sito di appuntamenti. Le scelte erano limitate, ma lui non poteva farci molto. Si era sposato in un momento di debolezza quando lei l'aveva incastrato restando incinta. Un impegno oneroso, ma uno a cui poteva porre fine adesso, impunemente. Poteva ricominciare con la sua vita e salvare il suo futuro. Tutto quello che doveva fare era portare avanti il piano. Il solo pensiero di una nuova prospettiva di vita gli dava energia.

"Tesoro? Non pensavo che avrebbe fatto così caldo qui fuori. Ho sete." Lei sorrise e si schermò gli occhi con la mano.

Lui sorrise di rimando. "Ti prendo da bere." Un'opportunità perfetta. Aprì il contenitore termico e tirò fuori le bottiglie con il drink preparato in precedenza. Lo versò in un bicchiere e aggiunse il ghiaccio. Privo di sapore, privo di odore, non si sarebbe accorta di nulla.

Camminò lentamente verso di lei cercando di fermare la sua mano tremante. Si chinò e la baciò sulla guancia posando il bicchiere accanto a lei.

"Grazie, tesoro. Vorrei che avessi fatto delle foto della nostra nuova casa. Non vedo l'ora di vederla."

"Ero così concentrato sul chiudere l'affare che me ne sono dimenticato. La vedrai presto." Melinda sapeva solo quello che lui le aveva detto. Era lui a gestire le loro finanze e lei non aveva idea che non ci fosse alcuna casa, alcun nuovo lavoro. In realtà erano al verde. Aveva sperperato l'eredità di Melinda, e i suoi genitori danarosi in realtà non esistevano.

Lo aveva costretto ad agire prima del previsto rimanendo di nuovo incinta. Non pianificato, proprio come la volta precedente. Lo faceva davvero incazzare. La sua noncuranza l'aveva costretto ad agire con alcuni mesi di anticipo, il che significava che non aveva avuto davvero il tempo di mettere tutto in moto.

Poteva improvvisare, purché stesse attento. Il tempismo non era perfetto, ma prima si fosse occupato di tutto, prima la sua nuova vita sarebbe iniziata. Sentì un brivido di eccitazione mentre immaginava la sua nuova libertà.

Aveva programmato tutto fin nei minimi particolari. Anche i pianificatori meticolosi si facevano beccare, ma lui era più intelligente della maggior parte della gente. Nei programmi sui crimini reali, le persone inevitabilmente dimenticavano qualche piccolo dettaglio, una fibra di tessuto o un pelo. O un amico sospettoso. Lui era più furbo di loro, non avrebbe commesso errori.

Inoltre aveva un enorme vantaggio che la maggior parte delle persone non ha. Melinda non aveva fratelli o sorelle. I genitori erano morti entrambi in un incidente d'auto cinque anni prima e non aveva altri parenti stretti. Aveva pochi amici e non conoscevano nessuno dei loro vicini nel palazzo.

Sua moglie era già stata dimenticata dai colleghi. Aveva lasciato il suo lavoro a salario minimo nel commercio qualche mese prima, dietro sua insistenza. Nessuno aveva mai chiamato né era andato a farle visita. Melinda era una persona priva di importanza in un mondo privo importanza. I pochi amici e i conoscenti l'avrebbero dimenticata presto dopo il tragico incidente.

Questa volta sarebbe morto anche il marito. Un marito morto non può certo essere sospettato.

Aprì la scatola per i pesci e controllò il gommone e la pompa per l'ennesima volta. Luci, camera, azione. Mesi di attenta preparazione lo avevano ricompensato con una giornata di luglio senza nuvole e le condizioni di marea perfette per portare avanti il suo piano. La sua barca da quattordici piedi era appena adeguata per andare in mare, ma andava bene per navigare in acque tranquille. Lo stretto tra Vancouver e Vancouver Island era ragionevolmente calmo in estate quindi non si aspettava di avere problemi. Aveva comprato la barca mesi prima e avrebbe voluto non doverla dare alle fiamme. Tuttavia ogni deviazione dal suo piano attento l'avrebbe fatto affondare. Ma se si fosse attenuto al piano, avrebbe potuto comprare dozzine di barche migliori con cui rimpiazzarla.

Lo stretto di Georgia era animato dal traffico estivo, come in una costante ora di punta marittima, fatta di piccole imbarcazioni da di porto e grandi battelli passeggeri che facevano la spola tra la terra ferma e l'isola mentre residenti e turisti navigavano avanti e indietro. Il vento estivo era pungente ma piacevole, rinfrescava dal caldo che aveva avvolto la costa per tutta la settimana. Frank mantenne la rotta leggermente a sud, lontano a sufficienza dalle barche commerciali da non attirare l'attenzione. Erano già a metà della traversata dello stretto verso la destinazione, Victoria.

Almeno era quello che aveva detto a Melinda. Non c'era alcun nuovo lavoro o nuova casa a Victoria, ma Melinda non lo sapeva. Fin lì tutto bene. Era una bella giornata per il nuovo inizio che aveva pianificato per mesi.

Era il suo mantra per la sua nuova vita. I mantra e le affermazioni continuavano a spingerlo verso il suo obiettivo finale. Aveva vissuto una menzogna per anni, ma era una menzogna necessaria. Era stato paziente e ora poteva praticamente assaporare la libertà. Ancora poche ore e sarebbe stata sua.

Aveva seminato per un futuro di successo. Era arrivato il momento del raccolto.

Un giorno perfetto di luglio.

Il primo giorno del resto della sua vita.

Era un cliché ma era vero. E non vedeva l'ora di iniziare quella nuova avventura. Tastò la tasca dei pantaloncini coi tasconi, sentendo la bozza rassicurante dei suoi nuovi documenti. Passaporto, patente e carte di credito a limite elevato pronte per essere usate. Contraffatte, naturalmente. Le aveva già testate un paio di giorni prima. Era tutto quello di cui aveva bisogno per sistemarsi nella sua nuova vita.

Frank e Melinda avevano traslocato dal loro appartamento in affitto a Vancouver e avevano messo i mobili in un magazzino, visto che la nuova casa temporanea a Victoria era completamente arredata. L'avevano subaffittata da un insegnante che era via per un anno sabbatico in India. Era lo stesso insegnante di cui Frank avrebbe preso il posto per quell'anno. Doveva cominciare a settembre. O almeno era quello che pensava Melinda. Era tutta una gigantesca favolosa bugia a cui lei aveva abboccato come un pesce lesso. Finalmente il suo piano era in atto.

La verità era molto diversa. Non c'era alcun trasloco, almeno non per Melinda. Era il bello di un trasferimento per lavoro. Aveva finto che l'amministrazione a scuola si fosse presa cura di tutti i dettagli e che non ci fosse stato abbastanza tempo per consultare Melinda. Lei avrebbe potuto immergersi nelle minuzie quando fosse arrivata a Victoria, così le aveva detto. Purtroppo per lei, non ci sarebbe mai arrivata.

Ma prima si sarebbero goduti un ultimo giorno in barca.

Era stato estenuante ma, fino a quel punto, tutto era andato secondo i piani. I vicini, che non conoscevano davvero—se ne era assicurato lui—avevano scoperto solo ieri del loro trasferimento, quando aveva caricato il furgone con le loro cose destinate al magazzino. La bambina, Emily, di quattro anni, era troppo piccola per andare a scuola e non era andata all'asilo, visto che Melinda aveva lasciato il lavoro. Nessuno nella loro ristretta cerchia di conoscenze avrebbe notato la loro assenza lunedì mattina.

Melinda sapeva solo quello che lui le aveva detto, ed era stato parco sui dettagli di proposito. Lei aveva creduto a ogni cosa, non importava quanto oltraggiosa. Era stupida in modo bovino e fiducioso.

O forse non era così stupida. L'aveva incastrato con la gravidanza, sapendo che lui non voleva bambini e non ne avrebbe mai voluti. Lo aveva ingannato, ma anche lui conosceva qualche trucco.

Melinda gli aveva tarpato le ali. Gli aveva impedito di sviluppare il suo vero potenziale ed era ora di cambiare le cose. Solo che il cambiamento non includeva una nuova città e un lavoro da insegnante. Non prevedeva una nuova scuola e certamente non una nuova casa completamente arredata in cui trasferirsi. Tutta la faccenda era una bugia, una bugia necessaria. C'era voluto molto lavoro per arrivare a quel punto, soprattutto perché aveva dovuto mettere in azione il piano mesi prima di quanto previsto. Tutto a causa di Melinda.

Mai guardare indietro.

Il suo piano stava andando come aveva stabilito. *Aveva il potere di cambiare la sua vita adesso. Proprio in quel momento, come aveva detto il seminario. Aveva quello che serviva per avere successo. Dipendeva tutto da lui.*

Ora doveva solo portare a termine il piano.

Emily dormiva sottocoperta, beatamente ignara dell'improvvisa deviazione che la sua vita stava per prendere.

Esitò. Forse avrebbe potuto ottenere il divorzio.

No. Troppe questioni in sospeso. Il pagamento degli alimenti lo avrebbe tenuto legato a quella vacca per quasi vent'anni. Questo avrebbe complicato le cose. Lui odiava le complicazioni e odiava avere la responsabilità di altre persone.

Non accontentarti mai di qualcosa di meno di quello che sai di meritare.

Era contento di aver ascoltato la registrazione motivazionale quella mattina. Fresca nella sua mente, lo aiutava a riaffermare le sue convinzioni e gli dava la forza per intraprendere il passo successivo.

Si erano avvicinati alla loro destinazione ore prima, ma aveva percorso un cerchio per tornare indietro quando era stato colto dal nervosismo dell'ultimo minuto. Stava bene adesso, e Melinda era ignara di tutto, come sempre. Spense il motore e aspettò che Melinda se ne accorgesse.

"Tesoro? Perché ci siamo fermati?" Melinda bevve l'ultimo sorso del suo drink e posò il bicchiere accanto a sé.

"Non lo so. Il motore si è spento." Trafficò con il motore mentre studiava sua moglie. Era sulla buona strada verso l'incoscienza.

Melinda sbadigliò. "Mi sto addormentando, dev'essere il sole."

Parlava con voce strascicata. Le medicine stavano facendo effetto.

Meno di cinque minuti più tardi era comatosa, le parole confuse erano state rimpiazzate dal suo russare. Il braccio destro le scivolò dalla sdraio e colpì il ponte con un tonfo sordo. Non si svegliò.

Altri dieci minuti. Frank fu indeciso se legarle i polsi insieme, ma quando il corpo fosse ricomparso il suo gioco sporco sarebbe stato evidente. Che modo di dire interessante, *gioco sporco*. Implicava una tale gravità, eppure veniva chiamato gioco. O forse giocare era inteso con il significato di ingannare qualcuno.

Sentì di nuovo quella sensazione in fondo allo stomaco. E se qualcosa fosse andato completamente storto e lei si fosse svegliata? I polsi legati le avrebbero impedito di salvarsi. C'erano predatori che avrebbero potuto mangiarne la carne? Non ci aveva nemmeno pensato.

Alla fine decise di non legarle i polsi. Nell'eventualità improbabile che il suo corpo venisse trovato, le legature avrebbero lasciato delle ferite. Quei segni non solo sarebbero stati la prova di un delitto, ma avrebbero anche dato informazioni sul momento della morte. Lasciò cadere la corda sul ponte.

Melinda era un peso morto. Le aveva dato una dose tripla, non c'era possibilità che riprendesse conoscenza. Le sollevò il braccio e lo lasciò cadere per provare la sua ipotesi.

Nessuna risposta.

Il braccio era molle nella sua mano, un peso morto.

Frank fece un passo indietro e la studiò. Aveva posizionato la sdraio vicino al bordo, in modo che fosse più facile buttarla giù dalla barca. Ricordava le lezioni teoriche di ingegneria dell'università e aveva allestito una sorta di sistema di carrucole che attaccò alla sedia.

Il cuore gli martellava nel petto, sia per la paura di essere scoperto che per l'esaltazione di essere sul punto di farlo finalmente. Non sentiva neppure un'oncia di senso di colpa.

Tirò fuori la cerata dalla scatola e la stese. Probabilmente era eccessivo visto che avrebbe dato fuoco alla barca, ma non si poteva essere troppo prudenti. Inoltre odiava il disordine e non voleva avere un altro lavoro da fare dopo.

Mentre trascinava la sdraio il più vicino possibile al bordo, il sudore gli coprì la fronte. Fece una pausa e si asciugò, poi srotolò la cerata e la lanciò sopra la sedia. Infilò i bordi attorno alla sdraio e la tirò dall'altro lato.

Niente sangue, niente DNA o altre prove. Niente confusione.

Solo una piccola scena contenuta che poteva controllare, senza preoccuparsi di prove che potessero comparire con il Luminol o altri attrezzi forensi.

Una precauzione di troppo forse, visto che la barca sarebbe bruciata. Ma non si poteva mai essere troppo prudenti.

Fece un respiro profondo e guardò il bozzolo affondare nell'oceano. Si sfregò le mani sui pantaloncini proprio mentre la tela cerata galleggiava in superficie a diversi metri di distanza.

Dannazione. A questo non aveva pensato.

Afferrò un remo e tese il braccio il più lontano possibile, ma l'incerata era fuori portata.

Sussultò quando un braccio sporse dall'incerata. Non era affondata affatto. Era ancora avvolta nella dannata incerata.

"Papà?"

Frank sobbalzò, colto di sorpresa. Si voltò per fronteggiare sua figlia. "Emily? Credevo stessi dormendo."

"Dov'è la mamma?" Indossava quel costoso vestito a fiori rosa e gialli che Melinda aveva scelto per l'occasione del trasloco in una nuova casa. Era proprio da Melinda spendere una piccola fortuna per qualcosa di così frivolo.

"È di sotto, tesoro." Aveva fatto scivolare del sedativo nel succo di Emily quando se n'erano andati da Vancouver. Avrebbe dovuto metterla al tappeto per ore. Invece, Emily era appena un po' arruffata. I suoi capelli erano scompigliati. Mancava un piccolo sandalo rosa ai suoi piedi e l'altro era slacciato.

Frank iniziò a sudare. Che cosa era successo? La dose di Emily era stata la metà di quella di Melinda, eppure pesava meno di un terzo. E se quella di Melinda non avesse fatto effetto? E se lo shock dell'acqua l'avesse svegliata e fosse stata salvata in qualche modo?

"Non è giù. Papi, mi fa male la testa." Emily si sfregò gli occhi e aggrottò la fronte. "Dov'è mamma?"

Frank gettò un'occhiata all'incerata, dove la gamba di Melinda era parzialmente esposta, nel punto in cui la tela cerata galleggiante si separava dal corpo. Doveva sistemare le cose in fretta.

"Sta facendo un sonnellino, tesoro. Ora torna a dormire." E se Melinda fosse stata trovata e salvata in qualche modo? Lo stretto era molto trafficato nei giorni d'estate, quindi era probabile. Perché non aveva pensato ad appesantirla con il cemento come facevano i gangster?

Comunque. Si sera sempre vantato di essere capace di prendere decisioni su due piedi, e ora non era diverso. Si sarebbe adattato e sarebbe andato oltre.

"Perché hai buttato la sdraio fuori dalla barca? Farà male ai pesci?"

Sentì stringersi la gola. Quanto aveva visto? "Vieni qui e dai un bacio a papà." Si inginocchiò e aprì le braccia.

Emily trascinò i piedi in avanti con i suoi piedi calzati nei sandali solo a metà e cadde assonnata tra le sue braccia.

La afferrò con un braccio e strinse l'altra mano sulla sua bocca e sulle sue narici.

Emily cercò di gridare. Lottò contro di lui e le sue piccole braccia fallirono mentre cercava di respirare.

Quanto, si chiese.

Proprio come un pesce appena pescato che lottava per il suo ultimo respiro.

Con la coda dell'occhio vide un movimento mentre l'incerata blu si srotolava tra le onde. Era come un gigantesco bersaglio mentre fluttuava sull'acqua. Il corpo di Melinda si era finalmente separato dalla tela cerata e stava affondando lentamente sotto la superficie. Osservò mentre teneva stretta Emily, in attesa.

Smise di lottare dopo meno di un minuto e divenne un peso morto. Attento a non scoprirle il naso e la bocca, allentò la presa sul suo corpo e controllò il collo per sentire le pulsazioni. Niente. Aspettò un altro minuto per essere sicuro che fosse morta, poi la spinse fuoribordo.

Appena in tempo. Individuò la barca a vela mentre si avvicinava da sud. Allo stesso tempo notò che si era alzato il vento. Guardò giù verso l'acqua dov'era scomparsa Emily. Si aspettava di vedere delle increspature.

Tranne che non era affondata. Galleggiava, a faccia in giù nell'acqua. Il sandalo rosa di gomma ancora attaccato al piede. Ma si supponeva che tutti i corpi morti andassero a fondo, almeno secondo le ricerche che aveva fatto. Che diavolo?

Ancora quello stupido vestito. La stoffa intrappolava l'aria.

La barca a vela era vicina adesso, a meno di trenta metri. Abbastanza vicino per vederlo chiaramente e forse perfino vedere il corpo di Emily in acqua. Con i binocoli potevano aver visto quello che aveva fatto. Andò nel panico e afferrò un remo. Lo tuffò contrò la schiena di Emily, spingendola sotto il pelo dell'acqua. Le sacche d'aria nel suo vestito a balze si dispersero e lei andò giù.

Poi il suo sandalo si staccò dal piede e galleggiò sull'acqua. Stava per recuperarlo con il remo, quando si rese conto che avrebbe lasciato tornare il corpo di Emily in superficie.

Il suo cuore martellava mentre la barca a vela virava e si avvicinava.

Imprecò sotto voce. Aveva trascurato la cosa più importante. Non gli era venuto in mente che i corpi potessero non affondare immediatamente.

La barca a vela raddrizzò la rotta e scivolò sull'acqua a meno di quindici metri di distanza. C'era solo un uomo in vista sul ponte. Era occupato a sistemare le vele. "Grazie a Dio" disse ad alta voce, mentre teneva il remo contro il corpo di Emily nell'acqua. Alzò il braccio libero e salutò.

Era colpa di Melinda per averlo incastrato restando incinta. Voleva godersi la vita, una cosa impossibile con un bambino, una moglie casalinga e i conti che ne erano seguiti. Era stufo marcio di essere manipolato e di vivere con tutti i compromessi a cui doveva scendere. Aveva solo una vita da vivere e non aveva intenzione di sprecarla.

Estrasse il cellulare, il portafogli e le chiavi e li gettò fuori bordo. Nell'improbabile eventualità che venissero trovati, sarebbe sembrato che fosse caduto nell'acqua con Melinda e Emily. Il suo corpo non sarebbe mai stato trovato, ma non era troppo preoccupato a riguardo. Molti corpi non venivano recuperati in quelle acque. Finché nulla l'avesse collegato alla barca data alle fiamme al porto, sarebbe andato tutto bene.

Aggiungeva un po' di mistero e di intrigo. Gli piaceva. Perché non divertirsi un po' nel superarli in astuzia.

Si guardò la mano e notò la fede nuziale. La sfilò dal dito e la studiò tenendola sul palmo. Era simbolica, pensò mentre la gettava nell'acqua. Basta con il vecchio, avanti con il nuovo.

Una nuova vita. Una vita da ricco. E iniziava in quel momento.

CAPITOLO 2

La finestra dell'ufficio di Katerina Carter, in centro, incorniciava una vista spettacolare del porto di Vancouver.

Era perfetto per i sogni a occhi aperti, non così perfetto per riuscire a combinare qualcosa. Controllò l'orologio e si rese conto di due cose: era rimasta a fissare fuori dalla finestra per venti minuti buoni e il suo fidanzato, Jace Burton, era in ritardo.

Jace era sempre puntuale, ma sarebbe dovuto essere già lì per partire per il loro fine settimana. Non avevano molto tempo prima che il volo charter partisse per l'Isola di De Courcy, una piccola isola scarsamente popolata nello stretto di Juan de Fuca, vicino all'Isola di Vancouver.

L'ultimo progetto di Jace per il *Sentinel* riguardava delle storie folcloristiche basate su un culto degli anni Venti. Secondo Jace, il culto era stato coinvolto in un sacco di scandali, sesso e si vociferava perfino di un tesoro nascosto. L'uomo dietro a tutto si faceva chiamare Fratello Dodici, o meglio, Fratello XII, come insisteva dovesse essere scritto. A quanto sembrava, gli dei Egizi con cui comunicava avevano un debole per i numeri romani.

Il viaggio era tecnicamente un weekend di lavoro per Jace. L'incarico su Fratello XII faceva parte di una serie di articoli storici che stava scrivendo. Jace era un giornalista freelance, per cui una serie a lungo termine era una buona cosa. Forniva un lavoro stabile e delle gratifiche ricorrenti, come viaggi gratis in tutto il Nord America, a seconda della storia.

Questo incarico lo portava nelle vicinanze, ma avrebbe potuto anche essere a migliaia di chilometri di distanza. L'Isola di De Courcy si trovava nella parte meridionale della catena delle Isole del Golfo, annidata tra l'Isola di Vancouver e l'Isola Gabriola. L'isola era a meno di cinquanta chilometri al largo, eppure era accessibile solo da barche private o voli charter con idrovolanti.

De Courcy era una specie di isola fantasma. Come una città fantasma, aveva passato da tempo il suo momento di splendore e aveva solo poche dozzine di abitanti. Meno di cento anni prima, De Courcy era stata la sede del misterioso culto di Fratello XII, la Fondazione Acquariana. Poco dopo il suo inizio, il fondatore aveva spostato l'organizzazione da Cedar-by-the-Sea, sull'Isola di Vancouver, per trasferirlo sulle più isolate Isole di De Courcy e di Valdes, per sfuggire allo scrutinio e alle critiche pubbliche.

Il culto intrigava Kat. L'idea che leader carismatici riuscissero a ingannare persone altrimenti intelligenti e informate l'affascinava sempre. Fratello XII ne era un esempio perfetto. Il suo vero nome era Edward Arthur Wilson. Dichiarava di essere nato in India da una principessa, anche se i fatti suggerivano che venisse da una famiglia della classe medio bassa di Birmingham, Inghilterra.

Fratello XII aveva basato il suo culto sugli insegnamenti della Società Teosofica, attirando donazioni sostanziose da migliaia di persone ricche, inclusi magnati milionari. Temevano l'Armageddon dell'economia mentre il mercato finanziario globale era al collasso.

Fratello XII li convinse che il suo occultismo New Age li avrebbe salvati e che sarebbero stati al sicuro negli insediamenti autosufficienti sull'isola della Fondazione Acquariana. Invece la

Fondazione Acquariana era andata in fumo. Fratello XII era scomparso per non essere più rivisto, lasciando i suoi seguaci in rovina.

Oggi la Fondazione Acquariana è stata per lo più dimenticata, ma nei suoi giorni di gloria si era trattato di uno scandalo mondiale. Era buffo come la storia ripetesse gli stessi drammi, solo con piccoli cambiamenti di cast e ambientazione. Le persone credevano a quello a cui volevano credere, anche con prove soverchianti del contrario. Kat lo vedeva ogni giorno nel suo lavoro di contabile forense e investigatrice di frodi.

Carter & Associati, il suo studio di contabilità forense e investigazioni, era impegnativo e remunerativo e aveva fatto molti straordinari per mettersi in pari prima del loro viaggio per il fine settimana. Si sentiva in vena di fare festa ed era pronta per qualche giorno di sole, sabbia e relax.

Per tutta la settimana aveva fatto il conto alla rovescia, ansiosa di dare una prima occhiata a quello che restava dell'insediamento. Aveva anche in programma di stare un po' in spiaggia mentre Jace faceva ricerche su Fratello XII e il suo culto.

Controllò l'orologio e sentì una fitta di ansia. Jace ormai era in ritardo di mezz'ora e rischiavano di perdere il loro volo charter. Fece scorrere lo sguardo sul porto, fuori dalla finestra, e si chiese quale della mezza dozzina di idrovolanti fosse il loro.

"È arrivato finalmente, Kat." Zio Harry scivolò nel suo ufficio, sorprendentemente arzillo per i suoi settanta e più anni. "Il ragazzo ha bisogno di un orologio nuovo."

"Zio Harry, rallenta o ti romperai un'anca." Tecnicamente suo zio non era sul libro paga della Carter & Associati, eppure trascorreva in ufficio quasi tanto tempo quanto lei. Si era trasformato in un volontario permanente—e ospite fisso—del suo studio. Senza avere dei compiti precisi assegnati, non aveva una vera ragione per essere lì. Tuttavia era di compagnia.

"Accidenti, Kat. Sono in perfetta forma. Dammi un po' di fiducia." Harry roteò di lato prima di colpire il muro. "Ouch."

"Stai bene?"

"Certo." Fece una smorfia. "Lo yoga farà male domani."

"Potresti prenderti un giorno di pausa." Lo yoga di Zio Harry a quanto sembrava era uno sport estremo, le sue costanti ammaccature erano una prova perenne. Che cosa era preso a un settuagenario per indurlo a iscriversi a un corso di yoga, tanto per cominciare? Donne settuagenarie, senza dubbio.

"Potrei. Ma poi la mia flessibilità andrebbe a rotoli. Oh, anche Gia è qui."

"Ma siamo già in ritardo." Kat e Gia Camilletti erano state amiche fin dalla terza classe. Non l'aveva vista né l'aveva sentita per settimane e voleva fare una chiacchierata di aggiornamento con lei, ma non era il momento.

"È con un tipo affascinante." Harry si piegò in avanti per toccarsi gli alluci. Arrivò fino a metà polpaccio prima di grugnire e tornare diritto.

L'aria trasportò un profumo floreale fin nell'ufficio di Kat, seguito pochi secondi più tardi da Gia. Indossava un vestito senza maniche con una fantasia a fiori fucsia abbinato a tacchi da dieci centimetri coordinati. Tutto il metro e mezzo di curve procaci tendevano le cuciture del vestito. Era dieci chili in più di quanto il vestito potesse reggere. "Kat! Ti presento il mio nuovo fidanzato, Raffaele."

Raffaele era bello da perdere la testa, quanto i più affascinanti attori o stelle dei reality della TV. Il ragazzo al braccio di Gia non sembrava neppure reale. La sua abbronzatura mediterranea spiccava in contrasto con la camicia bianca di lino su misura. La camicia parzialmente sbottonata gli conferiva un look casual e mostrava anche un petto muscoloso. Indossava pantaloni di cotone e mocassini dall'aria costosa.

"È un piacere incontrarla." Raffaele sorrise e baciò la mano di Kat con un gesto esagerato e plateale. Aveva i denti così bianchi che sembravano colpiti da una luce ultravioletta. La camicia aderiva alla sua pelle a causa del caldo fuori, accentuando le spalle larghe e il torso slanciato. Era più perfetto di un modello da rivista ritoccato, se era possibile.

Kat drizzò subito le antenne. Ragazzi come Raffaele raramente gravitavano attorno a hair stylist paffute come Gia. Benché fosse attraente per natura, era chiaro che aveva speso parecchi soldi per il suo aspetto. La maggior parte degli uomini non si curavano molto di vestiti costosi e impianti dentali. Forse era vanesio o forse lo considerava una specie di investimento.

Era sorpresa di vedere Gia con Raffaele, visto che aveva giurato di smetterla con gli uomini dopo che il fidanzato delle superiori l'aveva abbandonata all'altare due anni prima. Lo sposo non si era mai presentato—né si era preso il disturbo di cancellare—lasciando Gia umiliata a giurare vendetta.

"Kat?" Gia tirò più vicino il suo spasimante. "Smettila di fissare. Dì ciao."

Kat arrossì, imbarazzata di aver già immaginato la rovina di Raffaele per mano di Gia. Almeno era quello che sperava succedesse. Quel tipo le dava i brividi. Mormorò un ciao.

Raffaele le tenne la mano ancora un momento in più del necessario e la guardò negli occhi con aria seducente. Era freddo come la pioggia e Kat istintivamente diffidava di lui.

Il motivo per cui Gia fosse attratta da lui era evidente. Il ragazzo aveva l'aria di andare in palestra un paio d'ore al giorno. Gia, d'altro canto, non avrebbe mai messo piede in una palestra. Nonostante il suo aspetto da modello non sembrava il tipo di ragazzo che avrebbe fatto felice Gia. Uno come Raffaele l'avrebbe fatta solo sentire più insicura. Era alto, abbronzato e totalmente fuori dalla portata di Gia. Il suo aspetto curato proveniva direttamente dalle pagine di una rivista per uomini.

Inoltre Raffaele sembrava il polo opposto rispetto allo stile eccentrico e anticonvenzionale di Gia. Benché l'entusiasmo contagioso di Gia fosse divertente, gli uomini come Raffaele tendevano a guardare più all'aspetto che alla personalità. Era sbagliato dare giudizi avventati sul ragazzo, ma l'istinto di Kat in genere ci prendeva in pieno.

Raffaele si chinò e piazzò un bacio sulla fronte di Gia mentre teneva ancora la mano di Kat. "*Bellissima*, non avevi mai parlato della tua affascinante amica." Si voltò verso Kat e la squadrò da capo a piedi prima di gettare un'occhiata sprezzante al suo ufficio.

"È anche intelligente." Gia fece l'occhiolino a Kat. "È una contabile forense. Indaga sulle frodi."

Raffaele lasciò cadere la mano di Kat come se fosse radioattiva. Da affascinante a tossica in pochi secondi. "Raffaele è nel business della compravendita." Gia si rivolse a lui raggiante. "È appena arrivato dall'Italia e ha chiuso un affare multimilionario per la linea Nord Americana dei suoi rivoluzionari prodotti per capelli. Andremo a vivere insieme."

"Interessante." Fu tutto quello che Kat riuscì a dire senza tradire i suoi sospetti. Gia era sua amica fin dall'infanzia e diceva tutto a Kat. Sapeva per certo che, fino a un paio di settimane prima, non c'era alcun uomo nella vita di Gia. Eppure stavano panificando di andare a vivere insieme. Era come se Raffaele si fosse materializzato dal nulla. Le cose stavano andando troppo in fretta.

Gia aggrottò le sopracciglia e studiò Kat. "È tutto quello che hai da dire? Credevo saresti stata interessata. Gli accordi di affari sono il tuo forte."

"Mi piacerebbe molto conoscere i dettagli, ma siamo in ritardo per il nostro viaggio." Sarebbe dovuta essere felice per Gia, invece era irritata. Non con la sua amica, ma con Raffaele. Lo conosceva da pochi minuti e già si sentiva insicura e inadeguata nel suo piccolo ufficio trasandato. Non lo sopportava, visto quanto era orgogliosa dello studio che aveva costruito dal niente. Ma in confronto a Raffaele, sembrava che non avesse ottenuto molto.

Che cosa poteva esserci di rivoluzionario nei prodotti per capelli? Era cinica quando si trattava di prodotti di bellezza. Lo shampoo era solo sapone glorificato, rimpacchettato e pubblicizzato a ingenui consumatori—e hair stylist. Sarebbe rimasta fedele al suo shampoo da supermercato piuttosto che comprare prodotti da salone di bellezza dal prezzo sproporzionato, anche se non lo avrebbe mai ammesso con Gia.

Gia, essendo una hair stylist, la pensava diversamente. Ogni nuovo shampoo o aiuto per le acconciature era come la scoperta del fuoco o qualcosa del genere. Rimproverava Kat a ogni taglio perché usava prodotti economici. Kat prometteva di cambiare se Gia avesse dimostrato che i suoi prodotti da salone erano migliori. Naturalmente Gia non poteva, perché non c'era alcuna prova scientifica o differenza di formulazione tra i prodotti.

"Kat?" Jace era in piedi alle spalle della coppia, un borsone morbido appeso a una spalla.

Raffaele si voltò immediatamente e si presentò. I due uomini si strinsero la mano mentre Gia sorrideva a Kat.

Jace si rivolse a Raffaele e si presento.

Finalmente salva. Fece cenno a Jace e tamburellò sull'orologio. "Siamo in ritardo, Jace. Perderemo il volo se non usciamo adesso."

"Un secondo. Ho appena ricevuto un messaggio dalla compagnia aerea." Jace aggrottò le sopracciglia mentre studiava lo schermo del telefono. Anche con la testa piegata in avanti era alto quasi quanto la cornice della porta. Era diversi centimetri più alto di Raffaele, ma allampanato e asciutto in confronto al fisico muscoloso di Raffaele.

Harry si insinuò nella stanza passando oltre a Jace. Tese una mano verso Raffaele. "Sono Harry Denton, l'associato di Kat." In realtà la Carter & Associati non aveva associati, ma a Harry piaceva l'andirivieni dell'ufficio e lavorava part-time, anche se gli piaceva così tanto che passava lì molto più tempo del necessario. Non era molto ferrato con la tecnologia quindi non c'era molto che potesse fare tranne stare alla reception e fare qualche lavoretto di archiviazione. Tuttavia i clienti lo adoravano ed era bello avere compagnia. Era una situazione che faceva comodo a entrambi.

Raffaele gli strinse la mano. "Che cosa fa esattamente un, uh, associato da queste parti?"

"Aiuto Kat con le investigazioni sulle frodi." Harry indicò Kat. "Ha smascherato delle stranezze. Da miliardi, perfino, come il caso dei diamanti insanguinati della Liberty."

"Davvero?" Raffaele si irrigidì e fece scorrere lo sguardo sull'ufficio con aria disgustata. "Non l'avrei mai detto dall'aspetto di questo posto."

Kat arrossì. "In genere incontro i clienti nel loro ufficio, quindi non c'è bisogno di mantenere le apparenze." Si pentì immediatamente della risposta. Praticamente si era insultata da sola. Ora sembrava solo sulla difensiva.

"Probabilmente farei lo stesso." Raffaele si voltò dall'altra parte.

Stava insinuando che il suo ufficio non era abbastanza per avere ospiti? La sostanza batteva l'apparenza nell'opinione di Kat. Raffaele già non le piaceva. Che cosa gli dava il diritto di entrare lì e criticare il suo ufficio?

"Ho in programma dei rinnovamenti. Questo posto ha solo bisogno di un po' di olio di gomito," Harry si asciugò la fronte. "Devo rifare il parquet e dare una mano di pittura e rimpiazzare la perlinatura. Non ci sono abbastanza ore al giorno. Devo sempre occuparmi di altre cose."

Raffaele rise. "Non sarà certo un lavoro facile."

Vabbè. A lei piaceva il suo ufficio a Gastown stile ventesimo secolo così com'era. Shabby-chic, con il legno in bella vista e le finestre grandi che incorniciavano il panorama del porto. Il fatto che non fosse alla moda voleva anche dire affitto economico e spese basse. Ignoralo, ricordò a sé stessa.

Infilò il portatile in borsa e si alzò, pronta ad andare. Non vedeva l'ora di lasciarsi alle spalle il fidanzato maleducato di Gia.

Quando alzò lo sguardo dal telefono, Jace aveva le sopracciglia aggrottate. "Vorrei non dovertelo dire, ma il nostro volo è stato cancellato. Problemi meccanici. E non ci sono altri voli fino a martedì."

"È terribile." Kat sospirò. Un weekend di agosto da trascorrere con Jace con un volo charter verso un'isola scarsamente popolata, tutto spesato? Naturalmente era troppo bello per essere vero. "Magari il prossimo fine settimana?"

Jace si strinse nelle spalle. "Non posso aspettare tanto a lungo. La scadenza è per venerdì prossimo. Devo trovare un altro modo per arrivarci."

"Perché non venite con noi all'Isola di De Courcy?" Raffaele fece un gesto verso la vista del porto. "Sul mio yacht."

"Una fortuna nella sfortuna!" Gia batté le mani. "Ora possiamo stare insieme."

Il ragazzo di Gia aveva uno yacht? Stava diventando sempre più difficile da credere.

"Uh, no. Non posso approfittare di te in questo modo." Jace posò il borsone sulla sedia da ufficio di Kat. "Immagino che voi due abbiate altri programmi."

Sì, per favore, fa che abbiano altri programmi. Kat prendeva le misure alla gente piuttosto in fretta ed era sicura che Raffaele non avesse buone intenzioni. Che cosa vedeva Gia in lui?

Domanda sciocca. Raffaele non era solo un bell'uomo ma a quanto pareva era anche ricco.

"In effetti no, e non è affatto un problema," disse Raffaele. "Ho sempre voluto esplorare le isole. È l'occasione perfetta."

I braccialetti di Gia tintinnarono mentre saltellava sue giù sui tacchi da dieci centimetri. "Ci divertiremo così tanto! Avremo tempo di andare in giro e Jace potrà scrivere la sua storia. Possiamo esplorare l'isola e dopo rilassarci a bordo!"

Jace spostò il peso da un piede all'altro. "Se ne siete assolutamente sicuri, sarebbe perfetto. Devo davvero rispettare la scadenza e l'unico altro modo per andare lì è in barca. Posso contribuire con i soldi per il carburante…"

"Magari c'è un'altra compagnia aerea…" La mente di Kat volava. Il carburante per uno yacht probabilmente costava migliaia di dollari. Jace non si rendeva conto di cosa stava accettando.

"Non dire sciocchezze." Raffaele rise. "Sarei andato comunque da quella parte. Di cosa parla la tua storia?"

"Un culto degli anni Venti, completo di scandalo sessuale e tesoro nascosto," disse Jace. "Un tizio che si faceva chiamare Fratello XII fondò la Fondazione Acquariana nel 1927. La presentava come una comunità spirituale che aspettava l'Età dell'Acquario. Ma il prezzo per entrare era alto. Cercava di coinvolgere solo membri ricchi. Visto che alla fine è sparito coi soldi di tutti, si trattava di un culto, di una truffa o di entrambe le cose."

"Una truffa," disse Kat. "I culti sono quasi sempre truffe. Specialmente quando il primo punto all'ordine del giorno è convincere i seguaci a cedere tutti i loro beni."

Raffaele rise di lei. "Sei un tipo da bicchiere mezzo vuoto, vedo."

Kat lo guardò torva.

Gia pronunciò *mi dispiace* con le labbra verso Kat e tirò il braccio di Raffaele. "Adoro le cacce al tesoro!"

"Non intendevo offendere," disse Raffaele. "Nella mia esperienza però i conta fagioli sono sempre pessimisti. Dicono sempre *no* quando tutti gli altri dicono *sì*."

Jace rise. "Sono realisti, di certo, ma c'è un vantaggio. Kat è più brava di chiunque altro a fiutare i criminali. In più sa come recuperare i soldi."

Parlavano di lei come se non fosse nemmeno nella stanza. Aprì la bocca per rispondere ma si fermò. Jace non aveva interpretato il commento di Raffaele come maleducato, quindi forse lei stava esagerando. Di certo sembrava un insulto. Ma non voleva iniziare una discussione, quindi strinse i denti e sorrise.

"Fratello XII sembra un tipo interessante," disse Raffaele.

"Come minimo era un personaggio carismatico," rispose Jace. "Il suo vero nome era Edward Arthur Wilson. Affermava di essere la reincarnazione del dio Egizio Osiride e la sua Fondazione Acquariana era basata sul presupposto di un'imminente apocalisse.

Diceva che la fine era vicina e che solo un gruppo di credenti prescelti avrebbero avuta salva l'anima."

"E la gente ci ha creduto?" Raffaele inarcò le sopracciglia. "Non proprio dei furboni."

"Sorprendentemente, molti di loro erano davvero persone intelligenti e istruite," disse Jace. "Uno dei membri del consiglio della Fondazione Acquariana era un editore di giornali rinomato a livello internazionale. Fratello XII avuto un sacco di pubblicità grazie alle sue pubblicazioni e anche agli altri. Diedero a Fratello XII un pubblico mondiale. Infatti ottenne rapidamente migliaia di seguaci ricchi e influenti, perfino candidati alla presidenza.

Misero a disposizione di Wilson e della sua Fondazione Acquariana milioni e lui usò i fondi per istituire una società autosufficiente e un insediamento con lui stesso al timone. Centinaia di persone da tutto il mondo si trasferirono qui per unirsi a lui, la maggior parte gli cedette tutti i suoi possedimenti."

"Dovevano essere pazzi per dare a lui i loro soldi," disse Gia. "Chi rischierebbe di perderli in questo modo?"

"È sorprendente quello che farebbe la gente," Raffaele si sfregò il mento. "Pagherebbero somme enormi per avere quello che vogliono. Non sempre sono soldi e ricchezza. A volte vogliono solo far parte di qualcosa di più grande di loro."

Jace annuì. "Col senno di poi è facile parlare. Raffaele ha ragione. La maggior parte di quelle persone era già ricca. Quello che volevano davvero era essere accettati e appartenere a qualcosa. Fratello XII ha soddisfatto quel bisogno. A metà degli anni Venti, pubblicò una serie in Inghilterra nell'*Occult Review*. Affermava di avere abilità psichiche e che il giorno del giudizio era imminente. Fu facile convincere i suoi seguaci iniziali a unirsi a lui nel 1927. Fecero la fortuna di Fratello XII perché erano tutti ricchi e cedettero i loro beni a lui e alla Fondazione Acquariana."

"Perché qualcuno farebbe una cosa del genere?" chiese Harry. "È da matti."

"Anch'io la penso così," disse Jace. "Ma erano presi dall'idea che stessero per entrare nell'*Era dell'Acquario*. Si aspettavano la resa dei conti e pensarono che questo li avrebbe messi dalla parte giusta della barricata quando il giorno del giudizio fosse finalmente arrivato. Inoltre, Fratello XII li fece sentire speciali, inizialmente invitò solo dodici persone."

Raffaele annuì con l'aria di chi apprezza la trovata. "Solo su invito. Un'idea valida."

"Io non mi farei ingannare," disse Harry.

"Ne saresti sorpreso," replicò Jace. "Ci fu un sacco di battage pubblicitario tra la stampa. Le persone la videro come un'occasione di quelle che arriva una volta nella vita. Inoltre che valore potevano avere i loro soldi se il mondo stava per finire?"

"Posso capirlo," aggiunse Gia. "Tutti i giornali davano credito alle sue affermazioni, quindi è normale che la gente si sia fatta prendere dall'isteria."

"Esattamente," Jace si dichiarò d'accordo. "E i ricchi discepoli di Fratello XII erano sospettosi verso le motivazioni degli scettici, per questo non tennero in considerazione le accuse mosse a Fratello XII."

"Un uomo intelligente, anche se era un disonesto." Raffaele batté le mani. "Beh? Che cosa stiamo aspettando? Andiamo all'Isola di De Courcy. Possiamo andare a piedi fino alla barca. È ormeggiata al porticciolo."

"Oooh, una vera avventura!" esclamò Gia. "Non vedo l'ora."

"Anch'io! Prendo le mie cose." Zio Harry corse via dall'ufficio di Kat prima che lei potesse protestare. La sua fuga romantica con Jace si era trasformata in una gita di gruppo. Ma a Jace serviva la storia, quindi chi era lei per discutere?

CAPITOLO 3

*L*o yacht di Raffaele, il *Financier*, si rivelò essere più di quarantacinque metri, di gran lunga il più grande al porticciolo. Il suo scafo bianco candido luccicava sotto il sole del pomeriggio mentre si incamminavano sulla passerella, bagagli al seguito.

Durante il suo precedente lavoro come consulente finanziaria internazionale, Kat aveva lavorato per molti milionari e qualche miliardario. Aveva visto la sua quota di giocattoli da magnate d'industria e aveva perfino partecipato a delle feste su alcuni di essi. Sapeva poco degli yacht, ma il *Financier* era più grande e arredato più lussuosamente di qualsiasi altro su cui fosse stata. Lo yacht di Raffaele faceva sembrare le altre barche attraccate al porticciolo dei nani, sia per taglia che per magnificenza.

Kat sentì gli sguardi invidiosi posarsi su di loro mentre arrancavano lungo il molo dietro Raffaele e Gia. L'attenzione le diede uno strano senso di importanza, come se fosse una celebrità.

Il sole pomeridiano batteva su di loro mentre si imbarcavano sul *Financier*. Si diressero immediatamente sotto coperta verso una spaziosa cambusa con l'aria condizionata e un corridoio che conduceva verso il retro, o poppa, della nave. Gli interni lussuosi erano rifiniti con luci incastonate nelle superfici e mobili a muro in teak dall'aria costosa. Raffaele fece un gesto verso una cabina sulla destra. Jace aveva cancellato il loro albergo visto che Raffaele aveva insistito perché stessero a bordo dello yacht.

"Quella è per voi due e Harry è alla porta successiva," disse Raffaele.

Kat seguì Jace dentro la cabina. Era più spaziosa di quanto si aspettasse, almeno il doppio della cabina privata che avevano occupato durante la loro crociera nei Caraibi dell'anno precedente. "Wow."

Lasciò cadere la borsa sul letto e sbucò nuovamente in corridoio. Sbirciò nella stanza di Harry lì accanto. Era più piccola ma non meno lussuosa.

"Potrei abituarmici." Harry guardò fuori dal grosso oblò. "Potrei diventare marinaio su una nave mercantile, ottenere un lavoro a bordo."

Kat rise. "Hai più di settant'anni, Zio Harry. È troppo tardi per cercare un nuovo lavoro e hai già una pensione. Inoltre scommetto che l'equipaggio lavora sodo per far funzionare ogni cosa."

Kat uscì dalla cabina dello zio e sbirciò lungo il corridoio. Oltre la cabina di Harry, c'erano le stanze dell'equipaggio. Secondo Raffaele, lo yacht aveva tutte le ultime tecnologie per la navigazione. Doveva ancora vedere l'equipaggio, ma probabilmente si stavano preparando per la partenza.

Tornò nella loro stanza, dove Jace stava disfando il borsone riponendo le sue cose nel cassettone.

"Questo yacht deve valere più di casa nostra." Kat sedette sul letto e fece scorrere la mano sulla trapunta di cotone egiziano. Era contenta per Gia, ma sentiva che la sua storia d'amore con Raffaele era un po' troppo bella per essere vera. Tutto quello che lo riguardava era fin troppo perfetto.

"Più di diverse case, ne sono sicuro." Jace rise. "Sono contento che Raffaele non abbia accettato la mia offerta di pagare per il carburante. Quando ha detto 'yacht', pensavo che stesse esagerando."

"Sembra di no. Non trovi che Gia e Raffaele siano una strana coppia?" I vestiti su misura di Raffaele, il fisico perfetto e, a quanto pareva, lo status di miliardario sconfinavano nell'incredibile. Non che Gia non fosse una preda ambita per ogni uomo. Solo che normalmente non la vedevano in quel modo.

Gia era divertente, attraente e aveva successo, ma non era esattamente una modella da costumi da bagno. I tipi come Raffaele normalmente curavano molto l'aspetto e l'immagine. Le donne che decoravano le loro braccia spesso erano un'estensione di questa cura.

"Un po'." Jace si strinse nelle spalle. "Sembrano piacersi molto però. Buon per Gia."

Kat aveva intenzione controllare che Raffaele fosse chi diceva di essere. L'avrebbe smascherato abbastanza in fretta.

"Suppongo sia così." Aveva solo qualche momento rubato con Jace prima di dover tornare di sopra e voleva valutare la sua impressione di Raffaele. "Sei sicuro riguardo a questa storia, Jace? Sono in difficoltà ad approfittare di Raffaele. Lo conosciamo appena."

"Lo hai sentito," disse Jace. "Ha detto che ha sempre desiderato visitare le isole. Se avessi una barca come questa, cercherei sempre una scusa per andare da qualche parte. Devo trovare un modo per ripagarlo però. Magari potrei fare qualche lavoro di scrittura per i suoi affari o qualcosa del genere."

"Immagino di sì." Kat si sentiva ancora a disagio. Raffaele probabilmente aveva qualche motivo ulteriore; solo non sapeva ancora quale fosse. Le dava i brividi ma non aveva nulla di tangibile su cui basare le sue sensazioni. Il suo istinto però le diceva che c'era qualcosa di sbagliato in lui.

"Gia mi ha detto che vive a bordo," disse Jace. "Ti immagini una vita come questa? Questa nave deve valere milioni."

"Dev'essere difficile viaggiare e gestire gli affari dall'altra parte del mondo," disse Kat. "Scommetto che costa una fortuna azionare questo coso."

Jace sedette accanto a lei sul letto. "*Ha* una fortuna. Sono sicuro che non se ne preoccupa."

"Deve venire da una famiglia molto ricca," disse Kat. "È fin troppo giovane per aver guadagnato tutti questi soldi da solo." Dove trovava Raffaele il tempo di navigare fin lì dall'Italia nel bel mezzo del lancio del suo nuovo business? La maggior parte dei magnati non aveva tempo per estemporanei viaggi in yacht."

"Magari ci rivelerà il suo segreto," disse Jace. "Non sarebbe bellissimo vivere così?"

"È molto lussuoso," convenne Kat. La loro cabina era arredata sontuosamente, fino al copriletto di cotone egiziano damascato e al dipinto a olio con un paesaggio marittimo. "Perché non scrivi una storia su come è arrivato al successo? Passeremo un sacco di tempo con lui. Puoi scrivere due articoli invece di scrivere solo quello su Fratello XII."

"É una grande idea. È un tipo affascinante. Un sacco di gente sarebbe interessata a sapere come ha fatto fortuna."

"Ne sono certa." Lei era una di queste, visto che dubitava che la ricchezza di Raffaele provenisse da fonti oneste. Quando i soldi arrivavano velocemente, spesso significava che erano stata prese delle scorciatoie e il suo istinto le diceva che Raffaele ne aveva prese alcune. Quante persone aveva bruciato nella sua scalata fino alla vetta? La storia di Jace forse avrebbe dato qualche risposta. "Puoi scoprire i suoi segreti."

Jace fece l'occhiolino. "Ho tutta l'intenzione di farlo."

"Sono preoccupata per Gia." Da una parte era contenta per lei. Meritava di essere felice. Ma l'idillio con Raffaele faceva sentire Kat a disagio. Era infatuata al punto che non vedeva le cose—e

Raffaele—nella luce giusta. "Magari potresti scoprire qualcosa di più sul suo passato, vedere se tutto torna."

"Non lo interrogherò, se è questo quello che intendi." Jace scosse la testa. "Gia è perfettamente in grado di badare a sé stessa. Se lei non è preoccupata, perché ti preoccupi tu?"

Gia aveva fiuto per gli affari, visto che si era costruita il suo salone dal niente e senza aiuto. Ma era molto ingenua riguardo agli uomini e Kat dubitava che usasse lo stesso occhio critico quando si trattava di storie romantiche. "Spero solo che non le spezzi il cuore."

"Lo stai giudicando troppo in fretta." Jace le passò un braccio attorno alla vita. "Devi ammettere che è piuttosto generoso da parte sua portarci tutti sull'Isola di De Courcy."

"Immagino di sì, ma è tutto così improvviso. Gia lo ha incontrato un paio di settimane fa e fanno già sul serio." Doveva parlare con Gia in privato, e presto.

Kat sentì crescere il disagio che provava nei confronti di Raffaele, anche se non riusciva a spiegarsi il perché. Era come se quell'uomo si stesse innamorando con una tabella di marcia in mente. L'amore raramente si atteneva a un programma, tanto meno un programma aggressivo. Se Raffaele aveva delle motivazioni nascoste, Kat le doveva scoprire. Qualche ricerca di informazioni sotto banco non avrebbe fatto male a nessuno se l'avesse tenuto segreto.

"Non riesco ancora a credere che Gia esca con un tizio che ha uno yacht di queste dimensioni. Deve valere almeno cento milioni."

"Jace, Gia se la cava piuttosto bene anche per conto suo. Ha aperto due saloni redditizi in cinque anni." Il lavoro duro e l'acume finanziario di Gia stavano dando i loro frutti. Dietro l'apparenza frizzante di Gia c'era una donna d'affari scaltra con un talento per l'imprenditoria. "Il suo franchising *Arriccia e Tingi* ha già molto successo. Non le serve Raffaele per affermarsi."

Kat era orgogliosa dei traguardi che la sua amica aveva ottenuto da sola. Aveva osservato gli affari di Gia crescere e l'aveva aiutata con qualche consiglio finanziario, fin da quando aveva aperto il primo salone dieci anni prima.

"Potrà anche non aver bisogno di lui, ma è bello condividere le tue speranze e i tuoi sogni con qualcuno." Jace la attirò più vicina e la baciò. "Così vale la pena di lavorare duramente."

Kat sospirò mentre si alzava. "Gia merita la felicità, ma secondo me qui c'è qualcosa che non quadra. Non so esattamente cosa sia, ma sono un po' preoccupata."

"Sii felice per lei, Kat. Non incasinare le cose interrogandolo o facendo la sospettosa." Jace scosse la testa e si diresse alla porta. "Non tutti sono criminali."

Forse no, ma Raffaele certamente aveva l'aspetto esteriore dei tanti furfanti che aveva incontrato in qualità di investigatrice di frodi.

"Lo so. Solo che non riuscirei più a convivere con me stessa se i miei sospetti si rivelassero fondati e non avessi fatto niente." Trascorrere così tanto tempo con i colletti bianchi della criminalità le dava una visione cinica delle cose. "Naturalmente sono felice per lei. Solo non voglio che si faccia male."

"Sei solo invidiosa. Noi non abbiamo tutti questi soldi e probabilmente non li avremo mai." Jace sospirò. "Ammetto di essere un po' invidioso anch'io. Ma facciamoci gli affari nostri, ok?"

Jace non poteva essere più diverso da Raffaele. Non era ossessionato dall'accumulare soldi o dall'ostentare ricchezza e status. Lei e Jace non erano esattamente ricchi, ma possedevano tutto quello di cui avevano bisogno e se la cavavano bene. Ma forse aveva ragione. Era invidiosa. Sempre che lo sfoggio di ricchezza e affetto di Raffaele fossero veri. Tuttavia sospettava ci sarebbero stati dei problemi.

Jace tenne la porta aperta mentre uscivano dalla cabina. "Vedila in questo modo, Raffaele ha molto più successo di Gia. Se c'è qualcuno che deve preoccuparsi, è lui non lei."

I motori brontolarono mettendosi in moto e vibrarono sotto i

piedi di Kat mentre saliva la scala fino al ponte superiore. Benché
l'offerta di Raffaele di portarli all'Isola di De Courcy in barca fosse
generosa, era anche studiata per impressionarli. Che facesse tutto
parte del piano di Raffaele? Qualcosa non tornava e lei aveva tutta
l'intenzione di scoprire cosa fosse.

CAPITOLO 4

*K*at e Jace emersero sul ponte sotto la luce accecante del sole. I raggi si riflettevano sulla fibra di vetro bianca e sulle cromature dello yacht. Il panfilo di Raffaele era immacolato, dotato di tutti i possibili equipaggiamenti. Si dissero verso la poppa, dove avevano deciso di incontrarsi vicino al bar esterno.

Kat fece scorrere una mano sulla ringhiera ma la ritrasse subito quando il metallo le bruciò la pelle. Perse momentaneamente l'equilibrio mentre la braca si metteva in marcia. L'attracco sembrò muoversi mentre l'imbarcazione usciva dal suo spazio al porticciolo.

Decise di scavare un po' più a fondo nella storia di Raffaele. Se lui avesse dato delle risposte soddisfacenti, le sue paure si sarebbero placate e Gia non l'avrebbe mai saputo. Presumendo che tutto fosse lecito. Se non lo era, era meglio saperne di più per poter avvertire Gia che il suo fidanzato miliardario era in realtà un artista della truffa. L'intuito di Kat le diceva che era semplicemente troppo bello per essere vero.

Gia e Raffaele erano in piedi a poppa e si tenevano sotto

braccio. Si appoggiarono alla ringhiera con il porto a fare da sfondo. Erano una coppia così improbabile. L'atletico Raffaele, con il suo aspetto mediterraneo e i vestiti su misura, contrastava nettamente con la rotondetta Gia, che avrebbe dovuto perdere qualche chilo. Il suo vestito troppo stretto era l'imitazione economica di un abito firmato, pensato per qualcuno più giovane e più magro. Quanto ci sarebbe voluto prima che Raffaele la mettesse da parte per una top model? Per quanto avesse una personalità frizzante, non avrebbe trattenuto a lungo la sua attenzione.

Gia sorrise. "Mi chiedevo dove foste finiti. Godiamoci la vista mentre lasciamo il porto."

Sembrava che loro fossero l'attrazione principale, a giudicare dalla dozzina circa di persone che si erano fermate per ammirare il *Financier* che navigava nel porto. L'attenzione le diede alla testa. Doveva essere così che si sentivano le celebrità quando venivano riconosciute. I simboli della ricchezza attiravano sempre sguardi ammirati.

Kat aveva sperato di trovare Gia da sola. Aveva creduto che Raffaele sarebbe stato occupato con la partenza, ma non era così. L'equipaggio aveva tutto sotto controllo e il suo aiuto non era necessario.

Lo Zio Harry si materializzò accanto a lei e le diede una pacca sul braccio. "Non è grandioso? Dimentica il lavoro a bordo. Farò il passeggero clandestino. Solo non dire una parola quando non scenderò dalla nave, ok?"

"Certo." Sorrise. Benché avesse dei gusti semplici, di certo viaggiare in yacht non era una cosa a cui era difficile abituarsi.

Uscirono dal porto e si diressero a ovest verso il mare aperto. Il paesaggio scivolava accanto a loro mentre la nave acquistava velocità. Le montagne North Shore si stagliavano più grandi e ora si trovavano alla loro destra—o era la dritta? —invece di averle davanti.

Raffaele e Jace parlavano di navigazione e Zio Harry si unì a loro, a qualche passo dalla poppa. Osservarono la scia dello yacht mentre si dirigeva fuori dal porto.

Gia fece cenno a Kat da un tavolino, dove sedeva da sola. "Non vedo l'ora di dirti tutto. Non è incredibile?"

Kat lanciò un'occhiata agli uomini mentre si sedeva. Erano a diversi metri di distanza, impegnati a parlare di velocità del motore e altre cose da maschi. Finalmente poteva parlare con Gia da sola e sapere di più della sua nuova fiamma.

Sedette al tavolo, di fronte a Gia. "È una giornata perfetta per andare in barca."

Gia annuì. "Un drink?" Gia sollevò un bicchiere da martini pieno di un liquido rosa fluorescente e indicò il bar ben fornito a qualche metro di distanza.

Kat scosse la testa. "Prenderò solo dell'acqua." Bevve un sorso dalla bottiglia d'acqua che aveva portato per il viaggio.

Gia buttò giù il suo drink. "Non mi sarei mai immaginata di uscire con un miliardario."

"Miliardario?" Almeno era stata Gia a tirare fuori l'argomento della storia di Raffaele. Ora poteva fare domande senza sembrare invadente. "È così ricco?"

Gia ridacchiò. "È ricco, sexy e pazzo di me. Folle, vero? Non riesco nemmeno a ricordare la mia vita prima di Raffaele. Sono completamente pazza di lui."

"Da quanto lo conosci?"

"Abbastanza da sapere che passeremo il resto delle nostre vite insieme."

Finalmente una risposta, solo non era quella che Kat sperava. "Non affrettare le cose, Gia. Lo conosci da una settimana o due." Gia non aveva parlato di un nuovo uomo quando si erano incontrate per cena un paio di settimane prima.

Gia fece roteare il bicchiere mezzo vuoto. "So già tutto quello che devo sapere. È un tipo affascinante."

"È piuttosto giovane per avere così tanti soldi. Viene da una famiglia ricca?"

Gia annuì mentre posava il bicchiere vuoto sul tavolo. "Lo sono adesso, grazie al prodotto che Raffaele e sua madre hanno inventato un paio d'anni fa. Hanno fatto tutto da soli. Nessuna roba da tecnologia punto com. Hanno creato un prodotto per capelli, ma ci pensi! Non è una coincidenza incredibile?"

"Una coincidenza incredibile. L'hai provato?"

"Non ancora. Ma Raffaele mi farà entrare in società." Gia soffiò un bacio verso Raffaele. "Non è fantastico?"

"Ma che ne sarà del tuo salone? Come troverai il tempo di lavorare per lui?"

"Non sarò un'impiegata, sciocchina. Sarò un investitore," disse Gia. "La mia esperienza nell'industria della bellezza del Nord America è qualcosa che vogliono e di cui hanno bisogno."

Kat sollevò le sopracciglia.

"Posso garantire loro un punto d'appoggio sul mercato qui."

Il salone di Gia era la storia di un successo locale, ma questo non la qualificava come esperta d'affari del Nord America. "Come hai intenzione di promuovere e vendere il prodotto?"

"Raffaele ha pianificato tutto. Io sarò sul campo a eseguire il piano di business. Dice che sono perfetta visto che capisco davvero questo settore." Strinse la mano di Kat. "Non è grandioso? Non mi sarei mai sognata di incontrare l'amore della mia vita nell'ambiente delle forniture di bellezza. Abbiamo questo prodotto incredibile. *Bellissima* è un lisciante per capelli che conquisterà il mondo della bellezza."

"Come una piega brasiliana o una cosa del genere?" Una volta Kat aveva provato a lisciarsi i capelli con il metodo semi-permanente, ma aveva deciso che qualche ricciolo era meglio che avere un sacco di sostanze chimiche in testa.

"Una specie, ma molto meglio. La piega brasiliana è solo temporanea. Bellissima ti liscia i capelli in modo permanente. Per sempre."

"Lo hai visto? Come funziona?" Se il prodotto era così remunerativo, perché una delle grandi industrie cosmetiche non l'aveva già sviluppato? Avevano eserciti di scienziati, sviluppatori di prodotti e budget da milioni di dollari. Era strano che Raffaele e sua madre fossero riusciti a preparare un prodotto migliore.

Gia si voltò e strinse le spalle. "Chiedi a Raffaele. Tutto quello che so è ha già fatto una fortuna con Bellissima in Europa."

"Qual è il nome della società?" Kat aveva intenzione di scovare tutto il possibile su Raffaele. Visto che Gia aveva gettato al vento la prudenza, doveva fare attenzione lei per la sua amica.

"Non lo so, ha un nome Italiano. La tua paranoia a riguardo è assolutamente ridicola."

"Sei italiana e non riesci a ricordare un nome italiano?" Se la compagnia di Raffaele aveva tanto successo, perché aveva bisogno dell'investimento di Gia tanto per cominciare? Perché non era andato in banca? Kat esitò. Gia si sarebbe arrabbiata a prescindere da quello che avrebbe detto, quindi tanto valeva chiedere. "Hai verificato le sue affermazioni per assicurarti che sia tutto vero?"

"Credi che abbia mentito su tutto? Perché avrebbe dovuto farlo?" Il viso di Gia era rosso per la rabbia. "Onestamente, Kat. Sei incredibile."

"Non sto dicendo questo. Solo che è una buona cosa controllare."

"La nostra relazione si basa sulla fiducia. Perché dovrei chiedere quando le prove sono proprio qui." Gia allargò le braccia. "Quel ragazzo possiede questo yacht, per l'amor del cielo. È vero."

"Come fa ad avere il tempo di andare in giro in yacht? Non deve gestire la società?"

"Si chiama delegare, Kat. È quello che fanno le persone ricche. I loro galoppini fanno il lavoro." Gia gettò indietro i capelli con un gesto plateale. "I loro galoppini e il loro capitale. Dovresti provare qualche volta."

La loro conversazione era completamente deragliata. Da una parte, Kat avrebbe voluto non aver chiesto di Raffaele e della sua compagnia. Dall'altra parte, Gia c'era troppo dentro. Doveva controbattere, che lo volesse o no. "Non hai mai detto dove l'hai incontrato."

"Questa è la parte migliore. È semplicemente entrato nel mio salone. Ha detto che sembrava proprio come il salone di sua madre a casa. Non è una coincidenza?"

Kat credeva più ai raggiri che alle coincidenze. "È interessante."

"È molto più che interessante. Tutta la mia vita è cambiata in meno di una settimana."

"Ora stai drammatizzando. Sei solo infatuata di lui."

Gia scosse la testa. "No, è molto più di questo. Ho incontrato la mia anima gemella, Kat. È l'uomo con cui passerò il resto della mia vita."

Prima che Gia potesse dire un'altra parola, Raffaele apparve al suo fianco. Avvolse possessivamente le braccia attorno alle sue spalle. "Va tutto bene, bellissima?"

"È perfetto." Gia lo alzò lo sguardo verso di lui, raggiante.

Raffaele si chinò e le baciò la fronte, poi si volto e tornò a unirsi a Jace e Harry. Stavano passando nello Stretto di Burrard, diretti verso il mare aperto.

"Non solo è l'uomo dei miei sogni, è perfino italiano!"

"Non ha l'accento. Sembra proprio uno di noi."

Gia scosse la testa lentamente. "Ma certo che non ha accento. È andato in una scuola internazionale. Parla fluentemente sette lingue."

"Oh. Pare che sia bravo in tutto." Probabilmente era più un bravo attore, ma perché aveva scelto Gia per fare pratica?

"Non essere gelosa, Kat. Non mi va di tornare ai litigi da scuola elementare." Gia sembrava compiaciuta della reazione di Kat.

Raffaele le guardò per un momento, prima di tornare a voltarsi verso gli altri uomini.

"Gia, quanto hai investito?"

Silenzio.

"Gia, hai pensato a quello che stai facendo? Hai appena incontrato questo tizio e già ti chiede dei soldi?"

"Sono un'adulta, Kat. Posso badare a me stessa."

A questo, Raffaele si interruppe a metà di una frase e tutti e tre gli uomini guardarono dalla loro parte. Qualche secondo dopo tornarono alla loro conversazione.

Kat abbassò la voce. "Sono solo preoccupata che tu non ci abbia riflettuto bene."

Harry si alzò dal tavolo e Kat lo sentì dire a Jace e Raffaele che stava andando sul ponte a controllare la navigazione. Questo le diede un'idea per dopo. L'equipaggio di Raffaele poteva essere più incline a parlare del loro capo o almeno dei viaggi dello yacht. Per lo meno poteva verificare le sue affermazioni riguardo all'aver navigato dall'Italia. Una conversazione casuale non avrebbe destato sospetti.

"Non me li ha chiesti, Kat. Glieli ho offerti io."

Kat alzò le sopracciglia.

"Ok, praticamente l'ho supplicato di farmi partecipare." Gia si infilò una ciocca di capelli dietro l'orecchio. "Non voleva, ma io ho insistito. È un investimento per il mio futuro. Il nostro futuro."

Kat fu assalita dalla nausea. Un crescente senso di inquietudine le disse che qualsiasi cosa Raffaele avesse in mente, non era una cosa buona. Gia era troppo infatuata per rendersene conto.

Raffaele e Jace si unirono a loro e le speranze di Kat di continuare la conversazione con Gia svanirono. Raffaele sfoggiava un'espressione neutra, ma Jace sembrava irritato, probabilmente a causa dei brandelli della sua conversazione con Gia che aveva origliato.

Raffaele spinse la sedia vicino a quella di Gia e posò il braccio sullo schienale di quella di lei. "È una giornata così bella per stare in mare."

"Tutto questo batte un volo charter, in ogni caso. Non so dirti quanto lo apprezzi." Jace posò la birra sul tavolo e si appoggiò allo schienale per poi girarsi verso Raffaele. "Mi piacerebbe anche scrivere una storia su di te, se sei interessato."

Raffaele rise. "Ne sei sicuro? Annoierebbe tutti."

"Non credo proprio. Il successo affascina sempre le persone. Una storia come la tua specialmente. Non hai neanche quarant'anni e vivi il sogno. Vuoi rivelare i tuoi segreti?"

Perfetto, pensò Kat. Avrebbe assorbito qualsiasi cosa Raffaele avrebbe detto a Jace e poi controllato i fatti più tardi.

"Nessun segreto, mi è bastato sapere in cosa investire e seguire l'istinto," disse Raffaele. "Il tempismo è tutto."

"Che cosa ti dice il tuo istinto adesso?" Sarebbe rimasto presto a corto di dettagli, visto che non ce n'erano.

Raffaele sorrise. "Ho la più incredibile delle opportunità adesso. La condividerei con voi ragazzi, ma è troppo presto."

Gia gli tirò il braccio. "Kat e Jace sono miei amici intimi. Sono come la mia famiglia. A loro puoi dirlo. Non lo diranno ad anima viva." Guardò Kat come per dire *te l'avevo detto*.

"Non lo so, Gia." Raffaele si voltò verso Kat e Jace. "Vorrei dirvelo, ma sono legato da un accordo di non divulgazione."

"Sono in grado di tenere un segreto. Diglielo, tesoro." Gia ridacchiò. "Mi sono già lasciata sfuggire qualcosa con Kat. Voglio che ci sia dentro anche lei, così che possa fare i soldi come me."

"Va bene, che diavolo," disse Raffaele. "Farò un'eccezione. C'è il mio culo in ballo però. Lasciatevi sfuggire una parola e dovrò uccidervi e spingervi fuori bordo."

Jace rise. "Prometto che terremo il segreto."

Raffaele si sporse in avanti e baciò Gia sulla fronte. "Diglielo tu, dolcezza."

Gia avvicinò la sedia e si appoggiò al tavolo. Parlò in un sussurro. "Il nuovo prodotto per capelli di Raffaele è semplicemente incredibile. È un lisciante brevettato che si chiama Bellissima ed è l'invenzione migliore dallo shampoo."

"Perché sussurri?" chiese Jace. "Chi potrebbe ascoltarci qua fuori?"

"Non si può essere troppo cauti." Gia si guardò alle spalle verso il centro della nave. "Bellissima è rivoluzionario. Come fare la permanente, solo al contrario. Lo metti sui capelli ricci e li liscia. Per sempre."

Gia sembrava una pubblicità informativa mentre ripeteva quello che aveva già detto a Kat.

Si portò le mani al petto. "Io ho l'esclusiva per la distribuzione in Nord America. Ogni salone dovrà comprarlo da me. Verrà lanciato appena dopo gli Oscar. Abbiamo un contratto di promozione con alcune star di prima categoria e metteremo i certificati del salone nelle borse di gadget degli Oscar. Raffaele ha pensato a tutto!"

Gli Oscar non sarebbero stati prima di febbraio ed era solo agosto. Raffaele avrebbe potuto scomparire nel frattempo. Perché Gia aveva investito senza provare il prodotto. Dopo tutto, era una hair stylist. I prodotti per capelli erano parte della sua area di competenza.

"Che cosa rende il prodotto di Raffaele diverso dagli altri?" chiese Jace.

Gia improvvisamente tirò una ciocca dei capelli di Kat.

"Ahi!" Le mani di Kat volarono sulla testa. Gia era più arrabbiata di quanto pensasse. "Mi hai tirato i capelli!"

Gia mollò la presa e lisciò i capelli di Kat. "Questo crespo se ne andrebbe con una sola applicazione e una messa in piega."

"Quale crespo?" Kat spinse via la mano di Gia, irritata. Si era lisciata temporaneamente i capelli con una piastra quella mattina e le era sembrato di aver fatto un buon lavoro. Non era nemmeno umido, come potevano essere crespi? O forse Gia si stava vendicando per i suoi commenti su Raffaele.

Jace e Raffaele si desintonizzarono alla menzione dei capelli. Si alzarono dal tavolo. Jace lanciò un'occhiataccia a Kat, poi si voltò e seguì Raffaele alla ringhiera.

Gia sospirò. "Non essere così sulla difensiva. Non puoi farci niente se i tuoi capelli sono così. Però puoi cambiare le cose. Bellissima trasforma i capelli crespi e ricci in capelli lisci e lucidi."

"Hai investito in un prodotto che non hai nemmeno provato? Che prove hai che funzioni davvero?"

"Gesù, Kat. Davvero credi che sia così stupida?" Gia scosse la testa. "Vedrò il prodotto la prossima settimana, quando andrò in Italia con Raffaele. Non posiamo usarlo adesso e rischiare che cada nelle mani sbagliate prima che il brevetto nordamericano sia registrato. È proprio come con la formula della Coca Cola. Conoscere il segreto potrebbe mettermi in pericolo. Potrei essere rapita o qualcosa del genere."

"Stai parlando di spionaggio industriale? È ridicolo." Il prodotto era già in vendita in Europa, quindi non c'erano altri rischi. Qualcosa non quadrava.

"Vai avanti e prendimi in giro, ma Bellissima è rivoluzionario. Gli altri prodotti funzionano solo temporaneamente. Bellissima è per sempre."

"Non è uno svantaggio?" chiese Kat.

Gia si acciglió. "In che senso?"

"Non c'è modo che un cliente ricompri il prodotto. Una singola applicazione del lisciante Bellissima significa zero occasioni di ripetere l'affare. Nessun altro prodotto o trattamento lisciante, mai più. Dovrete farlo pagare una fortuna."

Gia allontanò il pensiero con uno sventolio della mano, ma Kat aveva toccato un nervo scoperto. "Parlane con Raffaele. Ha funzionato in Europa quindi funzionerà anche qui. Una volta arrivato nella borsa dei gadget degli Oscar a Hollywood e quando le star inizieranno a usarlo, tutti lo vorranno. Faremo una fortuna!"

"Sono sorpresa che tu abbia investito i tuoi soldi senza conoscere più specifiche." Kat si sistemò sulla sedia.

"Ne so abbastanza. Una stylist che ho appena conosciuto sa che questo prodotto sarà una cosa grossa. E Raffaele non mi ha nemmeno chiesto di entrare in affari. Ho dovuto convincerlo a prendere i miei soldi."

"È così?" Raffaele, come tutti i truffatori, sembrava ferrato in psicologia.

"Sì, è così." Gia tirò su col naso. "Ora vorrei non avertelo mai detto. Sono qui a offrirti l'occasione di fare una fortuna, ma tutto quello che fai è criticare. Devi proprio combattere contro di me a ogni passo?"

"Apprezzo l'offerta, ma non mi hai detto nulla del prodotto." Kat si mosse ancora sulla sedia. "Credevo che questi prodotti liscianti fossero banditi. Non contengono formaldeide o qualcos'altro di pericoloso?"

Gia scosse la testa. "È questo che è rivoluzionario in Bellissima. È completamente naturale."

"Se è completamente naturale, come può essere brevettato?"

"Tutto può essere brevettato. Geni umani, varietà di granoturco, dinne una."

L'atmosfera leggera era svanita. "Vorrei comunque più dettagli prima di investirci dei soldi. Se è completamente naturale, come mai nessuno l'ha mai scoperto prima?"

"Raffaele può darti tutti i dettagli. Potrai masticare numeri fino a che non sarai contenta."

Kat dubitava seriamente che Raffaele sarebbe stato così collaborativo. Il suo weekend di relax si stava trasformando rapidamente in un uovo caso, anche se un caso molto personale.

CAPITOLO 5

Il *Financier* procedeva attraverso lo stretto di Active Pass, dirigendosi a nord attraverso lo stretto di Juan de Fuca. Una brezza sferzante raffreddava l'aria dell'oceano, dando un sollievo benvenuto dalle temperature estive soffocanti di Vancouver. Harry e Gia giocavano a carte sottocoperta, nella cambusa con l'aria condizionata, mentre Jace e Raffaele erano seduti sul ponte e parlavano di navigazione.

Kat sedeva da sola a poca distanza, su una sdraio da porticato. Era fuori portata d'orecchi e non riusciva a concentrarsi, sapendo che Gia era nei guai. Aveva riletto la stessa pagina del suo giallo ancora e ancora, incapace di assimilare la storia. Non riusciva a smettere di pensare a Gia e Raffaele. Nonostante le affermazioni di Gia, il suo istinto le diceva che la sua amica era vicina a commettere un terribile errore.

Con qualche domanda generale aveva fatto arrabbiare sia Jace che Gia, ma erano domande che dovevano essere poste. Qualcuno doveva farlo e lei non poteva semplicemente restare in disparte e guardare qualcuno approfittarsi della sua amica. Era già abbastanza difficile essere civile con Raffaele.

Benché non avesse prove che fosse una persona diversa da chi diceva di essere, Kat si era sempre fidata del suo istinto. Quell'uomo nascondeva qualcosa e lei non si sarebbe sentita a suo agio finché non avesse scoperto il suo segreto.

Un cambio di scenario era esattamente quello che le ci voleva per formulare una strategia. Si alzò e camminò lentamente attorno al ponte per sgranchirsi le gambe. C'erano dei modi per controllare Raffaele senza far ulteriormente arrabbiare Gia. Se non avesse trovato scheletri nel suo armadio, tanto meglio. Ma se avesse scoperto qualcosa, almeno Gia avrebbe saputo la verità.

Qualche minuto dopo, Kat si trovò dal lato opposto della barca, da sola. Stando a distanza da Raffaele, quasi si dimenticò di lui. Si appoggiò alla ringhiera e inspirò l'aria salmastra. L'oceano aveva qualcosa che era sempre capace di allontanare le sue preoccupazioni.

Sobbalzò quando qualcosa spruzzò e irruppe sopra il pelo dell'acqua. Era un branco di orche, a una trentina di metri di distanza. Fecero breccia e spruzzarono una nebbia di goccioline mentre giravano le une attorno alle altre con fare giocoso, ignare di lei e della barca.

Le orche se la spassavano mentre saltavano sempre più in alto. Onde circolari si spandevano dal punto in cui giocavano. Erano meravigliose, così senza pensieri e selvagge.

Prese in considerazione l'idea di chiamare gli altri, ma decise di non farlo. Le orche sarebbero scomparse presto. Voleva godersele prima che l'incantesimo fosse rotto. Era bello restare sola con i suoi pensieri per un po'.

Inoltre, non voleva rischiare un altro alterco con Gia. Si conoscevano da così tanto che praticamente si leggevano nel pensiero. Stare un po' ognuna per conto proprio avrebbe dato loro l'occasione di calmarsi.

Le orche scomparvero dalla vista mentre lo yacht passava oltre. Il *Financier* aveva attraversato lo stretto Juan de Fuca e sarebbe dovuto arrivare a De Courcy entro un'ora.

Il tempo che trascorse da sola le diede anche l'occasione di scovare qualche informazione. Passeggiò in cerchio sul ponte, nella speranza di imbattersi in qualche membro dell'equipaggio senza che Raffaele o gli altri lo notassero.

Una conversazione casuale con un membro dell'equipaggio poteva essere un modo per racimolare qualche informazione in più sul passato di Raffaele. Per iniziare, avrebbe potuto determinare quando e come avesse preso lo yacht. Una domanda che suonava innocente e che avrebbe potuto confermare o screditare le sue affermazioni, e magari le avrebbe dato altri indizi sulla sua storia. Le informazioni di Gia erano troppo scarse per valutare davvero in cosa si era cacciata. La sua amica era cotta e sembrava che non le importasse di scoprire di più.

Dieci giri più tardi, Kat non aveva ancora visto un'anima. Dovunque fosse l'equipaggio, non era sul ponte. A testimoniare i suoi sforzi c'erano solo i vestiti bagnati di sudore e la gola secca. Sospirò e si diresse verso le scale e il conforto della cabina con l'aria condizionata.

"Arggh!" Svoltò l'angolo e finì dritta contro un uomo biondo dal fisico atletico. Aveva la barba lunga e indossava pantaloncini logori e una maglietta macchiata. Sembrava più un tossico che un membro dell'equipaggio, decisamente fuori posto nel lusso del *Financier*. Inoltre puzzava come se non si facesse la doccia da una settimana. E sembrava intento a evitarla, un'impresa non da poco visto che si erano appena scontrati.

"Mi scusi." Distolse rapidamente lo sguardo e si fece da parte.

"Un secondo—lei fa parte dell'equipaggio, vero?" Benché non si fosse aspettata che l'equipaggio di Raffaele fosse in uniforme, per lo meno credeva che avrebbero avuto un'aria presentabile. E che l'avrebbero guardata negli occhi. Questo tizio non soddisfaceva nessuna delle due aspettative, cosa che la metteva a disagio.

"Già." L'uomo fece un passo indietro e si voltò per andarsene.

"Dev'essere affascinante lavorare a bordo di un'imbarcazione all'avanguardia come questa." Il *Financier* aveva tutto: gli ultimi ritrovati tecnologici per la navigazione così come gli strumenti elettronici più avanzati nelle cabine. Guardò in su, verso la piccola telecamera montata sopra di loro. Ovviamente uno yacht di quelle dimensioni aveva un sistema di sorveglianza.

Lui si strinse nelle spalle. "È un lavoro."

Una strana risposta. Avrebbe scommesso che la maggior parte dei marinai avrebbe ucciso per lavorare su una nave così lussuosa e hi-tech. "Non ha un accento italiano. È stato assunto da poco?" Non aveva neanche l'aspetto di un italiano. A giudicare dai suoi vestiti e dall'inglese privo di inflessioni, poteva essere uno del posto.

Il suo volto arrossì. "Devo andare."

"Dev'essere bello navigare intorno al mondo." Kat gli bloccò la strada e sorrise. I suoi sforzi per iniziare una conversazione si stavano dimostrando infruttuosi.

"Non saprei dire." Il tipo voltò la testa, come se cercasse qualcuno. "Ho iniziato un paio di settimane fa."

"Allora non ha viaggiato con Raffaele molto a lungo."

"In effetti no." Sembrò confuso per un momento. "Come ho detto, sono stato assunto da poco." Si voltò per andarsene.

Per arrivare in yacht dall'Italia avevano dovuto attraversare un sacco di mare aperto, con pochi porti in cui assumere nuovo personale. "Dove si è unito all'equipaggio?"

L'uomo la ignorò. Finse di esaminare ringhiera mentre indietreggiava.

"Un momento—come si chiama?"

Lui fece una pausa, come se fosse incerto. "Pete."

"Piacere di conoscerla, Pete. Io sono Kat." Tese la mano.

Dopo un momento di imbarazzo, Pete fece un passo avanti per stringerle la mano. "Ora devo davvero andare. Non dovrei stare in giro. Ho del lavoro da fare."

"Immagino che ci stia portando sull'Isola di De Courcy." Anche se aveva passato tutta la vita a Vancouver, non aveva mai sentito parlare dell'Isola di De Courcy finché Jace non l'aveva menzionata.

Non era sorprendente, considerando gli accessi limitati all'isola, raggiungibile solo con voli o imbarcazioni private. C'erano solo qualche dozzina di case e nessun servizio. Il cibo e le altre forniture dovevano essere trasportate sull'isola via mare.

Lui rise piano. "Eh già."

"Conosce la leggenda riguardo a Fratello XII e la Fondazione Acquariana?"

"È il culto, giusto?" Pete diede un calcio a un sasso immaginario sul ponte immacolato.

Kat annuì. "Circolano anche voci su lavoro da schiavi. Le persone venivano ingannate e indotte a dare i loro soldi alla fondazione una volta raggiunta l'isola. Separavano mogli e figli, costringendoli a lavorare per molte ore."

"Alcune di quelle storie probabilmente sono esagerate." Il volto di Pete si incupì. "Negli anni ho sentito parlare di magia nera, occultismo e cose del genere. Per la maggior parte sono storie inventate."

Parole che si applicavano allo stesso modo a Raffaele. Pete conosceva la storia. Doveva essere di quelle parti.

"Difficile saperlo per certo," Kat si disse d'accordo. "Sono certa che la storia sia stata romanzata nel corso degli anni." Prese un appunto mentale di chiederlo a Jace.

"Probabilmente."

"Quel tizio, Fratello XII—ho sentito che ha preso i soldi di tutti non appena sono arrivati. Come se fossero una proprietà comune o qualcosa del genere," disse Kat. "Peccato che abbia usato i soldi per sé stesso. La Fondazione Acquariana ha pagato le proprietà, ma tutti gli atti erano a suo nome."

Pete sorrise. "È quello che dicono. Parlano anche di un tesoro seppellito da qualche parte sull'isola. I cacciatori di tesori hanno cercato ovunque negli anni, ma sono sempre rimasti a bocca asciutta. Pare che ci siano barili d'oro seppelliti da qualche parte, anche se nessuno ha mai trovato niente."

"Sembra affascinante. Mi piacerebbe saperne di più."

Kat non vedeva l'ora di esplorare l'isola. Voleva fare qualche ricerca sul misterioso Fratello XII per conto suo. Ma per adesso il suo obiettivo rimaneva Raffaele. Ora che aveva rotto il ghiaccio con Pete, forse lui si sarebbe aperto a proposito di come era finito sullo yacht di Raffaele. Questo avrebbe potuto fornirle un punto di partenza per fare indagini su Raffaele lei stessa. Gia si fidava di lui, ma lei no.

"Più tardi." Lui annuì e scomparve dietro l'angolo.

Kat trascorse i minuti successivi a scandagliare l'orizzonte. Erano circondati da isole, anche se non riusciva a identificarne nessuna. Si chiese come mai Fratello XII avesse scelto questo posto per il suo culto. Non era facile da raggiungere. Naturalmente, questo rendeva anche più difficile andare via.

I suoi pensieri tornarono a Pete e si chiese come lui e Raffaele si fossero conosciuti. Probabilmente al porticciolo locale, ma perché Raffaele aveva assunto un equipaggio del posto per gestire la vita a bordo del suo yacht italiano? Gli equipaggi normalmente viaggiavano con l'imbarcazione, ovunque andasse.

Forse uno dei membri italiani aveva lasciato o era stato licenziato, ma sembrava improbabile che accadesse in un paese straniero così lontano da casa. Quel Pete dall'aspetto trasandato sembrava come una specie di ultima spiaggia, specialmente per un miliardario. I miliardari in genere controllavano scrupolosamente i loro impiegati, specialmente quelli che dovevano vivere sul loro yacht. Come minimo dovevano avere un aspetto professionale. Pete non corrispondeva al profilo.

A parte i pochi uomini dell'equipaggio improvvisato di Raffaele e le telecamere, non c'era altra sicurezza a bordo. Si era aspettata come minimo una guardia del corpo. Pochi miliardari si rendevano così vulnerabili e indifesi in mare aperto, dove non c'erano controlli.

Pete poteva avere un pezzo del puzzle per svelare le vere intenzioni di Raffaele. Se solo fosse riuscita a farlo parlare.

Si voltò per andarsene e quasi si scontrò con Harry. Quell'angolo sembrava essere un'area ad alto tasso di incidenti. Raffaele avrebbe dovuto mettere uno specchio o qualcosa del genere.

Pete apparve all'improvviso dietro di lui.

Harry indicò a tribordo. "Terra!"

Pete lo seguì e scoppiò a ridere. "Non lo sento dire da un sacco di tempo."

"Ha il lavoro migliore del mondo," disse Harry. "Secondo a quello del suo capo, naturalmente. Da quanto lavora per Raffaele?"

"Qualche settimana," disse Pete. "Sono qui fino alla fine del mese, come gli altri ragazzi."

Kat non aveva nemmeno preso in considerazione che Pete potesse essere un lavoratore temporaneo. Anche se Raffaele aveva intenzione di attraccare il suo yacht, non poteva abbandonarlo completamente senza equipaggio, specialmente visto che era la sua residenza.

Che cosa sarebbe accaduto alla fine del mese per far sì che Raffaele congedasse l'equipaggio? Quasi non voleva saperlo.

Bastava lasciare la cosa a Harry. Nel giro di un minuto ottenne tutte le notizie senza impicciarsi per niente. L'intero equipaggio era nuovo, cosa che confermava che Raffaele probabilmente aveva mentito dicendo di aver navigato fin dall'Italia. Certamente gli sarebbe servito un equipaggio completo per più di qualche settimana se voleva tornare in Italia.

Raffaele probabilmente non avrebbe ammesso nulla, ma Kat aveva intenzione di cavare altre informazioni a Pete. Forse Raffaele non era nemmeno il proprietario della barca. Poteva tranquillamente averla noleggiata. Quella teoria aveva senso se l'equipaggio se ne andava alla fine del mese.

Ma se Pete fosse andato via alla fine del mese, probabilmente lo stesso si poteva dire di Raffaele. Questo collocava l'ora zero a meno di due settimane di distanza. Naturalmente stava saltando alle conclusioni, perché non aveva prove che ci fosse qualche illecito. Era solo una sensazione.

Se Raffaele aveva già i soldi di Gia, sarebbe potuto sparire in qualsiasi momento. A meno che non volesse impadronirsi di più soldi. Non aveva idea di quanto Gia avesse già investito, ma ci voleva una piccola fortuna solo per le operazioni giornaliere dello yacht. Anche se Gia avesse investito tutto quello che aveva, avrebbe coperto appena le spese di Raffaele. Probabilmente stava tramando per avere altro denaro. Era così, oppure lei si stava sbagliando completamente su quel tipo. Gli affari di Raffaele potevano essere completamente legittimi, come diceva Gia.

Pete aprì un deposito e sollevò i giubbotti di salvataggio.

"Lasci che la aiuti." Harry si unì a lui e i due uomini impilarono i giubbotti di salvataggio sul ponte dietro il deposito.

"Che cosa farà una volta finito qui?" chiese Harry.

"Non lo so. Immagino che cercherò un altro lavoro."

"Su una barca?"

Pete sospirò. "Mi piacerebbe, ma è piuttosto difficile trovare lavoro adesso. Questo è spuntato all'ultimo minuto."

Kat rizzò le orecchie. La mancanza di lavoro implicava una competizione dura per i pochi posti disponibili e Pete non sembrava proprio un candidato di primo livello. "Come ha scoperto di questo lavoro?"

Pete si accigliò. "Ne ho sentito parlare."

La sua domanda l'aveva reso sospettoso. Harry se la cavava molto meglio a fare domande disinvolte. Probabilmente perché non era a caccia di risposte, tanto per cominciare. "Da dove? Qualcuno che conosce?"

Pete fece un gesto con il braccio. "Siamo quasi all'isola. È meglio che prendiate la vostra roba e vi prepariate."

Kat lanciò un'occhiata ad Harry, sperando che continuasse a fare domande.

Lui non mancò di cogliere il suggerimento. "È lo yacht più bello su cui abbia lavorato?"

Pete annuì. "È il solo su cui abbia lavorato. Ne è valsa la pensa solo per tornare qui."

"Tornare da dove?" chiese Harry. "Era via da qualche parte?"

"Devo tornare al lavoro." Pete praticamente abbatté Harry nella sua fretta di andarsene. "Questa nave non attraccherà da sola."

Mentre Pete scompariva dietro l'angolo, Kat si lambiccò sul suo commento. Pete aveva suggerito di essere del luogo. E a differenza di Raffaele, sembrava conoscere l'Isola di De Courcy. Da dove era tornato esattamente? Aveva intenzione di scoprirlo.

CAPITOLO 6

*K*at entrò nella sua cabina, impaziente di fare una doccia fredda e rinfrescante.

Jace era già dentro. Spingeva i suoi vestiti nello zaino sopra il letto.

"Vai da qualche parte?"

"Io e Raffaele esploriamo l'isola. Andremo a vedere quello che resta del vecchio insediamento di Fratello XII."

"Faccio la doccia e prendo la mia roba." Slegò la coda di cavallo e rovistò nella borsa per cercare un cambio di vestiti.

Silenzio.

Si voltò e guardò Jace.

Lui si gingillò con le dita mentre si sedeva sul letto. Guardava in basso verso le scarpe da trekking invece di incrociare il suo sguardo.

Kat deglutì mentre le si formava un groppo in gola. Aveva programmato di andarsene senza di lei? "Oh, capisco. Immagino di non essere invitata."

"Io-uh, pensavo che avessi già fatto qualche programma con Gia. O forse Harry." Jace si lanciò lo zaino in spalla e si alzò. "Ci sono un sacco di cose da fare a bordo. O magari voi ragazzi volete solo stare in spiaggia o qualcosa del genere."

"Ma avevamo programmato di esplorare l'isola insieme, Jace." Prima che tu mi rimpiazzassi con Raffaele, pensò. Era gelosa o sospettosa? Forse un po' di entrambe le cose.

"Pensavo che sarebbe stato più efficiente in questo modo, soprattutto visto che devo scrivere due storie in una. Posso intervistare Raffaele mentre andiamo al sito di Fratello XII." Si voltò verso la porta. "Io e te possiamo visitarlo da soli più tardi."

Kat si accigliò. "Capisco dove vuoi arrivare. Non vuoi che venga."

"Non essere sciocca. Se fai in fretta puoi venire con noi." Uscì dalla porta, poi si voltò. "Ci vediamo sul ponte."

Le lacrime le fecero pizzicare gli occhi. Jace non la voleva veramente lì. Lo aveva negato, ma era chiaro che avrebbe preferito tenerla lontana da Raffaele. In un certo senso capiva la sua preoccupazione e il fascino che Raffaele esercitava su di lui. Non si incontravano miliardari tutti i giorni, ma quello era un altro discorso. La loro fuga romantica si era trasformata in una faccenda di gruppo dove non c'era tempo per stare da soli.

Evitò il suo sguardo e guardò oltre l'oblò. Erano appena fuori dal porto con il motore al minimo. C'erano solo due barche ormeggiate, un gommone da pesca e un peschereccio malconcio. Il porto sembrava troppo piccolo per il *Financier*.

Il cuore di Kat accelerò. "Oltre al tuo incarico, questo sarebbe dovuto essere un weekend tutto per noi. Ma tu preferisci passare il tempo con Raffaele piuttosto che con me. Ho capito. Non sono una miliardaria appariscente con giocattoli costosi. Sono solo la tua ragazza." Forse se la stava prendendo troppo ma a quel punto non le importava. Il fine settimana era iniziato da qualche ora e lei voleva già voltarsi indietro e tornare a casa.

"Non è quello che intendevo, Kat." Jace, in piedi sulla porta, alzò gli occhi al cielo. "Certamente preferirei passare il tempo con te. Ma questa è una grossa opportunità per una storia. Posso ottenere due articoli in un giorno solo. Sei stata tu a suggerire che scrivessi un articolo su di lui, quindi perché la fai tanto lunga? Se scriverò su questo tizio, prima devo parlargli."

"Non hai bisogno di passare ogni momento di veglia con lui."

Jace alzò le braccia al cielo. "Siamo a bordo da poche ore soltanto. Abbiamo ancora tutto il weekend. Inoltre è un tipo davvero impegnato e potrebbe dover andare da qualche altra parte. Non so per quanto tempo resterà nei paraggi."

"Non molto a lungo, spero." Non sarebbe rimasto dopo che lei lo avesse smascherato. Quello era sicuro.

"Sembra che tu pensi che sia un criminale o qualcosa del genere. Penso che ti interessi la mia storia solo per aver modo di indagare."

Silenzio.

"Ho ragione, vero?"

"Non farebbe male scoprire qualcosa di più sulle sue origini. Alcune delle sue affermazioni sono un po' difficili da credere. Dovrai verificarle in ogni caso."

Harry passò accanto alla porta aperta e salutò con la mano. "Salite voi due?"

Jace scosse la testa.

Harry guardò prima Jace e poi Kat. Il suo sorriso svanì insieme a lui.

Jace si voltò e chiuse la porta alle sue spalle. Sedette sul letto con Kat. "Perché stiamo discutendo di questa storia? Dovremmo divertirci."

"Perché tu preferisci stare con lui piuttosto che con me." Suonava stupido una volta detto ad alta voce, ma era la verità.

"Non è vero." La attirò vicina a sé e la baciò. "Preferirei che tu venissi con noi, ma temo che perderesti la pazienza con Raffaele. Non puoi dire niente di polemico o imbarazzante."

"Oh, quindi adesso ti causo imbarazzo?" Le lacrime le punsero gli occhi. Non avrebbe pianto per nessuna ragione. Si voltò e trattenne il respiro. Aveva il diritto di avere le sue opinioni su Raffaele. Non poteva esprimerle senza venire emarginata?

"Sai cosa intendo. Sei un po' troppo protettiva nei confronti di Gia, ma devi tenerti i tuoi sospetti per te. La loro relazione non sono affari tuoi. Io credo che lui sia completamente a posto, anche se tu non lo pensi. Inoltre, ci ha portati tutti fino a qui. Dovremmo almeno essere educati con lui."

Jace poteva avere ragione. Almeno riguardo al tenersi i sospetti per sé. Si sarebbe comportata bene, ma non si sarebbe tirata indietro mentre lui derubava la sua amica. Ora più che mai doveva indagare sulla storia di Raffaele. Solo non l'avrebbe detto a nessuno. Specialmente non a Jace.

CAPITOLO 7

In realtà non c'era alcun bisogno che Kat facesse in fretta. Quando emerse sul ponte, quindici minuti più tardi, ancora non erano attraccati. Il *Financier* era troppo largo per il piccolo porto dell'Isola di De Courcy, quindi dovevano trasferirsi. Lo yacht attraccò a Pirate's Cove.

"Pete dice che prenderemo la scialuppa fino all'isola." Zio Harry strinse gli occhi mentre la studiava. "Sembri di cattivo umore."

"Sto bene." Non era vero e non poteva nasconderlo a Harry. Per fortuna lui non indagò oltre.

"Se lo dici tu, ma non sembri contenta. Vado a vedere come va la truppa della scialuppa." Rise alla sua stessa battuta e scomparve in direzione della prua.

Kat fece un respiro profondo ed espirò lentamente. Jace aveva ragione. Quanto poteva essere difficile sorridere e sopportare la compagnia di Raffaele per un paio di giorni? Era il fine settimana ed erano ormeggiati su un'isola scarsamente popolata.

Infatti, l'Isola di De Courcy era un luogo ideale. Le dava il tempo di scoprire i segreti di Raffaele. Essere a stretto contatto sullo yacht era il modo perfetto per tenerlo sotto controllo, una cosa che sarebbe stata impossibile a Vancouver. Era sicura che una volta smascherato il suo vero carattere e i suoi segreti, tutti avrebbero ascoltato quello che aveva da dire.

Harry tornò dopo meno di dieci minuti. "Vorrei che Raffaele e Gia si sbrigassero. Non possiamo semplicemente andare a terra senza di loro?"

"Non dovrebbero metterci ancora molto," disse Kat. Gia aveva parlato di una videoconferenza con gli investitori di Raffaele in Italia, ma sarebbe dovuta finire mezz'ora prima.

"Anch'io non vedo l'ora di scendere, ma credo sia meglio aspettare," disse Jace. "È difficile credere che su quest'isola così piccola un tempo ci fosse una comune. Ci hanno abitato un mucchio di persone, eppure per la maggior parte sono state dimenticate."

"È quello che succede quando dici che il mondo sta per finire," disse Harry. "Le persone perdono il buon senso."

"Fratello XII promise una via d'uscita. Il mondo sarebbe finito per le masse, ma non per l'élite dei pochi che erano stati scelti per unirsi alla Fondazione Acquariana. A tutti coloro che si univano al culto prometteva un finale migliore. I suoi seguaci crebbero mentre i giornali mettevano in giro storie sulla sua capacità di prevedere il futuro."

"Quella gente ha creduto a quello a cui voleva credere," disse Kat. "Pensavano che se avessero messo la loro fede in un potere superiore, il destino non sarebbe più stato nelle loro mani. In quel modo potevano assolvere loro stessi da qualunque colpa."

Jace annuì. "Alcune persone sono state sfruttate più di altre. A parte gli editori che hanno diffuso il messaggio di Fratello XII, convinse Mary Connally, una ricca vedova di Asheville, North Carolina, che lui possedeva il segreto per l'aiuto divino e la redenzione spirituale. La Connally gli mandò duemila dollari, dicendo di avere altri fondi disponibili."

"Ragazzi, questo tizio sapeva davvero come fregare la gente." Harry scosse la testa. "Perché gli ha creduto?"

"Era difficile non farlo. Fratello XII prese un treno per Toronto e la incontrò di persona. Ma sul treno incontro Mrs. Myrtle Baumgartner. La convinse di essere la reincarnazione della dea egizia della fertilità, Iside."

"Il mondo è pieno di polli da spennare," disse Zio Harry.

Jace annuì. "Alla fine del viaggio in treno di tre giorni, l'aveva convinta anche che erano destinati a stare insieme perché lui era la reincarnazione di Osiride, marito di Iside."

"Ma lei era già sposata." Kat aggrottò le sopracciglia.

"Sembra che lui abbia esercitato una tale influenza su Myrtle che lei attese il suo ritorno. Era così ammaliata che quando tornò, lasciò il marito e la famiglia per unirsi alla Fondazione Acquariana."

Zio Harry scosse la testa. "Ma come si fa a credere a una cosa così inverosimile?"

"Fratello XII era molto convincente, un sacco di gente credette alle sue affermazioni. Mentre era a Toronto raccolse quasi ventiseimila dollari e una promessa di devozione da Mary Connally. Allora erano un sacco di soldi. E non dimenticare—era ancora sposato. Quella però fu l'ultima goccia. Sua moglie Alma ne aveva abbastanza e finalmente lasciò il marito. Meno di una settimana dopo, Fratello XII portò Myrtle a vivere con lui."

"Un tipo inquietante," disse Harry. "Era così bravo a prendere i soldi della gente che mi chiedo se non ne siano rimasti sull'isola."

Jace si appoggiò alla ringhiera. "Ne dubito. Ma non si può mai dire."

"Sono sorpreso che le persone non si siano fatte furbe," disse Zio Harry. "Non era evidente che era una fregatura?"

"La gente in genere non se ne accorge finché non è troppo tardi," disse Kat. "Fratello XII diceva loro quello che volevano sentirsi dire. Volevano credere non solo di essere speciali, ma anche di far parte di qualcosa di grande. Che, in qualche modo, erano più importanti di altre persone. Questo nutrì il loro ego e li rese ciechi a qualsiasi altra cosa stesse succedendo. Funzionava come un incantesimo."

"Era proprio così," disse Jace. "Fratello XII tenne i loro soldi per sé e mise tutti a lavorare come schiavi. Separava gli uomini dalle donne, i mariti dalle mogli, e li faceva sgobbare dalle sedici alle diciotto ore al giorno con pochissimo riposo."

"Bisogna essere matti per farlo." Zio Harry scrollò il capo. "Non mi farei mai fregare da una cosa simile."

"Saresti sorpreso, Zio Harry," disse Kat. "Sei su un'isola, separato dal resto della società e isolato dal mondo. Non hai soldi, nessuna proprietà e non hai un modo per andartene dall'isola. Praticamente sei alla mercé della persona che ti dà da mangiare. Paradossalmente, quella persona sta comprando il cibo con i tuoi soldi. Ma non sono più i tuoi soldi. Hai perso il controllo su tutto quello che ti apparteneva."

"È esattamente quello che è accaduto," disse Jace. "Fratello XII affermava che non c'era abbastanza spazio per tutti nella comune. Tutti partecipavano a una prova per vedere chi avrebbe superato la competizione. Solo i pochi scelti avrebbero avuto rifugio nella città che stavano costruendo."

"E gli altri?" chiese Kat.

"Chiunque fosse rimasto fuori dalla città sarebbe morto, o almeno era quello che pensavano. Era la loro sola occasione per sopravvivere, per questo erano disposti a fare qualsiasi cosa per essere tra i prescelti. Forse era follia, ma dopo qualche mese o qualche anno, sembravano cose del tutto normali per loro. Siccome nessuno arrivava o andava via dall'isola, non subivano alcuna influenza esterna. Nessuno metteva in dubbio le loro credenze."

"Hai detto che c'era una competizione," disse Zio Harry. "Chi vinse?"

"Nessuno." Jace sospirò. "Tutti persero qualcosa. Alcuni più di altri."

I gabbiani gracchiarono e straziarono il silenzio sopra di loro. Kat, Jace e Harry rimasero in silenzio a guardare l'Isola di De

Courcy. C'erano state così tante tragedie e strazi, eppure non ne restava traccia.

"Anche io sarei in fase di negazione dopo aver fatto un errore così clamoroso," disse Harry. "Finché fai finta che vada tutto bene, non dovrai affrontare la realtà di essere stato un'idiota. Quella gente ha rinunciato ai risparmi di una vita e si è rovinata l'esistenza. Fratello XII li ha aiutati, ma sono state le loro decisioni stupide a causare tutto questo."

"Già," disse Jace. "È facile dirlo col senno di poi. E anche così, non tutti vogliono vedere la verità."

Kat guardò verso la porta. "Che cosa stanno facendo Gia e Raffaele, comunque? A che tipo di incontro d'affari stanno partecipando?"

Jace le lanciò un'occhiata di avvertimento.

Lei controllò l'orologio. Erano quasi le tre del pomeriggio, ora locale. "In Italia è quasi mezzanotte. Con chi possono parlare così tardi un venerdì sera?"

"I miliardari non seguono i normali orari d'ufficio," disse Jace. "Ma anch'io vorrei che si sbrigassero. Non vedo l'ora di mettere piede sull'isola. Sai, alcune persone la chiamano l'isola del tesoro. Corrono voci secondo cui Fratello XII abbia nascosto una mezza tonnellata di monete d'oro qui."

Ancora l'oro. Proprio come aveva detto Pete.

"Pete ha detto che Fratello XII teneva l'oro in barattoli di vetro." Harry raccontò i commenti di Pete. "Dove ha preso tutti quei soldi?"

"Le donazioni alla Fondazione Acquariana venivano fatte in contanti," disse Jace. "Fratello XII convertì tutto in oro. Visto che aveva una capacità sbalorditiva di selezionare membri facoltosi, con tutti i loro beni materiali mise insieme una bella sommetta. Almeno uno dei suoi seguaci era un milionario e quindi i soldi si sono accumulati in fretta."

"Perché non mettere tutto in banca?" Harry si grattò il mento, pensieroso. "Sarebbe stato molto più facile, no?"

"Facile forse, ma le transazioni bancarie avrebbero lasciato una traccia. L'oro no. A differenza dei soldi in banca, era irrintracciabile e non c'erano documenti sulle transazioni. È stato piuttosto ingegnoso da parte sua. Poteva spendere il denaro senza che nessuno lo sapesse. Inoltre non c'erano prove del pagamento da parte dei donatori, quindi non potevano provare che fossero soldi loro all'inizio se si fosse presentato qualche problema. Naturalmente era sempre stato quello il piano, prendere i soldi per sé."

"È una follia," disse Kat. "Avrebbero dovuto essere meno ingenui. Erano persone ricche. Che cosa dicevano i loro consulenti finanziari?"

"Non ci fu modo di fermarli, non aveva importanza cosa dicessero i loro consulenti. Erano completamente rapiti da Fratello XII, che sosteneva di predire il futuro. Col senno di poi, naturalmente, rimpiansero quello che avevano fatto, quando la magia bianca si trasformò in magia nera.

"Cedettero tutti i loro soldi perché credevano a tutto quello che lui raccontava. Li incoraggiava a venire sull'isola e a sistemarsi. Costruirono case e investirono tutto ciò che avevano per comprare la terra sottostante. Eppure non ricevettero mai un atto di proprietà. Fratello XII aveva gli atti. Sosteneva che era tutto un progetto comune, quindi non ci sarebbe stata proprietà individuale."

"Perché i suoi seguaci non hanno mangiato la foglia?" chiese Zio Harry. "Dev'essere diventato ovvio dopo un po'."

"In effetti no. Nessuno sapeva neppure dove fosse tenuto l'oro. Per quel che ne sapevano, rimaneva proprietà della Fondazione Acquariana ed era ancora nascosto e intoccato."

"Ma se lui prendeva i loro soldi e non dava loro niente in cambio, dovevano capirlo prima o poi," disse Zio Harry.

"È qui che la cosa si fa interessante," disse Jace. "Li convinse che le loro anime sarebbero state distrutte. Non si sarebbero reincarnati. In più rischiavano di essere estromessi dal rifugio, visto che le persone erano più dello spazio a disposizione. Solo i pochi prescelti avrebbero avuto asilo durante l'Apocalisse e se avessero protestato era pieno di gente che sarebbe stata felice di prendere il loro posto."

Raffaele e Gia finalmente comparvero. Gia sorrise con aria di scusa. "Siamo pronti a scendere a terra. Mi dispiace per l'attesa."

Non diede altre spiegazioni.

"Raccontami qualcosa in più su questa mezza tonnellata d'oro," disse Harry. "C'è una mappa del tesoro?"

Jace rise. "Non che io sappia. Ma le voci dicono che Fratello XII seppellì l'oro proprio qui sull'isola."

Il discorso sul tesoro attirò l'interesse di Raffaele. "Perché avrebbe dovuto farlo?"

"Per sfuggire ai controlli e averlo a portata di mano. È quello il punto focale della mia storia." Jace indicò l'isola. "La Fondazione Acquariana ha comprato l'Isola di De Courcy e un paio di altre isole nella primavera del 1929, quando il culto era nato da qualche anno. Ogni volta che qualcuno iniziava a fare domande, spostava il gruppo in un posto più isolato."

Kat dimenticò della sua antipatia per Raffaele e si fece trascinare dal momento. "I ruggenti anni Venti stavano per finire. Mancavano pochi mesi al crollo della borsa del 1929 e all'inizio della Grande Depressione."

"Esatto," disse Jace. "Anche se il mercato azionario era in crescita, un sacco di gente si aspettava un crollo, presto o tardi. C'erano tutti i segnali—i mercati azionari in Europa e qui in Nord America che fluttuavano e la differenza di ricchezza tra poveri e ricchi."

"Perché qualcuno avrebbe voluto vivere qui?" chiese Gia. "È bello e tutto quanto, ma è piccolo ed è nel bel mezzo del nulla. Ti serve una barca oppure sei bloccato."

"È esattamente il motivo per cui piaceva a Fratello XII. Lo nascondeva a occhi indiscreti. La gente aveva iniziato a fare supposizioni sulle sue motivazioni. Accostava la gente ricca e i suoi sostenitori facoltosi aumentavano quando prediceva il crollo della borsa. Per loro, dimostrava che poteva predire il futuro, incluso l'Apocalisse. La gente vedeva le isole come un rifugio dal conflitto finanziario e dai mercati azionari turbolenti."

"Probabilmente tutti quei ricchi investitori pensavano che avrebbero avuto più soldi in una vita futura," Harry rise. "Come se potesse davvero succedere."

"E la banca più vicina era a miglia e miglia di distanza in barca." Raffaele si sfregò il mento. "Così ha sepolto i soldi per tenerli al sicuro."

"Come ha fatto ad avere un tale potere sulla gente? Devi essere piuttosto stupido per dare tutti i tuoi soldi a qualcuno, no?" Gia guardò Raffaele per avere conferma, ma lui rimase impassibile.

"Carisma," disse Jace. "Li convinse anche che era un mistico con una connessione diretta con gli dei. Avevano paura di fare qualcosa che potesse mettere in pericolo la sopravvivenza delle loro anime quando fosse arrivata la fine del mondo."

"Qualsiasi persona normale si sarebbe accorta di cosa stava succedendo." Gia aggrottò la fronte. "Ci vuole solo un po' di buonsenso."

Jace sorrise. "Si direbbe di sì, ma Fratello XII aveva un paio di assi nella manica. Si ritirava in quella che chiamava Casa del Mistero, dove teneva delle sedute spiritiche e diceva di comunicare direttamente con gli altri undici fratelli. Non permetteva a nessuno di entrare nella Casa del Mistero, ma faceva restare i suoi seguaci fuori, a volte per ore. Diceva che la loro meditazione lo aiutava con la proiezione astrale e a connettersi con le altre divinità.

"Le sue sedute spiritiche spesso duravano per ore e la gente diventava irrequieta. Alcuni spettegolavano, altri si lamentavano. Eppure in qualche modo Fratello XII sapeva sempre che cosa veniva detto fuori e chi l'aveva detto. Gli scettici venivano sempre puniti. Ai loro occhi, era davvero un sensitivo. Vivevano con la paura e il timore reverenziale.

"Quello che i suoi seguaci non sapevano era che Fratello XII aveva assunto un elettricista in segreto, che aveva installato dei microfoni tra le rocce nell'area di attesa designata fuori dalla sua casa. Era tecnologia all'avanguardia all'epoca, cose che non erano familiari o che la maggior parte della gente non si sarebbe aspettata. Tutto quello che doveva fare era ascoltare."

Kat sospirò. Se solo qualcuno avesse ascoltato lei.

CAPITOLO 8

Kat uscì dal gommone e saltò nell'acqua che le arrivava al ginocchio, contenta di essere finalmente sull'isola. Guardò indietro verso il *Financier* mentre camminava verso la spiaggia rocciosa. Anche a distanza, lo yacht era imponente.

Raffaele trascinò il gommone sulla spiaggia, abbastanza lontano da evitare che fosse trascinato via dalla marea. Gli uomini avevano già dimenticato la sua presenza. Jace parlava di Fratello XII e Raffaele pendeva dalle sue labbra.

Kat si fermò per un momento e poi prese a camminare dietro Jace e Raffaele. Procedeva nella loro scia, a diversi passi di distanza, mentre attraversavano la spiaggia. Era abbastanza lontana da Raffaele, ma sentiva comunque la conversazione. Era una strategia che le permetteva di mantenere la calma.

Gia e Harry erano rimasti sul *Financier*. Gia era stanca e Harry aveva di nuovo mal di schiena. Anche Kat era stata indecisa se restare con loro, ma non era andata fino a lì per perdersi quello che restava del mondo di Fratello XII. Inoltre credeva al vecchio proverbio Cinese che diceva di tenersi vicini gli amici e ancor più vicini i nemici.

Erano quasi le quattro del pomeriggio. Raffaele ancora non aveva spiegato la ragione della teleconferenza con i suoi investitori italiani, aveva detto solo che riguardava in qualche modo Gia. Eppure Gia era stata evasiva quando Kat aveva insistito per avere i dettagli.

Gia era furiosa che Kat avesse messo in dubbio l'autenticità di Raffaele e della sua compagnia. Kat sapeva di essersela cercata, ma non poteva semplicemente restare in disparte e guardare la sua amica farsi scaricare e imbrogliare allo stesso tempo.

Con Gia che le parlava appena, era difficile avere i dettagli dell'accordo tra lei e Raffaele. Nel cercare di proteggere la sua amica, l'aveva allontanata. In effetti, qualsiasi cosa dicesse, faceva arrabbiare Gia ancora di più. Non era colpa della sua amica. Ma qualcuno doveva pur dire quelle cose, se non altro per fermare l'avanzare del disastro di Gia.

Si fermò un momento sulla spiaggia rocciosa e immaginò come dovesse essersi sentito il nuovo membro della comune appena arrivato a terra. Avevano rinunciato a tutti i loro possedimenti ed erano arrivati su un'isola desolata molto lontana dal mondo esterno.

Kat non vedeva l'ora di vedere i resti dell'insediamento abbandonato di Fratello XII. I culti l'avevano sempre affascinata. Persone ragionevoli a cui, in qualche modo, veniva fatto il lavaggio del cervello fino a indurli a cedere i loro averi e, cosa più importante, il loro libero arbitrio. La Fondazione Acquariana ne era un esempio perfetto. C'erano delle buone ragioni per cui era stato quasi del tutto dimenticato. Probabilmente la gente voleva lasciarsi alle spalle degli eventi così sfortunati.

"Che cosa aspettiamo? Andiamo," disse Raffaele.

Si diressero su perla collina, su un sentiero che conduceva nell'entroterra. Il sentiero affiancava le scogliere rocciose, ombreggiato in parte da alberi di arbuto aggrappati alle rocce. Man mano che si addentravano, gli alberi di arbuto si trasformarono in pini più alti. Il sentiero si livellò e il sole a chiazze si trasformò in ombra fresca, un cambiamento piacevole.

"Parlami dei tuoi affari. Come hai iniziato?" chiese Jace.

Raffaele annuì. "Mamma aveva un salone a casa, a Milano. Da ragazzino giocavo lì e, anche se ero giovane, mi rendevo conto di come lei trasformasse donne dall'aspetto ordinario in regine della moda. Non era così brava con il lato finanziario degli affari. I suoi talenti erano inventare nuovi stili e nuovi prodotti per i capelli. Ben presto attirò l'attenzione delle stelle del cinema italiano e delle modelle. In effetti, Gia mi ricorda molto mia madre."

"Davvero? In che cosa?" chiese Jace.

"Conosce i suoi clienti e sa quello che vende. Non ha paura di correre dei rischi calcolati."

Questa era una novità per Kat. La Gia che conosceva lei era super prudente, aveva rimandato la ristrutturazione del salone finché non erano aumentati i profitti. Che cosa era cambiato con Raffaele?

Rimase in silenzio per racimolare quante più informazioni possibili da Raffaele. Seguì gli uomini su un piccolo affioramento roccioso che marcava una biforcazione nel sentiero. Si incamminarono a destra.

"Tua madre lavora ancora nel salone?" chiese Jace.

"Diavolo, no." Raffaele rise. Il sentiero polveroso declinava leggermente mentre si inoltrava nella foresta. "Non avrà più bisogno di alzare un dito per il resto della sua vita. Ora siamo molto ricchi grazie a Bellissima. Ora è Mamma che va a farsi fare i trattamenti di bellezza."

Jace ridacchiò. "E tu l'hai aiutata ad arrivare lì."

"Mi sono occupato degli affari, del marketing e del capitale di rischio per finanziare lo sviluppo e la produzione del prodotto. Ma l'idea, il passaparola e l'appoggio delle celebrità sono stati tutto merito di Mamma. Sono cose che i soldi non possono comprare."

"Stai facendo il modesto," disse Jace.

Jace non aveva perso tempo a unirsi al fan club di Raffaele. Dov'erano il suo scetticismo da giornalista e la sua neutralità?

"Qual è il nome della tua società, Raffaele?" Le parole le sfuggirono prima che Kat potesse trattenerle. Nonostante tutto quel parlare di successo, era incredibilmente reticente sui dettagli.

Nessuna risposta.

Quasi certamente l'aveva sentita, così non ripeté la domanda. Jace non sembrò notare l'udito selettivo di Raffaele, o se lo notò, non fece commenti.

Qualche momento dopo arrivarono all'insediamento. Raffaele recuperò la voce mentre la conversazione si spostava su Fratello XII e la Fondazione Acquariana. Non era rimasto molto sul sito, a parte qualche lieve traccia nei punti dove un tempo c'erano gli edifici.

Jace indicò i resti di fondamenta di cemento della dimensione di diverse case. "Là doveva esserci la scuola," disse. "La costruirono perché si aspettavano degli studenti, ma non ne arrivò nessuno. La maggior parte dei discepoli era di mezza età o più anziano, per questo non c'erano bambini."

"Forse è stato meglio così," disse Kat. "Immagina come dev'essere nascere all'interno di un culto. Non conosceresti mai niente di diverso."

Jace annuì. "Lavaggio del cervello fin dalla nascita. Difficile da cancellare."

"È tutto quello che rimane?" Raffaele scalciò la polvere col piede. "Credevo che ci sarebbero stati edifici restaurati e roba del genere."

"Dov'è la Casa del Mistero?" Kat scandagliò il terreno per cercare i segni di un edificio che doveva essere stato più grande degli altri. "Oh, credo di vederlo." Su una collinetta che sovrastava l'insediamento, c'erano le tracce accennate delle fondamenta di un edificio. Da lì poteva tenere d'occhio i suoi sottoposti, pensò Kat.

"Per quanto tempo è esistito questo culto?" chiese Raffaele. "Sembra che si siano spostati parecchie volte."

"Solo pochi anni," disse Jace. "Anche i seguaci più irriducibili furono disillusi quando la sua promessa di una nuova era non si materializzò. Alla fine non si fecero più ingannare dalle sue affermazioni."

"Non è proprio facile arrivare qui." Raffaele fece scorrere lo sguardo sul paesaggio. "Ed è un'isola rocciosa. Non puoi essere autosufficiente. Cosa c'è di così speciale in questo posto?"

"A Fratello XII piaceva il fatto che fosse lontano da occhi curiosi. Non voleva attirare l'attenzione perché avrebbe portato domande scomode. E le domande non provenivano solo dalla gente fuori. I membri della Fondazione Acquariana volevano sapere perché lui poteva vivere con Myrtle mentre era ancora sposato con Alma. Quel genere di comportamento era scandaloso all'epoca. O perché i titoli di proprietà fossero registrati personalmente a lui invece che a nome della Fondazione.

"Ma la questione più spinosa era perché i seguaci dovessero lavorare così duramente in quello che era praticamente lavoro forzato senza paga. Molti erano anziani, che lavorarono fino a morire. Erano poco più che suoi schiavi."

Kat guardò il profilo delle fondamenta, alcune delle quali erano coperte dalla vegetazione. Era come un sito archeologico. Del tipo che la gente avrebbe preferito dimenticare. "Non riesco ancora a credere che la gente volesse stare qui. Immagino che a quel punto fossero indigenti e probabilmente troppo esausti fisicamente e mentalmente per scappare."

"E troppo spaventati," aggiunse Jace. "Credevano ancora che Fratello XII esercitasse un potere su di loro. Temevano le conseguenze se fossero andati via. Anche se quello che sosteneva dal punto di vista spirituale era falso, dove potevano andare? Avevano allontanato le loro famiglie quando avevano dato le loro ricchezze a Fratello XII. O, nel caso di alcune donne, avevano abbandonato i mariti per l'affetto di Fratello XII. Molti provenivano da altri paesi. Non avevano i mezzi o il denaro per tornare a casa.

"Ebbero un po' di tregua dal lavoro massacrante e dalla loro vita grama quando Fratello XII e la sua amante del periodo, Madame Zee, se ne andarono in Inghilterra nel 1930, imbarcandosi su un peschereccio completo di torrette difensive.

"Restarono via per quasi due anni, abbastanza a lungo perché la gente si rendesse conto dei propri errori. Si unirono e affrontarono Fratello XII al suo ritorno. Lui bandì i contestatori più accaniti, ma fu l'inizio della fine. In un modo o nell'altro, i suoi seguaci riuscirono a lasciare l'isola finalmente. Una volta raggiunto il mondo esterno si resero conto della gravità delle loro perdite. Nel 1933 diversi seguaci fecero causa per congelare il patrimonio della Fondazione Acquariana e riavere i soldi.

"Riuscirono solo in parte, visto che Fratello XII aveva fatto un buon lavoro nel nascondere il patrimonio. L'oro non poteva essere rintracciato e aveva già speso molti soldi per sé. Mary Connally recuperò parte dei suoi soldi quando gli atti di proprietà di De Courcy e Valdes furono trasferiti a suo nome come parziale compensazione.

"Fratello XII almeno si rese conto dell'imminente sconfitta e lasciò l'insediamento in fretta e furia con Madame Zee." Jace scosse la testa. "Ma non prima di aver bruciato tutti gli edifici fino alle fondamenta. Fece a pezzi il mobilio con un'ascia e rovinò tutto, in modo che nessuno potesse usarlo."

"E i soldi?" chiese Raffaele.

"L'oro?" Jace si strinse nelle spalle. "Alcuni dicono che sia sepolto qui sull'isola, perché non ebbero il tempo di recuperarlo. Ma ne dubito."

Raffaele rimase a bocca aperta. "Quanto riuscì a mettere insieme?"

"Nessuno lo sa davvero. La maggior parte della gente si vergognava ad ammettere di aver investito, ancora di più a parlare della somma che si erano fatti fregare. Visto che erano tutte persone ricche quando si erano unite al culto, doveva essere una bella cifra." Jace fece una pausa. "C'è un'altra voce, riguardo a una caverna sull'isola. Alcuni pensano che Fratello XII nascondesse lì una parte del suo tesoro."

"Che cosa stiamo aspettando?" Raffaele si voltò verso il sentiero. "Andiamo."

Kat seguì i due uomini mentre si lasciavano l'insediamento alle spalle. Tornarono sul sentiero ma presero un altro bivio che conduceva dietro la radura. La vegetazione era rigogliosa e l'ombra che gettava rinfrescante, il sentiero era affiancato da cespugli di salmonberry e arbusti che arrivavano all'altezza del ginocchio. Era un contrasto netto con le scogliere rocciose spazzate dal vento davanti all'oceano.

Meno di una trentina di metri più avanti, il sentiero saliva lungo una collina ripida. I piedi ancora umidi di Kat scivolavano sulle infradito e lei dovette sorreggersi ai rami e alle piante per rimanere in piedi. Probabilmente avrebbe dovuto indossare calzature più adatte.

Jace fece strada, seguito da Raffaele. Kat si sforzò di restare al passo ma la distanza tra lei e Raffaele aumentò fino a tre metri, che poi diventarono sei.

"Rallentate un po'," disse mentre il suo piede destro scivolava fuori dall'infradito.

Raffaele non la sentì o scelse di ignorarla. Kat recuperò l'equilibrio e ridusse la distanza.

"Raccontami ancora di tua madre," disse Jace.

"Come ti dicevo, Mamma si è fatta una reputazione e le signore hanno iniziato ad arrivare in branco al suo salone, da chilometri di distanza. Dopo qualche tempo, attirò l'attenzione di una grossa compagnia italiana fornitrice di cosmetici. Mamma diede loro la formula segreta in licenza e il resto è storia." Raffaele si fermò sul sentiero e si voltò per guardare Kat.

"Concedere la formula in licenza è stata una mossa saggia," disse Kat. "Molta gente avrebbe venduto la propria invenzione su due piedi." Rasentava l'incredibile che al giorno d'oggi la madre di Raffaele fosse riuscita a sviluppare un nuovo prodotto per capelli al di fuori di un laboratorio chimico. Ma lei stette al gioco. Qual-siasi risposta di Raffaele sarebbe stata una menzogna, ma prima o poi avrebbe commesso un errore e avrebbe rivelato qualcosa.

"Mamma non vendette la formula perché voleva mantenere il controllo sulla fase creativa," disse Raffaele. "Quella parte è riuscita piuttosto bene."

L'udito selettivo di Raffaele era di nuovo all'opera.

"Sta lavorando su qualche nuovo prodotto?"

Raffaele non rispose.

Si fermarono in una radura. Due sentieri conducevano in dire-zioni opposte senza segnali o indicazioni.

"Oh, le storie che potrei raccontare su alcune di quelle celebri-tà." Raffaele fece un segno attraverso la bocca come a chiudere una cerniera. "Ma naturalmente ho la bocca sigillata." Elencò una dozzina di stelle del cinema e celebrità che avevano supportato Bellissima. "Tutti i nomi europei più grandi e presto ci saranno anche tutte le star del Nord America."

"Che donna intelligente," disse Jace. "Kat, forse dovresti provare questo prodotto."

Kat si accigliò. "Perché? Cosa c'è che non va nei miei capelli?" Perché tutti pensavano che avesse bisogno di sistemarli?

"Non dico che tu ne abbia bisogno, ma sei la sola persona qui con i capelli ricci. Sarebbe un esperimento interessante. Hai il prodotto a bordo, Raffaele?"

Raffaele rise. "Temo di no. Mi dispiace deluderti, ma i capelli di Kat dovranno restare come sono per adesso."

Kat ignorò l'insulto. "Non lo porti con te?" Niente prodotto voleva dire che non c'era pericolo che venisse usata come cavia. E non c'era pericolo che si rivelasse una truffa. Solo un truffatore non si sarebbe portato dietro i prodotti per fare dimostrazioni e promozioni.

"L'ho finito," disse Raffaele. "Non ne avrò altro fino alla pros-sima settimana."

Kat scansò una grossa radice. Raffaele non poteva accaparrarsi clienti senza il prodotto. Eppure aveva imbrogliato Gia affinché investisse senza nemmeno provare Bellissima.

"Immagino che il vostro produttore si occupi di tutta la distribuzione," disse Jace.

"Esattamente." Raffaele fece un gesto col braccio. "Si occupano di tutta la logistica. Noi raccogliamo le adesioni dei venditori autorizzati e passiamo a loro la produzione e la distribuzione. Nessuno può copiare la nostra formula brevettata."

Jace alzò e sopracciglia. "Un ottimo affare. Non c'è da stupirsi che tu abbia tempo di viaggiare intorno al mondo sul tuo yacht."

"Che cosa impedisce a tutti gli altri di copiare la formula per ingegneria inversa?" chiese Kat. Dozzine di fabbriche cinesi scoprivano il segreto di formule complicate ogni giorno. Se il prodotto di Raffaele era tanto rivoluzionario e redditizio come dichiarava, dovevano esserci dozzine di imitatori e falsari pronti a mettersi in azione.

Raffaele la ignorò, come previsto.

La copertura degli alberi era più fitta e l'aria più umida. Kat si fermò ad ammirare una cascata, in parte per tenere sotto controllo la rabbia. Sospirò mentre le voci degli uomini si affievolivano.

Tanto meglio. Era stanca di sentir parlare del grande successo di Raffaele. Non solo perché erano bugie, ma anche perché non sopportava di vedere Jace, normalmente tanto obiettivo, cadere sotto l'incantesimo di Raffaele.

Raccolse i pensieri per qualche istante. Mentre la foresta si faceva silenziosa, improvvisamente si rese conto di non riuscire più a sentire le voci degli uomini. Era meglio raggiungerli.

"Sono proprio dietro di voi," disse Kat a Jace e Raffaele, davanti a lei.

Nessuno rispose.

Era arrabbiata con Jace per non essersi accorto che lei stava rimanendo indietro.

Considerò l'idea di voltarsi indietro e tornare alla spiaggia, specialmente visto che era difficile tenere il passo con le sue infradito. Ma visto che aveva fatto tutta quella strada per vedere l'insediamento e la grotta, decise di andare avanti. L'insediamento era stata una delusione, ma la grotta poteva riservare delle sorprese. Non se ne sarebbe andata prima di averla vista.

Kat arrancò in silenzio, prendendosi il suo tempo. C'era un solo sentiero, il rischio di perdersi era minimo. Fece una smorfia sentendo una vescica formarsi sul suo piede destro. La prossima volta avrebbe scelto delle scarpe migliori.

Si piegò per sistemare l'infradito e fu sorpresa dalla voce di un uomo.

CAPITOLO 9

Kat si voltò e fronteggiò Pete. Era seduto su un tronco a diversi metri di distanza e la guardava con un sorrisetto.

"Non andrà lontana con quelle scarpe." Il docile membro della ciurma di Raffaele improvvisamente era pieno di sicurezza e sarcasmo. "Tutta sola?"

Kat combatté un senso generale di disagio. Pete sembrava a posto, ma che cosa sapeva davvero di lui? Niente, tranne che era un lavoratore temporaneo assunto da uno che era quasi certamente un truffatore.

Pete si alzò e fece qualche passo verso di lei.

Un odore stantio di sudore e sporco si diffuse verso Kat e lei indietreggiò. Fece alcuni passi indietro, ma inciampò sul terreno scosceso. Le infradito scivolarono di lato da sotto i suoi piedi. Si storse una caviglia nel tentativo di recuperare l'equilibrio, ma lo perse definitivamente. Collassò in un mucchietto e rotolò giù dal ciglio del sentiero.

Guardò in alto e vide Pete in piedi sopra di lei. "Grazie. Sono a posto."

"Si rilassi. Sono innocuo," Pete le tese una mano e la aiutò a rimettersi in piedi. "Però non mi sembra una buona idea andare in giro da sola. Potrebbe perdersi o succederle qualcosa."

"Non sono sola. Raffaele e Jace sono più avanti." Si piegò e si spazzolò la polvere dalle ginocchia e dai piedi. La caviglia pulsava e Kat la scosse sostenendosi a un tronco per non perdere ancora l'equilibrio.

Pete sembrò sorpreso. "No, sono tornati indietro. Sono passati di qui proprio un paio di minuti fa."

"Non li ho visti. Non erano molto più avanti di me. Dove sono andati?" Doveva essere stato quando si era allontanata dal sentiero, eppure non li aveva sentiti passare.

Pete alzò le spalle. "Probabilmente sono tornati alla barca."

"Noi—io—sono diretta alla grotta. Anche loro. Non possono esserci arrivati ed essere già tornati indietro."

Pete si grattò il mento con aria pensierosa. "Immagino che abbiano cambiato idea una volta che l'hanno vista."

Avrebbe voluto che Pete elaborasse, ma non lo fece. "Sto andando dalla parte giusta, vero?" Era sorprendente che Jace non avesse esplorato l'area almeno per qualche minuto.

"Sì." Pete annuì. "É a pochi minuti di distanza sul sentiero."

"Ok, meglio che vada. Voglio vedere dove Fratello XII nascondeva il suo oro."

"Lei e migliaia di altre persone." Pete ridacchiò. "Non c'è oro. Tutti cercano la cosa sbagliata. C'è un altro tesoro però."

"Che tipo di tesoro?"

"Un passaggio segreto sotto l'oceano. Un tunnel sotterraneo che conduce a un'altra isola."

"Wow. Un vero tunnel sotto il fondale oceanico?"

Pete annuì. "Già. È stato usato dalla gente di queste parti per migliaia di anni. È come un altro mondo sotto terra. È incredibile, ma non molte persone lo conoscono."

"Come fa a sapere tutte queste cose di questo posto?" Kat era cresciuta sulla terraferma, abbastanza vicino da venire a sapere di una cosa così fantastica come un passaggio sotterraneo, ma non ne aveva mai sentito parlare, quindi presumeva che non esistesse. "Viene da queste parti?"

"Più o meno. Sono cresciuto su un'altra isola. Ma questa è un'altra storia." Pete si accigliò mentre guardava in lontananza. "Sa qualcosa della grotta?"

Kat scosse la testa. "Cosa c'è di così speciale?"

"È lunga tre miglia e passa sotto il fondale." Pete inclinò la testa nella direzione che stava per prendere Kat. "L'ingresso è nel mezzo dell'isola, ma se si addentra abbastanza c'è una scarpata di alcune decine di metri. Il passaggio attraversa l'acqua e sbuca sull'Isola di Valdes dall'altra parte dello stretto."

"Davvero?" Jace ne sarebbe stato affascinato, se non fosse stato sotto l'influenza di Raffaele. Un'altra storia che si stava perdendo. Lei però non aveva intenzione di perdere la sua occasione. "Mi racconti di più."

"La grotta era usata dai Salish della costa come parte dei loro riti cerimoniali. Gli uomini digiunavano e poi attraversavano il passaggio sommerso da soli, con una singola torcia a guidarli. Completavano la loro missione quando depositavano i loro bastoni nella camera sacra e quando completavano il viaggio di ritorno trovavano i festeggiamenti ad aspettarli."

"Davvero? Ha mai fatto trekking là dentro?" Era trekking o speleologia? Probabilmente speleologia, visto che tecnicamente era una grotta sotterranea.

Pete scosse la testa. "Un terremoto ha bloccato la galleria più di cento anni fa. Ha sigillato anche la camera sacra. Doveva essere piena di tesori archeologici, come maschere e bastoni cerimoniali e roba del genere."

"Se è così incredibile, perché il passaggio non è stato liberato?" La camera segreta sembrava il paradiso dell'antropologo. La scettica dentro di lei pensava che qualcosa non quadrasse. Era solo una leggenda senza fondamento.

"I massi hanno le dimensioni di edifici," disse. "Ci vuole un equipaggiamento pesante. Forse il costo dell'operazione non vale l'impresa. A volte è meglio lasciare le cose come sono."

"A meno che l'oro di Fratello XII non sia lì dentro." Kat sorrise. "In ogni caso, la grotta sembra incredibile. Non vedo l'ora di vederla."

"Stia solo attenta lì dentro. Deve guardare dove mette i piedi." Le guardò i piedi. "Davvero, non dovrebbe andare da sola."

Naturalmente aveva ragione. "Può mostrarmi la strada?"

Scosse la testa. "Devo tornare alla nave."

A Kat sembrò strano che Pete non tornasse con loro visto che era arrivato alla spiaggia a nuoto.

"Posso mostrargliela domani però."

"Sarebbe perfetto." Sempre che domani non fosse troppo tardi. Se Jace e Raffaele non erano interessati, potevano perfino decidere di non rimanere all'Isola di De Courcy un altro giorno. "Vorrei comunque andare fino all'ingresso. Potrei dare una rapida occhiata prima di tornare alla barca."

Lei lo ringraziò e continuò sul sentiero. Drizzò le orecchie al suono di acqua corrente e voci appena udibili. Ma erano le voci di bambini, non di Jace e Raffaele.

Qualche minuto più tardi incontrò una famiglia di quattro persone, con un bambino sui dieci anni e una ragazzina sui tredici. Arrivò a qualche decina di metri da loro, abbastanza vicina da sentirli parlare. Il bambino parlava eccitato della grotta mentre la ragazza era silenziosa e strappava salmonberry maturi dai cespugli che costeggiavano il sentiero.

Per ragioni che Kat non riusciva a spiegare, deviò di nuovo fuori dal sentiero. Non si sentiva di chiacchierare del più e del meno, così seguì il suono dell'acqua che scorreva fino a un piccolo ruscello. Schiacciò una zanzara e si fermò accanto al ruscello. Si abbassò e lasciò che l'acqua le scorresse tra le dita. La bevve dalle mani a coppa per spegnere la sete. Rabbrividì mentre si spruzzava il viso e le braccia e sciacquava via il sudore dalla pelle.

Aspettò a qualche decina di metri dal sentiero finché passarono. Dopo che le loro voci si furono spente in lontananza, altre divennero più forti. Jace e Raffaele non erano tornati alla nave come aveva detto Pete. O si era sbagliato o aveva mentito di proposito.

Kat tornò verso il sentiero, con l'intenzione di raggiungerli. Si arrampicò su per la china e il suo piede si impigliò in una radice sollevata. Barcollò in avanti e atterrò sul fianco con un tonfo.

Grugnì mentre valutava i danni. La sua cassa toracica premeva sul terreno coperto di radici. Fece una smorfia mentre inspirava. C'era qualcosa di rotto?

No.

Dopo lo shock della caduta, si spazzolò via gli aghi di pino e la corteccia per valutare i danni. Un po' di sangue da un ginocchio sbucciato. A parte quello era illesa.

Si rimise in piedi a fatica. "Ehi! Aspettatemi."

Nessuna risposta.

Li aveva solo sentiti e non li aveva visti, era difficile capire in quale direzione fossero andati. Forse non erano affatto tornati indietro. Potevano essere più avanti alla grotta. In quel caso sarebbe bastato seguirli. Trasse un sospiro di sollievo. Dopo tutto, non sarebbe stata sola.

Strano che Pete avesse detto di averli visti. Probabilmente aveva visto altre persone da lontano e li aveva scambiati per Jace e Raffaele. D'altra parte, il sentiero passava a pochi metri dal punto di osservazione di Pete. Era difficile confonderli, a meno che Pete non avesse problemi di vista.

Kat ripercorse i suoi passi ma le voci degli uomini erano già svanite. Erano diretti verso la spiaggia, in direzione opposta alla grotta. Non l'avevano nemmeno aspettata.

Beh, avrebbero dovuto aspettarla in spiaggia invece. Non aveva intenzione di salire sul gommone senza nemmeno aver dato un'occhiata alla grotta. Benché Pete si fosse offerto di mostrargliela il giorno seguente, non c'erano garanzie che sarebbero stati ancora ormeggiati all'isola. L'incarico di Jace era la sola ragione per restare lì e se lui non fosse stato interessato alla grotta, probabilmente non sarebbero rimasti.

Kat era arrabbiata per essere stata lasciata indietro e la caviglia pulsava. Più di ogni altra cosa, le dava fastidio che Jace non si fosse nemmeno chiesto dove fosse. Invece di preoccuparsi, si era completamente dimenticato di lei.

Ben presto Kat raggiunse la famiglia, nonostante la caviglia malconcia. Rallentò il passo, preferiva stare da sola visto il suo umore acido. Le voci svanirono ancora mentre la distanza aumentava. Rimase abbastanza indietro da poterli sentire me non vedere. Dieci minuti era tutto ciò che le serviva per dare un'occhiata veloce alla grotta, per poter almeno dire di essere stata lì. Poi sarebbe tornata al gommone. Jace e Raffaele potevano certamente tenersi occupati parlando di Raffaele fino ad allora.

CAPITOLO 10

Kat dovette mettersi di profilo per scivolare all'interno dell'ingresso della grotta. Era poco più di una crepa e sentì immediatamente la claustrofobia mentre inspirava l'aria umida e malsana. Pete non aveva parlato di un'apertura così stretta. Esitò e lottò contro l'impulso di andare via.

Non riusciva a sentire o vedere la famiglia, ma visto che il sentiero finiva lì, dovevano essere dentro la grotta. Avanzò di qualche passo mentre i suoi occhi si abituavano al buio. Almeno il terreno era uniforme. Fece scorrere una mano lungo la parete levigata e umida che si addentrava di qualche decina di metri. Anche se la luce penetrava appena nella grotta buia, era chiaro che non conduceva da nessuna parte. Non vedeva niente che assomigliasse a un cunicolo.

Stava per uscire, quando il muro della grotta sparì da sotto la sua mano. Alla sua destra c'era un'apertura o una nicchia di un qualche tipo. Seguì la curva del muro e svoltò l'angolo fino a un'enorme caverna aperta baciata dalla luce del sole che filtrava da chissà dove. Il contrasto rispetto a pochi metri prima era incredibile. I raggi di luce fluivano da un'apertura almeno dieci metri sopra di lei. Nonostante lo spazio aperto, l'aria era ancora più umida che nel passaggio buio. Le pareti bagnate della grotta erano coperte di rampicanti e piccole gocce d'acqua cadevano dal soffitto. All'inizio Kat scambiò l'umidità per pioggia, ma la nebbiolina era il risultato dell'umidità quasi del cento per cento.

Da qualche parte in lontananza si sentiva il suono di acqua corrente, forse un ruscello o di una cascata. Kat proseguì verso il suono, poi esitò. Davvero, non avrebbe dovuto avventurarsi oltre da sola. Però non era sola, visto che la famiglia era davanti a lei. Se non altro, era meglio raggiungerli.

Jace e Raffaele ovviamente sapevano che lei era lì, perché non era tornata alla barca. Non sarebbe passato molto tempo prima che tornassero sui loro passi per cercarla. Non che volesse che lo facessero. Era ancora arrabbiata perché non l'avevano aspettata e perché apparentemente non si erano accorti che non c'era.

Comunque, non era andata fino a lì per perdersi tutte le attrazioni. Decise di esplorare almeno un po' la grotta. Aveva tempo per dare un'occhiata veloce prima di tornare indietro verso la spiaggia.

Il suono dell'acqua si fece più forte e Kat immaginò una cascata che scendeva sulle rocce. La luce si affievolì quando si avventurò verso il suono melodioso. Era un mondo sotterraneo bellissimo, anche al buio. Attraversò lo spazio aperto ed era così incantata che colpì la barriera di roccia.

"Ahia!" La sua voce echeggiò nella caverna. Il naso pulsava per l'impatto. Aveva battuto la faccia sulla pietra.

Fece un passo indietro e perse l'equilibrio. Imprecò e capitombolò a terra. Era la seconda caduta in pochi minuti.

"Salve?" La sua voce echeggiò per la camera mentre si tirava su sui gomiti. Non era nemmeno sicura di essere ancora rivolta nella stessa direzione. L'oscurità l'aveva avvolta così rapidamente e completamente che era disorientata e non sapeva da quale parte andare. Come poteva ripercorrere la stessa strada se aveva perso l'orientamento? I suoi occhi ormai si sarebbero dovuti abituare all'oscurità, eppure non riusciva a vedere niente. Era tutto nero, senza tracce della caverna aperta che aveva attraversato solo un momento prima. Lottò contro il panico che la stava assalendo e ricordò a sé stessa di pensare con lucidità. Tutto quello che doveva fare era tastare la parete attorno alla grotta in modo metodico per trovare l'apertura. Da lì avrebbe poi potuto ripercorrere la strada dell'andata, fino all'ingresso.

Non sentiva le voci della famiglia da quando era entrata nella grotta. Nemmeno le voci dei bambini. Dovevano essere più all'interno, probabilmente attratti dallo stesso scorrere d'acqua.

"Salve?" Sperava di sentire una risposta rassicurante ma udì solo l'eco della sua stessa voce. Strano che non sentisse nessuno.

Considerò l'idea di esplorare ancora, ma cos'altro avrebbe potuto scoprire in altri cinque o dieci minuti? Avventurarsi oltre aumentava solo il rischio di perdersi. Inoltre, ora che aveva trovato qualcosa, poteva facilmente convincere il resto del gruppo a tornare più tardi nella grande grotta. Per allora magari la schiena di Zio Harry sarebbe stata meglio e perfino Gia poteva essere disposta a fare l'escursione. Era più divertente esplorare insieme.

In ogni caso, senza una torcia e le scarpe adatte, non era equipaggiata per proseguire. Inoltre, non aveva visto altre luci all'interno della grotta. Il suo battito accelerò mentre si chiedeva se la famiglia fosse effettivamente entrata nella grotta.

Si alzò sulle ginocchia e recuperò l'equilibrio. I suoi occhi si erano abituati all'oscurità abbastanza da individuare una sagoma scura a diversi metri di distanza. Doveva essere la parete della grotta. Contò i passi mentre scivolava verso di essa. Trasse un sospiro di sollievo quando toccò la roccia umida.

Si appoggiò alla parete e valutò i danni. Le faceva male un ginocchio. Oltre a essere sbucciato, probabilmente si era procurata una distorsione. Con l'aggiunta della storta alla caviglia, sarebbe stata una lunga camminata per tornare alla spiaggia. Si alzò lentamente fino a mettersi in piedi e si fermò per testare la gamba. Poteva camminare se evitava di girare all'improvviso.

Si impose di restare calma e fece scivolare il palmo lungo la parete rocciosa. In un minuto trovò l'apertura. Ma era lo stesso passaggio? Non aveva tenuto conto che potevano esserci diversi passaggi.

Svoltò l'angolo ed emerse in un'altra camera. Il suo cuore sprofondò quando si rese conto che non era lo stesso posto. Intanto per cominciare, il terreno declinava e il soffitto era più basso, non più di tre metri di altezza. Doveva essere l'inizio del tunnel sottomarino.

Si avventurò oltre e immediatamente tutto si fece buio. Aspettò ancora che i suoi occhi si abituassero e ben presto riuscì a distinguere i contorni confusi delle pareti della grotta. Mentre procedeva oltre di qualche passo, il soffitto si abbassò drammaticamente, fino al punto che quasi lo toccava con la testa.

Continuò a scendere leggermente, ma mentre scendeva il soffitto tornò gradualmente ad alzarsi. Qualche minuto più tardi, il terreno sotto i suoi piedi era di nuovo piano. Non aveva idea se si trovava ancora sull'isola o sotto il mare. Era difficile essere sicuri visto che aveva fatto alcune svolte. La sola cosa di cui era certa era di non aver ripercorso la strada dell'andata.

Tenne la mano sinistra sulla parete della grotta per essere sicura di sapere come tornare indietro, alla camera principale. Era incredibile pensare che la natura avesse creato un cunicolo sotto il mare. Aveva letto da qualche parte che era quasi impossibile costruire sottoterra o perfino posare cavi elettrici in quella parte dell'Oceano Pacifico. L'acqua profonda e il fondale oceanico instabile, in un'area soggetta ai terremoti, avevano bloccato gli ingegneri. Eppure quel cunicolo naturale esisteva da migliaia o forse milioni di anni. Aveva resistito a terremoti, tempeste e forse perfino all'Era Glaciale.

Kat supponeva di essere rimasta nella grotta per meno di mezz'ora. Sentì tornare la sicurezza, decise che altri cinque minuti non avrebbero fatto male a nessuno. Toccò con le dita la parete umida per rassicurarsi e continuò a procedere. Ancora pochi istanti e si sarebbe voltata per tornare indietro verso l'ingresso.

Il suono dell'acqua si fece più forte. Doveva essere una cascata piuttosto abbondante, e Jace e Raffaele se l'erano persa. Quello era un altro problema dell'ossessione che Jace aveva per Raffaele. Nel cercare di ottenere un'altra storia, aveva mancato l'occasione di vedere una meraviglia naturale. Era ancora più deludente visto che Jace amava stare all'aria aperta ed era improbabile che tornassero lì. L'isola era accessibile solo con imbarcazioni private e loro non ne avevano una. Jace aveva dato la caccia all'oggetto scintillante e si era perso il tesoro in bella vista. A giudicare dalla rapidità con cui i ragazzi erano tornati, probabilmente non erano nemmeno entrati nella grotta.

Kat seguì il suono dell'acqua ed emerse in una terza caverna. Era la più grande fino a quel momento ed era illuminata molto meglio. Kat rimase in piedi davanti a una pozza larga circa sei metri. L'acqua turchese si gettava nella pozza da circa una ventina di metri sopra la sua testa. Rimase a bocca aperta mentre seguiva la cascata dal basso verso l'alto. Il percorso dell'acqua aveva scavato a fondo nella roccia e aveva intagliato una gola stretta nel punto in cui spillava dal bordo. Da lì scendeva fino alla pozza davanti a lei.

La vastità e il rombo della cascata sotterranea erano da togliere il fiato. Pete ovviamente non sapeva della sua esistenza o ne avrebbe parlato. La guardò, in soggezione, e si chiese se lei fosse la prima persona a vederla. Probabilmente una dei pochi scelti e, sperava, non l'ultima.

La cascata non era la sola attrazione. A destra dell'acqua c'era un grande masso piatto, largo probabilmente tre metri. Kat si avvicinò e spazzò la superficie con la mano. Sembrava un altare, o per lo meno un qualche tipo di roccia cerimoniale. Si piegò per esaminarla e fece scorrere la mano sopra i contorni accennati di figure di animali, dipinti con pigmenti rossi e marroni.

Rabbrividì e si chiese quanto si trovasse in profondità sotto il fondale oceanico. Il declivio era stato graduale, per questo non si era resa conto della profondità che aveva raggiunto.

Quella parte della grotta era in penombra, ma illuminata

meglio di altre camere, anche se era nelle profondità del sottosuolo. Fece scorrere lo sguardo sulla camera per individuare la fonte dell'illuminazione e notò una luce grande quanto uno spillo oltre la pozza, a circa una quindicina di metri di distanza. Che la luce provenisse da un'apertura verso l'Isola di Valdes dalla parte opposta del tunnel? Oppure era una seconda uscita sull'Isola di De Courcy?

De Courcy, decise. Premette il pulsante della luce sull'orologio. Secondo il display era rimasta nella grotta circa mezz'ora. Non era abbastanza per coprire la distanza di cinque chilometri attraverso il canale. A parte le varie fermate, aveva fatto anche diverse svolte. Ci sarebbe voluta un'ora per percorrere una distanza di cinque chilometri a passo sostenuto e ancora di più con il suo passo zoppicante.

Erano passati almeno quaranta minuti da quando aveva visto Pete e ancora di più da quando si era separata da Jace e Raffaele sul sentiero. Sarebbe dovuta tornare alla spiaggia, davvero. Ma che male poteva fare controllare l'altro lato della pozza. Si sarebbe presa a calci più tardi se fosse stata proprio accanto alla pozza e non l'avesse esplorata per bene. Si sarebbe concessa altri cinque minuti, poi sarebbe tornata indietro. Almeno in quel modo sarebbe stata in grado di descrivere la pozza e raccontare agli altri cosa si erano persi. Tornando insieme agli altri, avrebbe portato una torcia.

Diede un'ultima occhiata alla cascata, bella e misteriosa nella luce soffusa. Si rivolse alla fonte di luce e si diresse verso lo stretto passaggio. Chissà se Fratello XII aveva seguito lo stesso sentiero anni prima? Le voci dicevano che c'erano mucchi d'oro nascosti dappertutto sull'isola. Perché non lì? Era il nascondiglio perfetto.

La luce si fece più intensa e poi diminuì mentre Kat si avventurava nel passaggio. Dopo pochi minuti fu completamente buio e, di nuovo, procedette a tentoni nel cunicolo con la mano posata sulla parete di roccia umida. Il muschio e i licheni le solleticavano il palmo. Fece scivolare le dita sulla superficie viscida e cercò di non pensare a cos'altro stesse sfiorando, oltre all'acqua.

"Ouch!" Il pavimento della grotta calò sotto i suoi piedi. Cadde nell'acqua e andò nel panico mentre la sommergeva. L'acqua gelida le entrò nei polmoni e nel naso mentre affondava. Si dimenò, in preda al panico perché non riusciva a capire dove fosse sopra e dove fosse sotto.

Un infradito le si sfilò dal piede e le sfiorò la testa mentre passava sopra di lei. Il panico diminuì quando si rese conto che era fluttuata in superficie. Spinse il corpo nella stessa direzione e irruppe in superficie. Prese fiato mentre si raddrizzava. Tossì per l'acqua che aveva ingerito e fu sorpresa di scoprire che le arrivava solo all'altezza della vita. Era comunque un problema, ma guadare era molto meglio di nuotare alla cieca.

Doveva essersi girata diverse volte nel tentativo di raddrizzarsi. Da che parte era arrivata? I suoi pensieri si affannarono mentre scandagliava le pareti della grotta. Non vedeva più il passaggio o qualsiasi genere di apertura

Tutto sembrava uguale nella luce soffusa.

La sua esplorazione improvvisata forse era stata un errore fatale.

CAPITOLO 11

Le vittime vanno nel panico, i sopravvissuti sopravvivono. Kat ripeteva silenziosamente il mantra costringendosi a pensare con lucidità. Aveva letto da qualche parte che molte vittime di incendio morivano a pochi metri dalla salvezza. Disorientati per il panico sceglievano la direzione sbagliata. Lei era in una situazione simile, a parte che aveva un sacco di ossigeno e non era in pericolo immediato.

Si era persa, ma non aveva coperto una distanza significativa. Semplicemente doveva trovare il bordo e arrampicarsi su. Doveva fare la strada al contrario in modo metodico o rischiava di perdersi ancora di più.

Imprecò sottovoce. Si era cavata d'impaccio un minuto prima, solo per mettersi in una situazione peggiore. Non importava quante bellezze naturali potesse vedere, questa volta sarebbe tornata indietro. Esplorare la grotta senza una torcia era una ricetta per il disastro.

Basta esplorazioni, promise a sé stessa.

Non appena fosse tornata sul percorso giusto.

Tenne le infradito nella mano sinistra e si spostò a destra.

Contò una dozzina di passi ed era ancora in acqua. Invertì la marcia e contò quattordici passi quando la sua coscia colpì il bordo. Sorrise. Sembrava lo stesso bordo da cui era scivolata nell'acqua.

Si spinse su e considerò che avrebbe potuto esserci più di un bordo. Era meglio accertarsi di essere diretta dalla parte giusta prima di andare oltre.

Scivolò di nuovo nell'acqua e tornò nella direzione da cui era arrivata. Contò quattordici passi. Da lì continuò altri otto passi per un totale di ventidue passi prima di arrivare a una sponda simile, solo che questa volta era a livello del ginocchio. Posò un infradito sul bordo come segnale. Poi si issò sul bordo.

A meno di sei metri di distanza incontrò un vicolo cieco. La fonte di luce era un'apertura nel soffitto della grotta. Era troppo piccola e lontana per riuscire a vedere davvero qualcosa. Questo la fece allarmare ulteriormente, voleva dire che era ancor più in profondità di quanto si fosse resa conto.

Per lo meno le sue domande avevano trovato risposta. Mentre si voltava, il suo ginocchio protestò con una fitta dolorosa. Tese una mano per toccarlo e scoprì che era gonfio. Prima fosse ritornata alla barca, meglio sarebbe stato, ma sarebbe stata una faccenda lunga. L'irritazione di Jace probabilmente si era trasformata in preoccupazione ormai.

Ripercorse i suoi passi ancora una volta e tornò al bordo. Tastò in giro alla ricerca dell'infradito.

Niente.

Proprio come aveva temuto. Visto che non aveva camminato in linea retta, era arrivata in un punto diverso del bordo. L'infradito mancante era una prova. Giudicò col senno di poi tutte le sue precedenti direzioni. Se era fuori rotta, non l'avrebbe mai saputo. Ancora peggio, ora aveva solo un infradito.

Sospirò e scivolò di nuovo nell'acqua. Si alzò fino a livello del petto, molto più in alto di dove era arrivata nel punto in cui aveva l'asciato l'infradito. Procedette un passo alla volta lungo il bordo, tastando alla ricerca della scarpa. Sentì aumentare il battito quando si ritrovò a mani vuote.

I sopravvissuti sopravvivono.

Improvvisamente colpì una parete che le impedì di proseguire oltre.

Una parete che non c'era prima.

Aveva preso la direzione sbagliata, ma a che punto? Fino alla cascata era stata attenta a tenere la mano sulla parete, quindi doveva essere rivolta nella direzione giusta per tornare.

Era stato così, finché non era caduta oltre il bordo e si era ferita la gamba. Doveva essere stato allora che aveva preso la direzione sbagliata. Nell'eccitazione di aver trovato la cascata, aveva dimenticato di tenere traccia dei suoi passi lungo la parete della grotta. Si rese conto con orrore che si era persa.

Ed era sola. La famiglia ovviamente non era mai entrata nella grotta o li avrebbe incontrati ormai. Jace e gli altri sarebbero tornati a cercarla, ma si sarebbero avventurati così in profondità? Avrebbero controllato la grotta, tanto per cominciare? Per quel che ne sapevano, era sparita lì vicino. Poi c'era il fatto che aveva preso la direzione sbagliata. Avrebbero potuto non trovarla mai.

La sua sola speranza era Pete. Una volta che si fossero resi conto che era scomparsa, avrebbe detto loro di cercare nella grotta. Il pensiero la rincuorò.

"Salve?" la sua voce echeggiò nella grotta senza ottenere risposta.

E se Pete non avesse detto niente? Non gli erano piaciute le sue domande insistenti e se aveva qualcosa da nascondere, poteva temere che lei le scoprisse qualcosa. In quel modo invece era fuori dai piedi. Ma di certo Pete non sarebbe stato così crudele da lasciarla intrappolata e sola nella caverna.

O invece sì?

E se l'avesse fatto? Come avrebbe fatto a farsi sentire da qualcuno? Il suo cellulare non prendeva nella grotta. Poi le venne in mente.

Ma certo. Anche se il suo cellulare non aveva segnale, aveva una luce. Perché non ci aveva pensato prima? Meglio tardi che mai. Lo tirò fuori dalla tasca. Per fortuna aveva pensato di metterlo in una busta di plastica per il breve tragitto a bordo del gommone. Lo tirò fuori dall'involucro, schiacciò un tasto e il cellulare prese vita. Qualche secondo dopo la torcia del cellulare illuminò qualche metro di spazio intorno a lei.

L'apertura verso la grotta più piccola era a pochi metri di distanza. Aveva preso la direzione sbagliata. Arrancò verso l'ingresso e si spinse sul bordo. Si inginocchiò e afferrò l'infradito. Questa volta le ci volle un po' di più per rimettersi in piedi. Il ginocchio era gonfio e rigido e lo stesso valeva per la caviglia. Imprecò mentre si alzava, zoppicò fino all'apertura e si incamminò nel cunicolo.

Sentì la speranza aumentare quando udì versi di animali o forse di uccelli. Voleva dire che era vicina a un'uscita. Strano che non avesse notato il rumore prima.

La luce era un salvavita, ma al buio in qualche modo era stato meglio. L'illuminazione peggiorò la sua claustrofobia. Per la prima volta, vide chiaramente ciò che la circondava. Una brezza le sfiorò il braccio mentre qualcosa volava pochi centimetri sopra la sua testa. Fece una smorfia quando si rese conto che era un pipistrello. Sembrava che seguisse il suo stesso percorso. Poi atterrò in una nicchia proprio davanti a lei.

Mentre fissava il pipistrello, si rese conto che tutta la sporgenza si muoveva. C'erano centinaia di pipistrelli appollaiati a testa in giù sopra di lei. Rabbrividì, chiedendosi come avesse fatto a scambiare quel suono per il verso di animali all'esterno. Il freddo, che fino a poco prima aveva trovato rinfrescante, all'improvviso si trasformò in qualcosa soffocante. Kat si costrinse a pensare a immagini di luoghi calmi e soleggiati. Di lì a poco sarebbe stata al sole, o almeno sul sentiero. Per lo meno era quello che continuava a ripetersi.

Rilassati.

L'esplorazione della grotta era durata almeno un'ora, ma l'uscita doveva essere a meno di dieci minuti di distanza.

O forse qualcosa di più, visto che era sempre più difficile camminare con la gamba ferita.

A prescindere da quanto ci sarebbe voluto, non le importava. Era di nuovo in un ambiente che conosceva e doveva solo seguire il sentiero. Il suo spirito fu rinfrancato quando arrivò in vista della cascata. Arrancò oltre la pozza, verso l'apertura che dava sulla camera successiva, mentre tornava la nebbia familiare.

Ben presto si trovò nella camera più lontana. Doveva solo individuare l'affioramento roccioso frastagliato che l'avrebbe guidata oltre l'angolo. Prima aveva solo sentito la frastagliatura al tatto, non l'aveva vista, per questo fece scorrere la mano sulla parete della grotta per localizzarla. Sarebbe stata fuori sul sentiero nel giro di qualche minuto. Quello fu il suo ultimo pensiero mentre cadeva.

CAPITOLO 12

Kat annaspò mentre uno spasmo di dolore le percorreva la gamba.

Era inciampata sul terreno scosceso ed era ruzzolata giù lungo il percorso. Era così concentrata a cercare la roccia frastagliata che non aveva notato il ripido strapiombo accanto al sentiero. Il ginocchio gonfio e la caviglia distorta rendevano sempre più difficile camminare e mantenere l'equilibrio. Mettendo più peso sulla gamba sana, aveva sforzato la caviglia ed era inciampata, entrando in una voragine.

Ma quella era l'ultima delle sue preoccupazioni. Era bloccata da una roccia, tra incudine e martello.

Letteralmente.

La caduta aveva fatto cadere diversi massi e il braccio di Kat era bloccato sotto alcuni di essi. Imprecò tra sé e sé mentre considerava quali fossero le probabilità di farsi male tre volte in meno di un'ora. Era davvero così goffa?

No, era solo stupida.

A che cosa stava pensando? Mettere le infradito e andare in escursione da sola. Ma non era da sola quando era partita.

Sospirò ed estrasse il telefono per illuminare il posto. Era a pochi metri dall'ingresso della grotta, così vicina che poteva quasi assaporare l'aria fresca. Il profumo probabilmente era solo dovuto all'immaginazione che le giocava brutti scherzi, ma il segnale crescente del cellulare decisamente non era frutto dell'autosuggestione. Contro ogni previsione, il telefono prendeva di nuovo. Spinse il dito sul numero di Jace e lo chiamò.

"Kat, dove sei?" La sua voce andava e veniva. "Ti abbiamo cercata dappertutto."

"Bloccata nella grotta." Pete sapeva che era andata nella grotta. Di certo doveva essersi accorto dello scompiglio sullo yacht, mentre cercavano di capire dove fosse finita. O forse non si erano neanche accorti che mancava. Ma davvero, non ci voleva pensare.

"Com'è possibile? La grotta è profonda solo pochi metri."

"No, è molto più grande. Ho trovato un'apertura nascosta. Ci sono capitata praticamente per caso. Ma ora non importa. Devi tirarmi fuori. Sono bloccata."

"Bloccata come?"

Descrisse brevemente la sua situazione. "I dettagli non sono importanti e non voglio sprecare la batteria del cellulare. Sono caduta diverse volte. Potresti portarmi un bastone da passeggio o qualcosa del genere. E delle scarpe."

Ci fu una lunga pausa dall'altra parte. "Ok."

"Chiedi a Pete della grotta. Lui la conosce."

"Chi è Pete?"

"Un membro dell'equipaggio di Raffaele. Devi averlo visto sul sentiero. Era lì nello stesso momento in cui c'eravamo noi."

"Non ho visto nessuno sul sentiero. C'era un tizio sulla spiaggia però." Jace lo descrisse. "Ora che ne parli, Raffaele sembrava conoscerlo. Gli ha parlato per qualche minuto prima di tornare alla barca."

"È lui. Uno con l'aspetto da orso." Era sorpresa che Jace non l'avesse notato sullo yacht. Ma d'altra parte, Jace era rimasto seduto al bar, praticamente incollato a Raffaele per la maggior parte del viaggio.

"Ha detto a Raffaele che saresti rientrata con lui. Per questo io e Raffaele siamo tornati alla barca."

"È ridicolo, Jace. Pete è arrivato sull'isola a nuoto." Almeno era quello che Pete le aveva detto.

"Perché avrebbe dovuto venire a nuoto quando poteva venire nel gommone con noi?"

"Non ne ho idea, ma questo non ha importanza. Non mi chiedi nemmeno se sto bene e ora credi di più alla parola di Raffaele che alla mia?" Kat si sentì arrossire mentre cercava di mantenere la calma. "E se fosse un criminale o qualcosa del genere?"

"Ok, forse non ci ho riflettuto bene. Visto che Raffaele lo conosceva, ho pensato che fosse tutto a posto." Nella sua voce comparve la prima traccia di dubbio.

"Raffaele viene dall'Italia, stiamo visitando un'isola su cui non è mai stato, come fa a conoscere un qualche barbone da spiaggia trasandato?" Se quella non era una prova delle incongruenze nella storia di Raffaele, non sapeva che cosa lo fosse.

"Non essere arrabbiata con me. Mi hai appena detto che fa parte dell'equipaggio, quindi alla fine torna tutto, giusto?"

"Non è questo il punto, Jace." Discutere non l'avrebbe tirata fuori dalla grotta, ma doveva sapere se Pete era coinvolto. "Pete te l'ha detto di persona oppure te l'ha riportato Raffaele?"

"Raffaele," ammise Jace.

"Pete sapeva che stavo cercando di raggiungervi. Perché avrebbe dovuto mentire?" Non era stato Pete a mentire, ma Raffaele. Jace però non le avrebbe dato retta. Era così infatuato che non avrebbe creduto a qualcosa di negativo su di lui. Raffaele sveva mentito per liberarsi di lei. Kat sentì montare la rabbia. "Come sarei potuta tornare allo yacht quando voi avevate il gommone?"

"Pete ha detto che ti avrebbe riportato indietro nella sua barca."

"Raffaele ti ha detto anche questo, eh?"

Silenzio.

"Raffaele sapeva che c'era un solo gommone." Pete quasi certamente avrebbe offerto il suo aiuto per trovarla. Raffaele gli aveva nascosto anche questo?

"Oh."

"È tutto quello che hai da dire?"

Jace sospirò. "Mi dispiace, ok. Ho solo immaginato che fossi con Pete. Essendo un'isola così piccola e tutto…"

"Vieni a tirarmi fuori da qui."

"Lo farò. Appena riesco a trovare Raffaele. Non so dov'è il gommone."

Il cellulare di Kat emise un bip per segnalare che la batteria stava per scaricarsi. "Il mio telefono sta morendo. Sbrigati." Avrebbe parlato con Pete una volta tornata a bordo e avrebbe sentito la sua versione della storia. "Fai venire Pete con te. È già stato nella grotta."

"Non preoccuparti," disse Jace. "Ti tireremo fuori. Sono sicuro che ci siano un sacco di attrezzi sullo yacht."

"Solo vieni qui più in fretta che puoi." Kat si rese conto che era quasi ora di cena. Stava per diventare buio e salvarla sarebbe stato difficile di notte. L'ultima cosa che voleva era passare la notte in una grotta buia e umida. Perché si cacciava di continuo in quei casini? Perché la sua curiosità aveva la meglio su di lei, ogni volta.

I suoi pensieri scivolarono fino a Fratello XII e al suo insediamento. I suoi seguaci avevano creduto al suo sogno senza pensarci due volte. Molti erano scomparsi senza lasciare traccia. Rabbrividì al pensiero e si chiese se qualcuno giacesse tra le pareti della grotta, smarrito proprio come lei.

I discepoli di Fratello XII gli avevano dato i loro soldi, avevano lavorato la terra per niente, solo per rendersi conto troppo tardi di essere stati raggirati. Forse alcuni si erano avventurati in quella stessa grotta, cercando di scappare, o forse alla ricerca dei chiacchierati tesori di Fratello XII.

Di certo il tesoro di Fratello XII apparteneva davvero a loro, visto che proveniva dal denaro che aveva ammassato quando loro gliel'avevano ceduto per unirsi al gruppo. Forse si erano pentiti di avergli dato tutti i loro soldi ed erano tornati a riprenderli. Avevano cercato un modo per andare via dall'isola, ma una volta rimasti senza denaro non avevano alcuna casa in cui tornare.

Le anime perse dell'epoca di Fratello XII avevano dovuto trovare da sole la loro via di fuga. Nessuno era alla loro ricerca, né aveva denunciato la loro scomparsa alle autorità. Erano persone dimenticate che avevano cessato di esistere per il mondo esterno. Quando si erano arresi alla Fondazione Acquariana, erano scomparsi nel tempo.

Kat rabbrividì al pensiero. Sarebbe potuta svanire nella grotta lei stessa, se non fosse stato per la moderna comodità di un cellulare.

Venne strappata ai suoi pensieri dalla voce di un uomo.

"Kat, mi senti?" La voce di Raffaele arrivò dalla direzione dell'ingresso. La sua voce era attutita, probabilmente a causa dell'acustica della grotta o della mancanza di essa.

"Quaggiù. Dritto verso il muro, poi gira a sinistra. Dov'è Jace?"

"Cosa? Non riesco a sentirti." La sua voce si affievolì.

"Cammina dritto verso il muro di fondo," gridò Kat. "Poi segui la parete a sinistra." Perché non riusciva a sentirla? Benché la voce di Raffaele fosse attutita, lei riusciva a sentirlo bene senza che gridasse.

All'improvviso ci fu un assordante fragore di rocce, pietre e macigni.

La pallida luce svanì, rimpiazzata dall'oscurità. La piccola apertura ora era completamente chiusa.

Qualcosa aveva bloccato l'uscita.

Qualcosa o qualcuno.

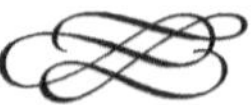

Il masso si schiantò contro la piccola apertura, sbarrando la sola uscita di Kat. L'unica voce che sentiva fuori era quella di Raffaele. In effetti, non aveva sentito affatto Jace.

"Jace? Sei lì?" Perché era Raffaele a parlare e non Jace?

Silenzio.

"Raffaele, dov'è Jace?" Ricordò all'improvviso il commento di Jace riguardo al gommone. Aveva detto che non riusciva a trovarlo. Eppure Raffaele era lì. Era tornato sull'isola da solo? "Chi c'è con te, Raffaele?"

Nessuna risposta.

"Fammi uscire!" Ovviamente lei non piaceva a Raffaele, ma intrappolarla in una grotta era come assassinarla. Il cuore prese a batterle all'impazzata mentre si chiedeva dove fossero Jace, Harry e Gia. Chiunque di loro avrebbe mollato tutto per andare a cercarla. Jace sapeva che era intrappolata, perché non era già lì? Kat sentì montare il panico.

Forse era successo qualcosa anche a loro.

Probabilmente stava solo cadendo in preda alla paranoia. Ma se era così, perché Raffaele non le rispondeva? Era certa solo di due cose: aveva riconosciuto la voce di Raffaele fuori dalla grotta e la roccia che ora bloccava la sua uscita non si era spostata da sola. Raffaele l'aveva intrappolata invece di salvarla.

Era una pazzia a meno che Raffaele non avesse un segreto ancora più sinistro della frode ai danni di Gia. Era certa che Raffaele stesse sottraendo a Gia il suo denaro, ma la sua amica non era esattamente milionaria. Raffaele avrebbe potuto facilmente coprire le tracce, prendere i soldi e scappare. Non doveva commettere un omicidio per farla franca.

C'era qualcos'altro, ma Kat aveva solo dei sospetti e nessuna prova per spiegare questo comportamento estremo. Che cosa poteva esserci di così grave da ucciderla?

Jace sbagliava di grosso riguardo a Raffaele, ma a meno che non tornasse in sé, non avrebbe creduto che avesse delle motivazioni nascoste. E si sarebbe fidato di Raffaele per andarla a salvare. Tornò con la memoria alla loro conversazione al telefono. Jace ancora non sospettava che ci fosse qualcosa di strano.

Fuori scricchiolarono dei passi.

"Cosa succede?"

Il grido di Kat incontrò solo il silenzio. Il cuore le martellava nel petto e la claustrofobia minacciava di sopraffarla. La grotta sembrava ancor più buia e l'aria ancor più stantia.

Doveva mantenere il controllo.

Jace l'avrebbe tirata fuori. Sarebbe arrivato in un lampo.

Se avesse potuto.

Le si strinse il petto mentre il panico la travolgeva. E se fosse successo qualcosa anche a lui? Qualsiasi cosa Raffaele stesse nascondendo, la considerava un buon motivo per correre il rischio di intrappolarla nella grotta. L'avrebbe lasciata morire se avesse potuto.

Basta.

I sopravvissuti sopravvivono.

Una dozzina di respiri profondi più tardi, giunse a una conclusione inequivocabile. Non si sarebbe salvata aspettando passivamente che qualcuno andasse a tirarla fuori. Per iniziare, doveva liberare il braccio. Fece una smorfia per il dolore mentre contorceva il braccio avanti e indietro. Dopo diversi minuti passati a tirare e spingere riuscì finalmente a liberarsi. Sospirò per il sollievo dello scampato pericolo. Ora doveva tornare sul sentiero. Fece rotolare via le rocce che le premevano sullo stomaco e sedette. Si arrampicò per tornare a livello del sentiero e zoppicò verso l'apertura della grotta.

Spinse contro la roccia, sapendo ancor prima di provare che era inutile. Non si mosse di un millimetro.

Sconfitta, si appoggiò alla pietra. Aveva la gola secca per la sete. Non aveva neppure pensato di portare una bottiglia d'acqua visto che avevano in programma solo una breve passeggiata. Neanche a farlo apposta, il suo stomaco brontolò, affamato.

Aveva usato la maggior parte della batteria del cellulare per la torcia. Avrebbe funzionato ora che la grotta era completamente chiusa?

Era tutto quello che aveva. Digitò il numero di Jace. Il suo spirito si risollevò quando la chiamata partì. Sarebbe stata fuori di lì entro pochi minuti o, al massimo, un'ora.

Il suo cuore sprofondò di nuovo quando la chiamata deviò sulla segreteria telefonica. Era preoccupante. Jace non spegneva mai il cellulare.

L'indicatore della batteria lampeggiò, per questo decise di lasciare un messaggio. Parlò velocemente, diede istruzioni sulla posizione della roccia che bloccava l'entrata nascosta e su come muoversi nella grotta. Fece attenzione a non implicare Raffaele, nel caso che avesse lui il cellulare di Jace.

Zio Harry era la sua ultima speranza. Sperava di avere abbastanza batteria per chiamarlo. Però c'erano buone probabilità che non avesse nemmeno portato il cellulare. E anche quando lo aveva in tasca, di solito non lo sentiva. Digitò il suo numero e aspettò.

Uno, due, tre squilli, nessuna risposta.

Zio Harry rispose al quarto squillo. "Kat, dove diavolo sei? Ti stiamo aspettando."

"Sono in una grotta sull'isola."

"Sei cosa? Ti sento appena. Forse dovresti richiamare—"

"No—non riattaccare. Ascolta attentamente, Zio Harry." Si avvicinò di qualche centimetro all'apertura coperta dalla roccia per cercare di far aumentare il segnale. "Trova Pete e digli che sono intrappolata nella grotta."

"Quale grotta? Che cosa c'entra Pete?"

"Non è importante adesso. Trovalo e venite qui."

"Ma Raffaele ha il gommone…" la voce di Harry si affievolì, poi si spense all'improvviso quando il cellulare morì.

Kat fissò il telefono, avvilita. Almeno aveva fatto la chiamata e Zio Harry sapeva che si trovava nella grotta. Era una magra consolazione, ma prima o poi sarebbero arrivati i soccorsi. Poteva contare su suo zio per quello. Quello su cui non poteva fare affidamento però era la sua discrezione. Sicuramente avrebbe coinvolto Raffaele prima di andare da Pete.

Poteva essere un problema, ma alla fine non aveva importanza. Non importava quanto fosse imbarazzante, suo zio non avrebbe rinunciato a trovarla. Si sarebbe preoccupata di Raffaele una volta fuori.

Scivolò lungo la parete della grotta fino a mettersi sedersi e cominciò a sudare freddo. Pochissime persone sapevano dell'esistenza di quella grotta e, da quello che le aveva detto Pete, ancora meno sapevano dei corridoi e delle svolte che portavano in quella zona in particolare. Con le rocce a bloccare l'apertura, l'ingresso era invisibile per chiunque non la conoscesse bene. Sarebbe potuta restare bloccata lì dentro, morendo lentamente di fame mentre i pochi visitatori esploravano altri corridoi. Tremò e si strinse le braccia attorno alle ginocchia.

Le venne anche in mente che lei, Zio Harry, Jace e—per quel che ne sapeva—Gia, non avevano detto a nessuno del loro viaggio improvvisato. Nessuno conosceva la loro destinazione. Raffaele avrebbe potuto sbarazzarsi di tutti loro. Non c'era anima viva che sapesse dove si trovavano in quel momento. Era difficile da credere, ma anche credere che Raffaele potesse intrappolarla in una grotta lo era.

Se e quando fosse stata trovata, sarebbe stata ormai solo un altro artefatto da museo?

CAPITOLO 14

Kat si svegliò di soprassalto. Dentro la caverna c'era qualcuno o qualcosa. Trattenne il respiro e ascoltò. Il rumore raspante era vicino, a pochi metri di distanza verso l'ingresso. Tremò e ricordò il pipistrello. Non era di certo il solo essere vivente nella grotta.

Trattenne il fiato e tese l'orecchio per capire quanto fosse vicino il suono. Non era un animale, dopo tutto. Le sue speranze crebbero quando il metallo colpì la roccia. C'era qualcuno fuori.

"Aiuto!" Balzò in piedi e fece una smorfia per il dolore. Nella sua esaltazione si era dimenticata della caviglia gonfia e del ginocchio ferito. Inciampò all'indietro. "Sono intrappolata nella grotta."

Nessuna risposta.

Doveva essersi appisolata. Aveva consumato la batteria dell'orologio e ora era troppo buio per vedere le cifre senza aiuto. Anche la batteria del cellulare era morta, non aveva idea di quanto tempo fosse passato. Non poteva essere molto tempo. Era affamata, ma non famelica. Il suo ultimo pasto era stato il pranzo sulla nave.

"Qui dentro!"

Silenzio.

L'esaltazione momentanea fu rimpiazzata dalla delusione. La sua mente cominciava a giocarle brutti scherzi. Non c'era nessun lì, per quanto desiderasse il contrario. Forse aveva sognato tutto.

"C'è qualcuno lì fuori?"

Silenzio.

Era più buio nella grotta adesso che la roccia bloccava l'ingresso. E il tramonto era più vicino.

Il suono di graffi ricominciò.

Le sue speranze svanirono. Probabilmente era un animale che scavava o raspava fuori. Non avrebbe ricevuto alcun aiuto.

Ma il rumore aumentò e ancora una volta udì il metallo contro la rocca. A meno che non fossero animali capaci di brandire degli attrezzi, era un buon segno.

Meglio che buono. Era musica per le sue orecchie. Come una sinfonia.

Si concentrò sul suono e cercò di identificarlo.

"Sei lì?" la voce di Jace era più chiara. Non poteva essere a più di tre metri di distanza.

"Sì! Tirami fuori di qui, Jace." Sperava ardentemente di non aver sognato la sua voce. "Riesci a sentirmi?"

"Sì. Stai bene?"

"Abbastanza." Il sollievo la travolse. Sarebbe stata liberata.

"Grazie a Dio!" intervenne la voce di Zio Harry. "Ti tireremo fuori, Kat. Tieni duro."

Non si era mai sentita tanto fortunata in vita sua. "È così bello sentire le vostre voci. Sono così contenta che mi abbiate trovata. Che ore sono?"

"Le sette appena passate. Ci siamo preoccupati quando non sei tornata," disse Jace. A giudicare dal suono della sua voce, stava facendo qualcosa di fisico. Questo spiegava il suono della pala.

"Ma ero con te e Raffaele. Perché ve ne siete andati senza di me?" Non aveva idea se Raffaele fosse fuori con loro, ma voleva una risposta adesso. Non poteva più aspettare.

"Ce l'hai detto tu."

"Non è vero," disse Kat.

"Invece sì. Hai detto a Raffaele che saresti tornata con Pete. Ho anche controllato."

"Non ho mai detto niente del genere." Era la sua parola contro quella di Raffaele, ma la sua non avrebbe dovuto avere un peso maggiore? "Non ho mai parlato con Raffaele."

"Ovviamente ha capito male." Jace grugnì. "Queste rocce sono incastrate piuttosto bene. Non ho gli strumenti giusti."

"Un piede di porco dovrebbe funzionare," disse Zio Harry. "Però non ci sono attrezzi del genere sullo yacht."

Il cuore di Kat sprofondò. Si era aspettata di essere tirata fuori in pochi minuti, ma la faccenda non sembrava promettente.

"Voglio dire che Pete ha dato il tuo messaggio a Raffaele. È per questo che ce ne siamo andati."

"Hai chiesto a Pete?"

"No, immagino che avrei dovuto." Jace parlava con sbuffi brevi mentre spalava. "Ovviamente Raffaele ha frainteso. Ma un po' la colpa è tua, te ne sei andata per conto tuo. Non riuscivamo a capire dove fossi."

O non vi siete accorti che ero sparita, pensò Kat. La sua esaltazione fu eclissata dalla rabbia mentre si ricordava di come Jace si fosse semplicemente dimenticato che lei era lì.

"È stato allora che ci siamo resi conto che eri ancora qui," disse Zio Harry. "Pete ha detto che non sei tornata con lui. Sembra un po' smemorato se vuoi sapere la mia."

La sua impressione di Pete era del tutto diversa da quella di suo zio. Ma non era né il momento né il luogo di approfondire. Avrebbe aspettato fino a quando fosse tornata al sicuro sullo yacht. Naturalmente, se fosse davvero al sicuro a bordo era tutta un'altra storia. "Quanto ci vorrà per tirarmi fuori?"

"Dipende," disse Jace. "Dobbiamo improvvisare, visto che abbiamo solo delle pale. E non sono molto resistenti, tra l'altro. Ma il nostro piano sta funzionando, lentamente."

"Facciamo quello che facevano gli antichi Egizi, scaviamo la polvere e la sabbia da sotto la roccia," disse lo Zio Harry. "Speriamo che la roccia rotoli in avanti."

"È una buona idea." Ricordava vagamente un documentario che aveva visto con Jace. Anche se aveva senso, sembrava pericoloso. Una mossa sbagliata e la roccia poteva rotolarle addosso. "Avvisatemi prima che la roccia si sposti."

"Oh, ci vorrà ancora un po'," disse Zio Harry.

Kat sentiva solo il rumore di una pala e sospettava che Jace stesse facendo la maggior parte del lavoro.

"Quello che non riesco a capire è come tu abbia fatto a rimanere bloccata dietro questa cosa, tanto per cominciare. È enorme." Jace sembrava senza fiato.

"Non c'era quando sono entrata." In effetti, Kat non ricordava che ci fossero dei massi nelle vicinanze. Tuttavia non ci aveva fatto caso. Era stata concentrata sui tesori che potevano esserci davanti a lei. Come aveva fatto Raffaele a spostarlo davanti all'ingresso della grotta da solo? "Quanto pensate che ci vorrà?"

"Probabilmente altri venti minuti, se le cose vanno come previsto," disse Jace.

"Whoa!" strillò Zio Harry.

La roccia si spostò e una sottile lama di luce brillò sopra Kat. Non era mai stata così felice di vedere il cielo. L'apertura triangolare era più grande dal lato più lontano da lei. A giudicare dall'angolazione, la roccia posava su un terreno scosceso.

"C'è mancato poco, Jace," disse Zio Harry. "Meglio stare attenti."

"Giusto," disse Jace. "Harry, vai a cercare dei bastoni lunghi. Li useremo come cunei da mettere sotto la roccia mentre scaviamo, poi li toglieremo quando siamo pronti. A quel punto la roccia dovrebbe semplicemente rotolare verso il basso per lo slancio."

"Capito," disse Zio Harry.

Jace scavava mentre Harry trascinava ceppi e legni sul posto. A giudicare dai grugniti e dalle imprecazioni era un lavoro da sudare sette camicie. Kat avrebbe voluto poterli aiutare, ma non poteva fare altro che rimanere ad ascoltare, sentendosi in colpa.

Dopo quella che sembrò un'eternità, finalmente furono pronti. Il che era una buona cosa visto che il piccolo frammento di cielo sopra la roccia era diventato di un profondo color indaco. Presto sarebbe stato buio, quindi era meglio che il loro piano funzionasse al primo colpo.

"Facciamolo," disse Jace. "Kat, sta indietro in caso si muova anche qualcos'altro. Harry, vai dall'altra parte. Togli i primi bastoni quando dico *via*. Farò lo stesso da questo lato."

"Capito."

"Ora," gridò Jace. La roccia ondeggiò in avanti ed espose un'apertura più grande. Ma i lati della roccia erano ancora incastrati contro le pareti della grotta.

"Kat, riesci ad arrampicarti fino in cima?" chiese Jace.

"Non credo. Non ci sono appigli. Non so come fare a tirarmi su." Il cuore di Kat sprofondò. Erano così vicini eppure così lontani. Aveva sperato di essere fuori prima che calasse la notte, ma la situazione non faceva ben sperare. Probabilmente nel frattempo Raffaele stava portando via ogni cosa a Gia, convincendola a investire ancora di più.

"Ho un'idea. E se avessimo una corda?"

"Potrebbe funzionare." Aveva provato a fare arrampicata al chiuso una volta. Poteva riuscirci. Era una flebile speranza di poter dormire in un letto quella notte.

"Ok. Ora ci serve solo una corda." Jace rimase in silenzio per un attimo. "Harry, puoi prendere il gommone e tornare alla nave? Devono esserci delle corde a bordo."

"Non abbiamo tempo per questo, Jace." Raffaele li avrebbe trattenuti di proposito. Dopo tutto, l'aveva intrappolata intenzionalmente. "Ragazzi, portate la cintura?"

"Sì," disse Zio Harry.

"Sì, perché?" chiese Jace.

"Una cintura non è abbastanza lunga, ma due potrebbero esserlo."

"Vale la pena tentare. Ma sono abbastanza resistenti da restare unite?"

"C'è solo un modo per scoprirlo," disse Kat. Avrebbe funzionato? Tutto quello che poteva fare era sperare.

Una cintura di pelle scivolò lungo la roccia. Si protese e la afferrò. Triando sentì la tensione mentre Jace teneva l'altro capo. Si inclinò all'indietro e mise i piedi sulla roccia, ma non riuscì a tirarsi su. Il capo della cintura era ancora troppo in alto sopra la sua testa e non aveva abbastanza forza nella parte superiore del corpo per issarsi.

Le cinture dovevano arrivare più in basso, oppure lei doveva salire più in alto. Si guardò intorno alla ricerca di una roccia abbastanza piccola da poter essere spostata. Aveva bisogno di qualcosa su cui salire che fosse alto una trentina di centimetri. Così sarebbe stata abbastanza in alto da issarsi su per la roccia.

Ma tutte le rocce attorno a lei erano piccole. Raccolse quello che trovò e le impilò a formare una piattaforma improvvisata. Ne saggiò la stabilità con un piede. Sarebbe stato precario anche se lei non fosse stata ferita, ma il cumulò tenne. Era la sua sola occasione.

Eccola di nuovo lì, con le infradito, un altro incidente in agguato. Imprecò tra i denti. Non c'era altro modo, pensò mentre saliva con l'altro piede.

"Ok, sono pronta." Kat tirò le cinture fino a sentire la tensione dalla parte opposta."

"Ok. Ce l'hai, Harry?" chiese Jace.

"Sì. Vai Kat," disse Zio Harry.

"Va bene, arrivo." Visualizzò la sua sola esperienza di arrampicata in quel centro indoor. Mise un piede contro la roccia e si inclinò indietro a circa quarantacinque gradi. Le cinture tennero. Fece un respiro profondo e staccò anche l'altro piede dalla montagnola di pietre. Si concentrò sul mettere un piede davanti all'altro.

"Fin qui tutto bene," gridò Jace. "Continua."

Era a pochi centimetri dall'apertura, ma i muscoli le bruciavano.

Kat non sapeva se gli uomini tenessero le cinture o se le avessero legate a qualcosa. Iniziò a sudare. Se era così difficile, probabilmente non lo stava facendo nel modo giusto. I palmi sudati scivolavano sul cuoio e la pelle delle mani bruciava mentre cercava disperatamente di restare aggrappata.

Strinse la mano attorno alla cintura ma fu inutile. La presa scivolò e cadde all'indietro, atterrando con la zona lombare sulla pila di rocce. Strillò per il dolore.

"Cos'è successo?" chiese Jace.

"Ho perso la presa." Kat rotolò sul fianco e fece una smorfia mentre fitte di dolore le percorrevano la schiena, il ginocchio e la caviglia. "Dammi un minuto, poi ci riprovo."

"Facci un fischio quando sei pronta," disse Harry.

Dolore o no, sarebbe uscita da quella maledetta caverna.

Dieci minuti più tardi, raggiunse la cima della roccia. Fece una pausa e inspirò profondamente. L'aria fresca era inebriante mentre arrancava oltre la cima. Sorrise a Jace e Harry, che erano circa tre metri più sotto.

"Sei proprio una gioia per gli occhi," disse Harry.

"Anche voi ragazzi." Kat sorrise e ruotò le gambe oltre il bordo. Stava per saltare, quando si ricordò del ginocchio e della caviglia.

"C'è qualcosa che non va?" chiese Harry.

"No," rispose. In realtà niente andava per il verso giusto, ma non c'era molto che potesse fare a riguardo. Almeno non ancora. Si fece forza e saltò. Gridò quando colpì il terreno con il fianco. Rotolò sul sedere e tese le mani per farsi aiutare.

Jace la tirò su. "Non ti perderò mai più di vista."

Era una cosa che poteva sopportare.

CAPITOLO 15

*K*at sedeva sul letto, la schiena appoggiata alla testiera. Aveva la gamba sollevata con impacchi di ghiaccio piazzati strategicamente attorno al ginocchio gonfio e alla caviglia distorta. Quando finalmente erano tornati allo yacht, la sua gamba era ormai diventata un gigantesco ammasso gonfio. Kat era esausta sia per l'esperienza quasi letale nella grotta che per il tragitto di quasi un'ora che aveva dovuto percorrere zoppicando per tornare al gommone.

"Sembri una vittima di guerra." Jace sedeva alla scrivania e digitava sulla tastiera. "Come fai a cacciarti sempre nei guai? Siamo andati solo a fare una passeggiata nei boschi."

Sembrava più che i guai trovassero lei. Come poteva far venire il discorso delle menzogne di Raffaele senza sembrare pazza? Jace sapeva già che lei ce l'aveva con quel tizio. Le serviva la conferma di Pete sulla sua versione dei fatti, ma non avrebbe ottenuto prove stando seduta a letto.

Slanciò le gambe oltre il bordo del letto e fece una smorfia quando si alzò in piedi. Non sapeva nemmeno dove trovare Pete a bordo. Sperava che la sua ricerca non avrebbe richiesto di camminare a lungo.

Jace alzò lo sguardo dallo schermo del suo computer. "Tu non vai da nessuna parte. Dimmi cosa vuoi e te lo prendo io."

Scosse la testa. "Volevo solo vedere come va la gamba."

"Siamo tornati da meno di un'ora." Jace scosse la testa. "Non è passato abbastanza tempo perché ci sia qualche differenza. Gonfierà ancora di più se non la tieni sollevata. Che cosa ti serve?"

"Un po' d'aria fresca. Terrò la gamba sollevata una volta fuori."

"No, non lo farai."

"Lo farò, te lo prometto." Fece una dimostrazione di quella che sperava fosse una camminata normale. "Si irrigidirà se non la muovo un po'."

Jace sollevò le sopracciglia e scosse la testa. "Non posso aiutarti se tu non aiuti te stessa."

"Camminare mi fa bene." Non poteva esattamente chiedergli di andare a prenderle Pete.

"Non hai intenzione di darmi retta, vero?" Si alzò, le prese il braccio e se lo passò attorno alle spalle. "Non dovresti camminare per niente, tanto meno senza stampelle. Dubito che ce ne siano a bordo. Non puoi aspettare fino a domani?"

La mente di Kat correva per trovare una scusa. "Mi serve un po' d'aria. Sento un po' di mal di mare."

"É strano. Non ci stiamo neanche muovendo." Jace era dubbioso.

"È ancora un po' di claustrofobia dalla grotta." Infilò le infradito. "Lussuosa o no, questa cabina è piuttosto piccola."

"Aspetta un secondo, ti prendo il ghiaccio." Jace recuperò la borsa del ghiaccio dal letto e la seguì alla porta.

Aveva ragione riguardo a una cosa. Non poteva camminare abbastanza bene da rintracciare Pete. Ma se fosse rimasta seduta sul ponte c'era una piccola possibilità che lo incontrasse. C'erano le stesse probabilità di incontrare Raffaele. Rabbrividì al pensiero, ma avrebbe corso il rischio.

Zoppicò lungo il corridoio e attraverso la cambusa. Il ginocchio gonfio pulsava mentre saliva la scala fino al ponte. Mentre spostava il peso sulla ringhiera per sostenersi, trattenne un gemito. Non poteva permettere che Jace capisse quanto le faceva male, o avrebbe insistito per farla tornare a letto.

Jace la oltrepassò e tenne la porta aperta. Entrò una brezza prepotente. Rinfrescante, pensò mentre usciva fuori.

Jace la superò, tirò fuori velocemente una sdraio e sistemò le borse del ghiaccio. "Ti serve altro da sotto coperta?"

Quella era l'occasione che stava aspettando. "Ehm, magari un libro da leggere?"

"Dimmi dov'è il tuo libro e te lo prendo."

"Ho già finito il libro che ho portato, ma devono esserci altri libri a bordo. Magari in salotto? Portami un bel giallo o qualcosa del genere." Questo avrebbe richiesto qualche minuto, abbastanza per vedere se Pete era nelle vicinanze.

Jace si accigliò. "Sono sicuro che Raffaele abbia dei libri, ma probabilmente non sono di tuo gusto. Potrebbe non piacerti la mia scelta."

"Correrò il rischio." Si sentiva in colpa a mandare Jace a fare una commissione inventata, ma le avrebbe dato un po' di tempo. Forse poteva andare dietro l'angolo e vedere se Pete era in giro. Doveva davvero conoscere tutti i fatti prima di muovere delle accuse.

"Va bene." Jace scomparve sotto coperta e Kat valutò la sua strategia. Aveva dieci minuti al massimo, quindi dove cercare prima? Decise per il ponte. Anche se Pete non era lì, potevano esserci altri membri dell'equipaggio che avrebbero saputo dove trovarlo.

Si rivelò una buona scelta.

Pete era dentro, seduto ai controlli con un altro membro dell'equipaggio. Vide solo la schiena dell'altro uomo, ma fu abbastanza da capire che era stato scelto dalla stessa risma di Pete. Aveva l'aspetto di un portuale che faceva dei lavoretti per vitto, alloggio e contanti in nero. L'equipaggio improvvisato di Raffaele sembrava davvero precario. Erano i marinai professionisti più mal messi che Kat avesse mai visto.

Pete si fermò a metà di una frase e la scrutò. "Sembra che abbia avuto un'incidente."

"Si più definire così. Posso parlarle in privato?"

Pete fece un cenno all'altro uomo che si alzò e uscì.

Con un po' troppo entusiasmo, pensò Kat. C'era solo una cosa in cui i membri dell'equipaggio di Raffaele eccellevano: tenere un profilo basso.

"Sono caduta. Ma non è la ragione per cui sono qui. Perché ha detto a Raffaele che sarei tornata sullo yacht con lei?"

"Non l'ho mai detto." Inciampò leggermente alzandosi dalla sedia. "Di cosa sta parlando?"

"Ha permesso che lui e Jace mi lasciassero sull'isola. Qualcuno mi ha intrappolata in quella grotta."

"Quindi ha trovato la grotta." Sorrise, mettendo in mostra denti ingialliti.

Puzzava di alcol. La nausea che Kat aveva finto divenne rapidamente reale. "È quello di cui vorrei parlarle."

Pete gridò qualcosa al suo collega, che all'improvviso riapparve alla timoniera.

"Torno tra cinque minuti," disse al suo collega prima di voltarsi verso Kat. "Andiamo sul ponte."

Lo seguì, notando che la sua andatura da ubriaco non era più stabile del suo zoppicare. Non aveva problemi a tenere il suo passo. Pensava che l'equipaggio dovesse essere sobrio, almeno in servizio, anche se erano ancorati.

Si diressero verso il ponte principale. Pete gesticolò dietro l'angolo verso una piccola nicchia che Kat non aveva notato prima. Tirò fuori una sedia dall'aria sudicia e le fece cenno di sedere.

Lui sedette di fronte a lei su uno sgabello. "Se vuole causare problemi, non voglio farne parte."

Il Pete ubriaco non era neanche lontanamente amichevole come la sua versione sobria. "Non voglio causare niente, ma qualcuno mi ha intrappolato in quella grotta. Credo che fosse Raffaele."

"Questo è una faccenda tra lei e lui." Ondeggiò leggermente alzandosi in piedi. "Non sono affari miei."

Kat si alzò e gli bloccò la via. "Raffaele ha detto che lei gli ha detto che sarei rimasta sull'isola con lei."

"É una bugia. Non l'ho mai detto." Incrociò le braccia mentre il volto gli diventava rosso. "Abbiamo parlato appena. Mi ha solo detto di tornare a bordo."

"Esattamente come ha fatto ad andarsene dall'isola? Non ho visto un altro gommone."

Fece una pausa per un attimo. "Nello stesso modo in cui sono arrivato. A nuoto."

"A nuoto?" Kat sollevò le sopracciglia. "Perché non è venuto con noi?"

"Magari mi piace fare esercizio." Sollevò le spalle. "Devo andare."

"Non così in fretta. Perché Raffaele dovrebbe mentire? Sapeva che lei non aveva una barca." C'era un solo gommone. Jace ovviamente non aveva ascoltato la conversazione tra Pete e Raffaele, o avrebbe sollevato dei dubbi. A parte il fatto che non aveva il costume da bagno, era una nuotatrice pessima. In effetti, riusciva appena a stare a galla.

"Non ne ho idea. Perché non lo chiede a lui? Lo conosce meglio di me."

"No, non è vero. L'ho incontrato solo oggi."

"Oh." Pete improvvisamente sembrò incerto e la sua espressione si addolcì leggermente. "Beh, non lo conosco da molto più tempo di lei e ho bisogno di questo lavoro. Non posso aiutarla." Si mise di profilo per oltrepassarla.

"Questo non mi lascia altra scelta allora." Kat spostò il peso e fece una smorfia quando il peso del corpo si trasferì sulla gamba ferita. Il suo movimento fermò Pete.

Fece un passo indietro e aggrottò la fronte. "Altra scelta riguardo a cosa?"

"Devo chiamare la polizia." Kat aveva la sensazione che Pete non volesse avere attorno la polizia, così bluffò. Nascondeva qualcosa e voleva sapere che cosa fosse. Sapere che genere di accordo avevano Pete e Raffaele era importante, visto che le avrebbe dato un'idea di quello che Raffaele aveva in programma. Non aveva idea se ci fosse una stazione di polizia da quelle parti, ma il cellulare funzionava.

"Chiamare la polizia per cosa esattamente?"

"Per il fatto che qualcuno mi ha intrappolata di proposito nella grotta e ha cercato di uccidermi. C'erano tre uomini sull'isola. Chiunque di loro avrebbe potuto farlo. Lascerò che sia la polizia a decidere chi." Ovviamente non era stato Jace, ma non c'era motivo di fare ulteriore confusione. Non c'era neppure motivo di menzionare la famiglia. Anche se lei sapeva che era stato Raffaele a intrappolarla, Pete non lo sapeva. Decise di lasciarlo cuocere nel suo brodo per un po'. Era il solo modo per strappargli qualche informazione.

Pete scosse lentamente la testa. "Pessima idea."

"Crede che sia meglio restare a bordo con qualcuno che sta cercando di uccidermi?"

"Non ho detto questo, ma peggiorerà le cose."

Kat alzò le braccia al cielo. "Peggioreranno come, esattamente?"

"Non lo faccia e basta."

Kat tirò fuori il telefono. "A meno che lei non mi dica perché non dovrei…"

"Ok, va bene. Glielo dirò." Pete fece una pausa prima di continuare. "Questa qui è una nave americana. Veniamo da Friday Harbor, ma non siamo mai passati per la dogana canadese."

Friday Harbor era un piccolo porto dell'isola di San Juan, a nord di Seattle. "Vi siete intrufolati oltre confine?"

"Non è questa gran cosa come la fa sembrare, ma sì, è così.

Avremmo dovuto passare la dogana a Vancouver, ma visto che non l'abbiamo fatto siamo qui illegalmente."

"Non è colpa sua." Premette alcuni numeri sul telefono e lo sollevò all'altezza del suo viso. "Sta chiamando."

Pete afferrò il telefono e lo lanciò sul ponte. "Io ci lavoro soltanto qui, non prendo le decisioni. Raffaele decide. Ma sono sulla nave, quindi finirò nei guai anch'io."

"No, non è vero. Come ha detto, non è stata una sua decisione." Pete aveva le sue ragioni per evitare la polizia, anche se Kat aveva l'impressione che non fossero legate a Raffaele. Forse c'era un mandato d'arresto contro di lui o qualcosa del genere, ma l'istinto le diceva che non era Pete il problema.

Si voltò, con l'intenzione di recuperare il telefono.

Pete seguì il suo sguardo. "Lo prendo io." Andò al telefono e lo raccolse. "Mi dispiace, non avrei dovuto farlo. Solo non chiami la polizia. Ce ne andremo tra qualche giorno e a quel punto non avrà più importanza." Le restituì il telefono.

Era esattamente l'informazione che stava cercando. "Dove andrete esattamente?"

Lui fece spallucce. "In nessun posto che lei debba sapere."

"Perché non venderlo qui?"

"Vendere cosa?"

"Lo yacht."

Silenzio.

"Il *Financier* non è davvero di Raffaele, giusto?" Era un vago sospetto, visto che Raffaele non sembrava particolarmente interessato alla navigazione.

Pete alzò le spalle, ma la sua fronte luccicava a causa di un sottile strato di sudore. "Ma certo che lo è. Raffaele era già sulla barca quando sono salito a Friday Harbor. Ha assunto me e gli altri ragazzi dell'equipaggio."

"Non crede che sia strano che non avesse già un equipaggio?"

"Ha detto che era stato via per qualche mese e aveva liberato l'equipaggio. Dovevamo navigare fino a Vancouver per incontrarli."

"Cosa è successo?"

"L'equipaggio non si è mai presentato. Raffaele ha detto che hanno fatto confusione con le date, o roba simile, e che avremmo fatto lo scambio in Costa Rica invece. Saremmo dovuti partire oggi, ma poi è venuta fuori questa deviazione, con lei e i suoi amici."

"Cosa succederà in Costa Rica?" Kat si grattò la testa. "Mi faccia indovinare. Lascerete là la barca." Uno yacht di quelle dimensioni era difficile da nascondere da quelle parti. Ma nessuno avrebbe fatto domande in Centro America. Il *Financier* sarebbe stato solo uno dei molti yacht stranieri attraccati in un porto del Costa Rica. Lo yacht poteva essere trasformato completamente in un'officina per il riciclaggio e venduto lì.

Pete si strinse nelle spalle. "Non me l'ha detto e io non ho chiesto."

"Quanto tempo resterete lì?" In Costa Rica c'era altro oltre alle spiagge sabbiose e allo stile di vita rilassato. Il Canada non aveva un trattato di estradizione col Costa Rica. Chiunque si nascondesse lì era al sicuro dalle autorità canadesi.

Ora Kat era ancora più sicura dell'inganno di Raffaele. Ma era uno sforzo eccessivo da mettere in atto solo per accaparrarsi i soldi di Gia. Doveva avere qualcos'altro in gioco. Chiunque fosse, certamente non era un italiano miliardario. Una volta raggiunte le spiagge del Costa Rica, sarebbe scomparso per sempre.

"Come tornerete qui?"

Pete non rispose.

"Non tornerete indietro, vero?" Qualsiasi scheletro Pete nascondesse nell'armadio, non era disposto a discuterne.

"Devo rimettermi al lavoro." Pete scosse la testa e sventolò una mano per congedarsi. Poi scomparve dietro l'angolo senza un'altra parola.

CAPITOLO 16

Quando Kat tornò alla sua sdraio, trovò lì Jace. Era seduto sulla sedia accanto con una pila di libri. Sollevò un romanzo di Agatha Christie mentre lei si avvicinava; aveva l'aria di non essere contento della sua sparizione.

Non riusciva a immaginare Raffaele che leggeva Agatha Christie, anche se non aveva idea di quali libri gli piacessero o se leggesse, tanto per cominciare.

Jace scosse la testa. "Non avrei dovuto lasciarti sola. Perché stai camminando? Il gonfiore non passerà se non tieni la gamba sollevata."

"Hai ragione." Almeno non le aveva chiesto dov'era andata. Non avrebbe osato accusare Raffaele di averla intrappolata nella grotta senza prove concrete da mostrare a Jace. Raffaele era un manipolatore scaltro e carismatico e avrebbe rigirato le sue parole.

Lo scetticismo giornalistico di Jace era stato rimpiazzato dall'ammirazione, fino al punto che avrebbe considerato oltraggiose le affermazioni di Kat se non avesse presentato delle prove. Invece di mettere in dubbio ogni affermazione di Raffaele, era stato raggirato dalle sue menzogne. Eppure con la partenza imminente di Raffaele, era fondamentale smascherarlo prima che fosse troppo tardi. Kat non sapeva neppure da dove cominciare.

"Sarebbe potuta andare molto peggio. Sei fortunata a essertela scampata. Non andare mai più a esplorare una grotta da sola. Nessuno sapeva che tu eri lì, tanto per cominciare."

Non era vero, visto che Raffaele conosceva la sua posizione. Non solo sapeva che era dentro la grotta, le aveva impedito la fuga.

"Lo so, è stato un errore stupido." Dopo che Jace e Harry avevano rimosso la roccia dall'ingresso della grotta, avevano trascorso un paio di minuti a esplorare la caverna alla luce delle torce. A sua insaputa, Kat era stata a meno di cinque metri da un condotto verticale che scendeva per trenta metri o più. Rabbrividì solo al pensiero.

"La prossima volta, dimmi dove vai." Jace era infastidito dalle azioni imprudenti, visto che potevano essere facilmente prevenute. Come volontario delle squadre di ricerca e salvataggio, era stato testimone di molte tragedie, che erano risultate dalla cattiva pianificazione. Lo infastidiva che fosse andata in giro da sola in un territorio che non le era familiare.

"Lo prometto." Peccato che Jace non riuscisse a vedere oltre la cortina di carisma di Raffaele. Le servivano prove del suo carattere e delle sue motivazioni nascoste. Non poteva dimostrare che Raffaele l'avesse intrappolata nella grotta. Era la sua parola contro quella di Raffaele.

Nell'immediato però aveva preoccupazioni più pressanti, almeno in base a quello che le aveva appena detto Pete. Se il piano originale di Raffaele era stato quello di partire per il Costa Rica quel giorno, perché aveva ritardato la partenza? Aveva già i soldi di Gia. Aveva trovato altre opportunità di guadagno? Perché si era offerto di portarli sull'Isola di De Courcy, tanto per cominciare?

Jace le lesse nel pensiero. "Sai, Raffaele è un tipo intelligente. Ci sta facendo un grosso favore a permetterci di partecipare a questa opportunità d'investimento. Sei sicura di non voler cambiare idea?"

"Gli amici e i soldi non vanno d'accordo, Jace." I nemici e i soldi erano anche peggio.

"È diverso. È l'occasione di una vita che potrebbe non ripresentarsi più. Se ce la lasciamo sfuggire, ci perderemo la prossima grande cosa."

"Se è così grande, avremo ancora la possibilità di investire domani. La compagnia avrà bisogno di altri soldi per espandersi."

Jace sembrava dubbioso. "Forse, o forse no. Dovremmo considerare la cosa più attentamente. Gia è intelligente e ha già investito."

"No, Jace." Chiaramente Raffaele era un truffatore provetto e lei aveva bisogno di tutta la sua concentrazione per aiutare Gia. "Non può nemmeno mostrarci i prodotti, tanto meno informazioni finanziarie e sulle vendite."

"È stato abbastanza perché Gia ci investisse. Sa cosa sta facendo."

"Da quello che sembra, Gia ha investito senza prendere visione del materiale." Gia era accecata dall'amore. Jace era accecato dalla promessa di ricchezze.

Jace sospirò. "Per quando avrai analizzato tutto fino alla morte, avremo perso l'occasione."

"Forse. Ma Raffaele è reticente sui dettagli del funzionamento del prodotto. Io non posso investire in qualcosa che non capisco."

"Potrai chiederglielo a cena." Jace le tese la mano. "Andiamo."

"Vuoi dire che voi ragazzi non avete ancora mangiato?"

"Certo che no. Eravamo tutti a cercarti. Andiamo. Sto morendo di fame." Jace era deluso.

"Il mio stomaco è un po' sottosopra." Il suo appetito era stato rimpiazzato da una sensazione di nausea. La spaventava che Gia fosse innamorata di un uomo che non ci pensava due volte prima di lasciare qualcuno a morire in una grotta. Che cosa aveva in serbo per Gia? Non poteva affrontare Raffaele senza un piano d'attacco. "Anche la gamba è ancora un po' dolorante."

Jace le rivolse la sua occhiata da *te l'avevo detto*. "Ti porterò uno spuntino."

Grande. Jace era di nuovo arrabbiato con lei. Così tutti erano a bordo, e lei non aveva prove per convincerli che non fosse una buona idea. Aveva un bel po' di lavoro da fare se voleva smascherare le vere intenzioni di Raffaele. In base ai commenti di Pete, Raffaele stava per prendere i soldi e scappare. Stava per mettere in moto i suoi piani e lei doveva fermarlo prima che fosse troppo tardi.

CAPITOLO 17

Kat sedeva sul letto matrimoniale della cabina, il portatile aperto accanto a lei. Per fortuna aveva una connessione a internet, ma la sua ricerca online, sia su Raffaele che sul *Financier*, non aveva prodotto risultati. Uno yacht come quello doveva spuntare fuori da qualche parte online, in una fotografia o sul sito del fabbricante. La sua conversazione con Pete le aveva dato un'idea.

Le compagnie capaci di costruire grandi yacht di lusso come quello di Raffaele erano poche, per questo riuscì a mettere insieme rapidamente una lista di una mezza dozzina di compagnie. Gli yacht erano per lo più costruiti a mano e spesso ci voleva un anno o più per completarli. Se avesse trovato il costruttore, forse sarebbe riuscita a rintracciare il proprietario dello yacht. In un modo o nell'altro, avrebbe smascherato Raffaele come un imbroglione.

Chi entrerebbe illegalmente in Canada e rischierebbe di farsi sequestrare il suo yacht da milioni di dollari? Nemmeno un miliardario. Ma un ladro sì.

Fece scorrere la lista e cliccò sul primo nome, Prima Yachts.

Niente.

Con le speranze già deluse, controllò la seconda voce sulla lista. Majestic Yachts, una compagnia con base a Seattle, Washington, aveva una lista di yacht nuovi e di seconda mano in vendita. Sorrise mentre immaginava miliardari che scambiavano i loro vecchi yacht per modelli più recenti, un po' come lei faceva con l'auto. Probabilmente però non aspettavano dodici anni.

Un colpo di fortuna. Una nave identica al *Financier* era nella lista, solo che aveva un nome diverso. Il *Catalyst* era vecchio di quattro anni, con un prezzo di 6.9 milioni di dollari americani.

Lo yacht da quarantacinque metri aveva quattro cabine doppie e appartamenti per sei membri dell'equipaggio. C'erano solo quattro membri dell'equipaggio a bordo, incluso Pete, quindi probabilmente erano impegnati al massimo a gestire un'imbarcazione che prevedeva un equipaggio più grande. Sembrava che Raffaele non fosse coinvolto nelle operazioni di manovra e lei non aveva visto un cuoco o altro personale a bordo.

Uno staff ridotto all'osso poteva andare bene per viaggi brevi in acque tranquille, ma nessuno avrebbe lesinato sull'equipaggio rischiando uno yacht da sette milioni di dollari in un naufragio.

Fece scorrere le fotografie del *Catalyst*, strizzando gli occhi per individuare i dettagli. La barca sembrava identica al *Financier*, fino alle combinazioni di colori e al mobilio. Le sembrava strano che una barca costruita su misura avesse una gemella identica.

Smise per un attimo di cercare lo yacht e considerò quello che sapeva di Raffaele.

Il fatto che non avesse trovato niente su Raffaele la convinse che non fosse chi diceva di essere. Ma non aveva prove concrete da mostrare agli altri, specialmente a Gia. Non avrebbe mai creduto che l'uomo che amava—e in cui aveva investito—avesse imbrogliato anche lei.

Forse Jace aveva ragione. Il lavoro che svolgeva la rendeva sospettosa per natura nei confronti delle presone. Stava interferendo nella vita di Gia, a torto o a ragione. Che cosa avrebbe detto la sua amica se avesse saputo che stava conducendo delle ricerche sulla storia di Raffaele, per scovare ragioni per cui avrebbe dovuto scaricarlo? Le avrebbe detto di farsi gli affari suoi.

Ma tenere le sue preoccupazioni per sé avrebbe solo fatto del male a Gia alla fine. A volte gli amici la sapevano più lunga.

Nonostante le sue riserve, la sua ricerca online non aveva rivelato niente di niente su Raffaele. Avrebbe dovuto almeno trovare qualche briciola di informazione pubblica su qualcuno che dichiarava di essere miliardario. Eppure non c'era nulla su di lui o sulla sua compagnia. Questo di per sé era un campanello di allarme.

Aveva scandagliato tutte le riviste di forniture di prodotti di bellezza e i siti delle relative compagnie e non aveva trovato niente. Poi c'era il suo yacht. Pete non aveva confermato che il *Financier* fosse rubato, ma non l'aveva neanche negato. O il *Financier* era l'improbabile gemello identico del *Catalyst* o era il *Catalyst* camuffato.

Un'altra cosa strana riguardo a Raffaele era la quantità di tempo libero che si godeva. Kat aveva incontrato un sacco di miliardari e milionari nella sua precedente vita da consulente finanziaria. Doveva ancora trovare un singolo tycoon che non pianificasse i suoi impegni al millisecondo con settimane di anticipo. Il loro tempo libero era organizzato allo stesso modo. Raramente avevano tempo per viaggi improvvisati, decisi sull'onda del momento, come quello di Raffaele, che li aveva accompagnati sull'Isola di De Courcy. O Raffaele era unico o non era chi diceva di essere.

Chiunque fosse davvero, era molto bravo a coprire le sue tracce. E stava per sparire nel nulla.

Kat chiuse il portatile. Raffaele era l'ultima persona che avrebbe voluto vedere, ma doveva andare di sopra. Era un errore restare nella cabina separata dagli altri. A parte lo stesso Raffaele, Gia era la sua sola fonte di informazioni per arrivare al cuore della questione. Doveva trascorrere ogni momento di veglia vicino alla coppia, sia per smascherare le bugie di lui che per impedire a lei di investire di più.

Controllò l'orologio. Jace se n'era andato solo da venti minuti, quindi non era troppo tardi per la cena. Infilò le scarpe. Poteva riuscire a comportarsi gentilmente per un paio d'ore.

Kat uscì dalla sua stanza e notò che la porta della cabina padronale era socchiusa. Gia doveva essere tornata per rinfrescarsi. Quello era un momento buono come un altro per parlarle in privato e determinare quanto Raffaele avesse condiviso con lei riguardo al suo passato.

Bussò leggermente.

Nessuna risposta.

"Gia?"

Sbirciò attraverso la fessura della porta e non vide alcun movimento.

Doveva entrare?

Considerò di bussare più forte ma non voleva che qualcun altro sentisse.

Poteva essere la sua sola occasione di parlare con Gia da sola, decise. Aprì la porta di qualche altro centimetro e fece un passo all'interno.

La cabina era vuota. Si voltò per andarsene ma esitò. Non aveva sconfinato di proposito, ma adesso aveva l'opportunità perfetta per dare un'occhiata veloce in giro. Forse poteva trovare un indizio che la aiutasse a smascherare le intenzioni di Raffaele.

E se si fosse imbattuta in Raffaele? Come diavolo avrebbe fatto a spiegare perché era lì?

Come scusa avrebbe detto che Gia le aveva chiesto di prenderle qualcosa.

Fece scorrere lo sguardo sulla stanza e si diresse al bagno, che era altrettanto vuoto. La cabina era due volte più grande della sua e anche più lussuosa. La presenza di Gia era ovunque, dall'armadio traboccante, al profumo e ai gioielli sparsi sulla cassettiera. Praticamente si era trasferita lì con Raffaele.

Kat zoppicò verso il comò e quasi inciampò su un portafogli da donna sul pavimento. Si piegò per raccoglierlo, pensando che fosse caduto dalla borsa di Gia. Stava per posarlo sulla cassettiera quando notò le iniziali impresse sulla pelle nera sgualcita. Molti portafogli e borsette avevano le iniziali, ma quel portafogli decisamente non era firmato. A parte essere vecchio, era semplice e pratico, l'esatto opposto dei gusti di Gia in fatto di moda. Se non era suo, di chi era?

C'era un solo modo per scoprirlo. Il cuore le martellava nel petto mentre apriva il portafogli. Non aveva assolutamente alcuna ragione per trovarsi nella cabina di Raffaele, tanto meno a frugare nel portafogli di un estraneo.

Tirò fuori una patente. Apparteneva a una donna di nome Anne Bukowski. Secondo i dati anagrafici, aveva trent'anni e viveva a Vancouver. Forse Gia o Raffaele avevano trovato il portafogli e avevano in programma di restituirlo.

O forse Raffaele aveva un'altra fidanzata. Kat avrebbe scommesso sulla seconda.

"Che cosa fai qui?" Raffaele era in piedi sulla porta.

Sorpresa, Kat spinse il portafogli nella tasca posteriore dei pantaloni. "Uh, cercavo Gia. Avrei dovuto incontrarla qui."

"È di sopra, come tutti gli altri." Raffaele fece roteare il braccio facendole segno di uscire. "Dopo di te."

"Grazie." Uscì con il viso in fiamme. Non era sicura se lui avesse visto il portafogli nella sua tasca. Se l'avesse visto, di certo avrebbe detto qualcosa.

Ma l'interrogativo continuava a essere che cosa ci facesse il portafogli di un'altra donna nella stanza di Raffaele.

C'erano un gran numero di spiegazioni innocenti. Forse l'aveva trovato o forse l'aveva dimenticato un'ospite precedente. La risposta più probabile era che Anne fosse una attuale o precedente fidanzata. Dubitava ce Gia avesse visto il portafogli, perché avrebbe dato di matto e Kat ne avrebbe sentito parlare.

Gia non l'avrebbe mai saputo, ora che Kat aveva portato via il portafogli dalla cabina. L'avrebbe restituito più tardi. Sarebbe stato meglio se Gia l'avesse trovato da sola e avesse domandato spiegazioni a Raffaele direttamente. Non erano affari suoi, quindi ne sarebbe rimasta fuori.

Qualsiasi fosse la spiegazione di Raffaele, probabilmente Gia avrebbe sospettato qualcosa. Forse avrebbe avuto il cuore spezzato per un po', ma avrebbe rotto con Raffaele e forse anche recuperato i soldi. Alla fine poteva essere una buona cosa. Kat però non nutriva molte speranze sull'ultima parte.

Salì le scale, persa nei suoi pensieri. Non aveva più fame e con la scoperta del portafogli, voleva solo tornare alla privacy della sua cabina. Chi era Anne Bukowski e cosa c'entrava col piano di Raffaele?

CAPITOLO 18

Kat oltrepassò Raffaele e si diresse al piano di sopra, un passo doloroso alla volta. Raffaele la seguiva a breve distanza. Mentre zoppicava verso il piano di sopra, il portafogli risalì la sua tasca di qualche centimetro. Lo spinse più giù. Se lo notò, Raffaele non disse niente.

Per quanto tempo l'aveva osservata dalla porta? Sentì il battito accelerare mentre ricordava le telecamere di sicurezza. Poteva averla vista entrare nella sua cabina dalle telecamere a circuito chiuso. Se l'avesse fatto, però, l'avrebbe affrontata a riguardo. Questo tuttavia non significava che non avrebbe potuto rivedere le registrazioni più tardi. Poteva ancora essere scoperta.

Quel che era fatto era fatto e non c'era molto che lei potesse fare per cambiare le cose. Sarebbe stata più attenta la prossima volta.

Finalmente lei e la sua gamba gonfia raggiunsero il ponte principale e la cambusa. O meglio, la sala da pranzo separata vicino alla cambusa, dove gli altri erano già seduti.

"Era ora." Harry salutò con la mano e si alzò. Estrasse una sedia, che Kat accettò con gratitudine. Jace sedette alla sua destra e Harry alla sua sinistra, con Raffaele e Gia seduti di fronte a loro.

"Sembra che tu abbia recuperato l'appetito," Harry sorrise. "Meno da mangiare per me."

"C'è abbastanza per tutti," disse Gia. "Mi fa piacere che tu stia meglio, Kat."

Kat rispose con un sorriso. Sembrava che Gia l'avesse perdonata. Allungò una mano dietro di sé e spinse il portafogli giù nella tasca dei pantaloni. La sua tasca posteriore era troppo stretta per nascondere la bozza del portafogli da seduta. Non vedeva l'ora di tornare alla cabina per indagarne il contenuto.

"Non vedo l'ora di sapere della tua avventura," disse Gia. "Hai trovato dell'oro nella grotta?"

"No, ma ho trovato un passaggio interessante." Parlò delle affermazioni di Pete secondo cui c'erano artefatti degli aborigeni. "Secondo la leggenda, c'è un tunnel che collega l'Isola di De Courcy all'Isola di Valdes. È ad alcune decine di metri di profondità. Sotto il mare, in effetti. Penso di averlo trovato."

"Bello!" Harry quasi versò il bicchiere per l'entusiasmo. "Sei arrivata fin dall'altra parte?"

Kat scosse la testa. "Non sono andata abbastanza in profondità nel passaggio. Era buio e non avevo una torcia. O, come ho scoperto, le scarpe adatte."

"Magari l'oro è lì," disse Jace. "Torniamoci domani a esplorare."

Gia si voltò verso Raffaele, che era stranamente silenzioso. "Kat è l'unica ad aver visto qualcosa?"

"Mi sa che io e Jace ce la siamo persa." Si alzò e andò nella cambusa. Aprì il frigo e afferrò una bottiglia di condimento per l'insalata. La portò al tavolo. "Che sfortuna."

Gia si accigliò. Si voltò verso Kat. "Parlaci della leggenda."

Kat ripeté quello che Pete le aveva raccontato. "I Salish della costa e altre tribù usavano il tunnel come rito di passaggio per giovani uomini. Portavano i loro bastoni di legno lungo il tunnel sotto l'oceano, lungo quasi cinque chilometri, li depositavano dall'altra parte come prova del loro viaggio."

"Devi essere stata proprio in quella galleria!" esclamò Gia. "Hai visto degli artefatti?"

"Non ne sono sicura," Kat non moriva dalla voglia di raccontare dell'altare di pietra—sempre che fosse un altare quello che aveva visto. Se era un luogo sacro non voleva disturbarne la solitudine portandoci altre persone. Non aveva visto prove del suo uso; era più una sensazione che aveva provato mentre era lì davanti.

"Non ho visto bastoni di legno o maschere. Ma ho visto una cascata." Descrisse la cascata e la pozza. "Era molto bella. Però era molto buio, non ho visto molto. C'erano anche dei graffiti, quindi non posso essere la sola a sapere della grotta."

"Quanto sei andata in profondità nel tunnel?" chiese Raffaele.

"Probabilmente un paio di chilometri o qualcosa del genere," disse Kat. "Mi piacerebbe tornarci. Questa volta con una torcia. Penso di essere arrivata a metà del percorso verso l'Isola di Valdes, ma è impossibile saperlo con sicurezza. Non sono mai arrivata dall'altra parte."

Raffaele rise con disprezzo. "É solo una vecchia leggenda, come quella di Fratello XII e dell'oro. Probabilmente è solo un tunnel che non va da nessuna parte. Ce ne sono un sacco in giro."

La rabbia di Kat montò, ma poi si rese conto che Raffaele si era appena tradito. "Non sapevo che fossi stato sull'isola prima."

"Eh?"

"Conosci i tunnel e le grotte."

"Solo grazie a quello che mi ha detto Pete." Rise nervosamente. "Probabilmente sono solo un mucchio di storie inventate."

"Mi piacerebbe comunque vedere la grotta," disse Jace. "Non so come abbiamo fatto a non vederla. Forse potremmo andarci domattina presto ed esplorarla."

Harry alzò il braccio. "Questa volta contate su di me. Tu dovresti saltare invece, Kat. Fai riposare la gamba."

"Mi sento già meglio. Una bella notte di riposo e sarò come

nuova." A dire la verità le faceva malissimo ma non aveva intenzione di ammetterlo davanti a Raffaele.

"Anch'io vorrei vederla coi miei occhi. E vorrei parlare con Pete," Jace si voltò verso Raffaele. "Può venire con noi? Sembra sapere molte cose sull'isola."

Raffaele si strinse nelle spalle. "È probabile. Ma perché non decidiamo domani."

Jace annuì. "Sarebbe una bella aggiunta alla mia storia. Si sta rivelando un viaggio fantastico."

Raffaele annuì e sollevò il bicchiere di vino. "Vorrei proporre un brindisi. A Gia, l'amore della mia vita."

Gia arrossì. "Dovremmo dir loro la novità, Raffaele?"

Kat si voltò verso Gia. "Quale novità?"

"Se sei pronta, bellissima," Raffaele mise la mano su quella di Gia.

Kat si preparò. Le cose potevano mettersi ancora peggio se Gia aveva investito altri soldi.

"Abbiamo deciso di sposarci." Gia ridacchiò. "Non è meraviglioso?"

"Voi cosa?" Kat annaspò. Anche se il suo istinto fosse stato in errore riguardo a Raffaele—e non era così—Gia lo conosceva appena ed era così accecata dall'amore che non riusciva a vedere le sue bugie.

"Hai sentito bene. Faremo il grande passo." Gia sollevò la mano sinistra, che era ornata da un solitario da un sacco di carati. Sembrava gigantesco sulla sua piccola mano paffuta.

"È una notizia fantastica," esclamò Jace. "Siamo davvero felici per voi." Diede una spintarella a Kat. "Non è vero, Kat?"

Kat sentì la bile salirle in gola. "È una notizia entusiasmante. Avete deciso una data?"

"No, ma prima è meglio è." Raffaele strinse la mano di Gia. "Non posso lasciarmela sfuggire."

Il polso di Kat accelerò. La sola cosa che Raffaele non voleva perdere erano i soldi.

"Oh Raffele, non essere sciocco. Non vado da nessuna parte." Gia gli accarezzò il braccio. "Siete tutti invitati al matrimonio, naturalmente. Lo sposerei domani se potessi."

"Perché no?" disse Harry. "Posso sposarvi io. Sono un officiante di matrimoni qualificato, e Jace e Kat possono farvi da testimoni. Che ne dite?"

Kat diede un calcio a Harry sotto il tavolo. Sposare le persone era uno dei lavori part-time che avrebbe voluto suo zio non avesse accettato.

"Ma che diavolo—?" Harry aggrottò la fronte mentre si massaggiava il ginocchio. "Mi hai fatto male."

Gia squittì. "Davvero? Non avevo idea che sposassi le persone. Sarebbe favoloso!"

Kat guardò Raffaele. Per la prima volta vide un tocco di paura sul suo viso. Un vero matrimonio l'avrebbe messo in fuga? Non poteva andare lontano mentre erano a bordo dello yacht. Ma quella situazione non sarebbe durata.

Kat aggrottò le sopracciglia. "Andiamo alla grotta domani, ricordi?"

"Possiamo andare alla grotta al mattino e celebrare il matrimonio al pomeriggio." Harry si voltò verso Gia. "Se va bene per voi."

"Ma certo che sì!" Gia batté le mani.

"Ma non hai il vestito o altro." Tutti ignorarono Kat mentre si concentravano su Zio Harry, che descriveva i passaggi di un matrimonio a bordo di una nave.

Passarono l'ora successiva a discutere i piani per il matrimonio mentre cenavano con un sontuoso banchetto di salmone appena pescato e insalate, per finire con un carrello di dessert carico di torte e biscotti. Per essere un viaggio improvvisato, lo yacht era sorprendentemente ben fornito.

Kat si alzò. "Sono davvero stanca. Scusate, ma vado di sotto a dormire."

Gia mise il broncio. "Non puoi restare ancora un po'?"

Sorrise a Gia. "Non se vuoi che sia riposata per il tuo matrimonio."

"Scendo subito," disse Jace.

"Non affrettarti," a Kat serviva un po' di tempo da sola per esaminare il portafogli e scoprire di più della misteriosa Anne Bukowski. Si diresse fuori, sul ponte. Era buio adesso, il calore estivo si era dissolto. Una brezza leggera le scompigliò i capelli e le ricordò quanto fosse grata di essere stata liberata dalla grotta.

Se solo avesse potuto vedere Gia libera dalle grinfie di Raffaele.

CAPITOLO 19

Kat aveva appena acceso il computer quando la maniglia della cabina scrollò leggermente. Aveva chiuso la porta per sicurezza, non voleva che qualcuno la interrompesse mentre esaminava il portafogli. Non si era aspettata che Jace tornasse tanto presto. Raccolse il contenuto del portafogli e lo spinse sotto il cuscino prima di andare alla porta.

Aprì la porta e trovò non Jace, ma Gia.

Kat si immobilizzò. Benché l'identificativo del portafogli fosse nascosto, il portafogli logoro era ancora in bella vista sul letto. Zoppicò fino al letto e lo afferrò.

"Mi dispiace di averti fatta alzare. Sono venuta a vedere come stai." Lo sguardo di Gia cadde sul portafogli nelle mani di Kat. "Dove hai preso quella vecchia cosa logora? Il tuo portafogli non è rosso?"

Kat annuì. "Questo non è mio. L'ho trovato." Kat si rigirò il portafogli tra le mani.

"Sull'Isola di De Courcy?" Gia si lasciò cadere sul letto accanto a Kat. "Sei così fortunata, Kat. Devi avere un occhio di lince. Non ho mai trovato più di un nichelino."

Kat non si preoccupò di correggerla. Non poteva esattamente spiegare che aveva trovato il portafogli nella cabina di Gia. Almeno non finché non aveva più informazioni. "Devo trovare il proprietario." Digitò il nome Anne Bukowski nella casella di ricerca e premette invio.

"Mi sento molto meglio adesso," mentì. Guardò lo schermo del computer. Le serviva del tempo da sola per restringere il campo tra le dozzine di pagine di risultati della ricerca. "Dovresti tornare su dagli altri. Non voglio sciuparti il divertimento."

"Non lo stai facendo," disse Gia. "Mi sento male per come sono rimaste le cose tra di noi. So che non pensi che Raffaele sia adatto a me, e ti stai solo comportando da buona amica. Ma è una cosa vera e non mi sono mai sentita così per nessuno prima. Lo amo e lo sposerò, non importa quello che pensi. Non puoi lasciar perdere?"

"Ci proverò." Kat non suonava convincente nemmeno alle sue stesse orecchie, ma che altro avrebbe potuto dire? Guardò i risultati della ricerca. Fece scorrere la prima pagina e non vide niente tra le notizie locali, così cliccò sulla seconda pagina.

"Sono sicura che tu sia esausta dopo quello che è successo," Gia sbirciò lo schermo del portatile di Kat. "Forse chi ha perso il portafogli è ancora sull'isola. Io e Raffaele potremmo individuare questa persona domani e restituire il portafogli."

"Forse. Prima vediamo cosa trovo." Non c'era alcuna possibilità che permettesse a Raffaele di mettere le mani sul portafogli. Questo le fece venire in mente un altro problema. "Fammi un favore, non dire a nessuno che ho trovato il portafogli, ok? Non finché non avrò trovato il proprietario."

"Ma perché? Qual è il problema?"

"Ho tralasciato una parte della storia," mentì. "La caverna non è il solo posto in cui mi sono persa. Ho fatto un'altra deviazione dal sentiero. Jace mi ucciderebbe se lo scoprisse. Prometti che non lo dirai a nessuno, nemmeno a Raffaele?"

"Certo, Kat. Che altro posso fare?" Gia sedette sul letto e

sospirò mentre si appoggiava alla testiera. Sollevò la mano e ammirò l'anello ancora una volta.

Scarica il tuo fidanzato impostore. "Niente, sto bene. Devo solo riposare un po' per essere pronta per il tuo matrimonio domani."

"Non vedo l'ora! Mi sembra tutto un sogno. Devo continuare a darmi dei pizzicotti."

Il solo modo per fermare il matrimonio senza ferire Gia era convincere Zio Harry a ritardarlo in qualche modo. "Forse riuscirò perfino ad andare sull'isola domani. Ti mostrerò la caverna."

"Mi sembra un'ottima idea!" Gia la abbracciò. "Solo non farci finire intrappolati, ok?"

Kat rise. "Non preoccuparti, non lo farò. Sono contenta di essere tornata."

Gia si alzò. "Mi fa piacere che tu ti senta meglio. E grazie per il tentativo di andare d'accordo con Raffaele. So che voi non vi siete proprio trovati. Ma succederà. Siete così simili."

"Non siamo per niente simili."

"Sì, lo siete. Solo che ancora non lo sai. Siete entrambi nel campo finanziario. Tu sei una contabile e Raffaele è un esperto di affari. Ha fatto così tanti soldi che non riesce a tenere il conto."

Kat dubitava che Raffaele facesse altro a parte tenere i conti e il suo campo di esperienza era più nello sfruttare le persone piuttosto che cogliere le opportunità di fare affari. "Credo solo che tu stia andando troppo in fretta, Gia. Lo hai appena incontrato. È troppo presto per sposarsi."

"Mi sposerò, Kat. Solo perché tu hai la fobia del matrimonio non significa che io non dovrei seguire il mio cuore."

"Non ho la fobia del matrimonio. Solo non abbiamo fretta."

"Tu e Jace state insieme da molto tempo. L'avete già reso ufficiale." Gia batté le mani. "Perché non domani? Potremmo avere un doppio matrimonio!"

"No, Gia." Lei e Jace si sarebbero sposati, ma con i loro tempi. Certamente non voleva che i ricordi del suo matrimonio fossero macchiati dal rimpianto per quello di Gia. "Seguire il tuo cuore non significa ignorare tutto il resto."

Gia aggrottò la fronte mentre si alzava. "Stai dicendo che non ci si può fidare di Raffaele? Solo perché a te non piace non significa che io non possa fidarmi."

"Che mi piaccia o meno non è il punto." Kat fece una smorfia per il dolore mentre seguiva Gia alla porta. Il suo ginocchio non stava migliorando molto. "Se ti ama, sarà ancora qui la prossima settimana, il mese prossimo o il prossimo anno. Tutto quello che dico è che dovresti rallentare e pensarci bene."

La spontaneità di Gia era uno dei suoi tratti più amabili, ma anche uno dei più pericolosi.

"É quello giusto per me. Non sono mai stata più sicura di così nella mia vita."

"Questo va bene. Ti ha fatto firmare un accordo prematrimoniale?" Gia non ne aveva parlato, ma qualsiasi avvocato di un miliardario avrebbe insistito a riguardo. Per contro anche Gia non era esattamente nullatenente. Con il suo salone e i risparmi, se la cavava piuttosto bene. Raffaele poteva accampare pretese su metà delle sue proprietà, una volta sposati. Gia probabilmente non ci aveva pensato.

Gia scoppiò a ridere. "Certamente no! Raffaele non mi chiederebbe mai una cosa del genere. Sa che non sono a caccia di soldi. Quello che è mio è suo e viceversa."

"Se è questo il caso, perché ha avuto bisogno del tuo investimento tanto per cominciare? Voglio dire, essendo un miliardario e tutto quanto."

Gia alzò gli occhi al cielo. "Non ne ha bisogno per niente. Mi sta facendo un favore facendomi partecipare. Proprio come con Jace e Harry."

Kat rimase paralizzata. "Jace e Harry non hanno investito niente."

"Lo hanno fatto adesso," disse Gia. "Hanno appena firmato le carte."

"Jace non avrebbe investito senza discuterne con me prima." Gia si stava sbagliando. Lei e Jace prendevano insieme le decisioni, come una coppia.

"Beh, l'ha fatto e così ha fatto Harry. Non capisco dove sia il problema. Possono pensare con la loro testa."

Kat si morse il labbro. Rimpiangeva di aver lasciato il tavolo della cena. Benché i soldi fossero una cosa grossa, il problema più grande era che Jace sapeva come lei si sentisse riguardo a Raffaele, eppure aveva investito lo stesso senza dirglielo. "Quanto gli hanno dato?"

Gia sventolò la mano. "Giusto il minimo, centomila dollari."

Una piccola fortuna, una somma che nessuno dei due poteva permettersi di perdere. Non che qualcuno potesse. Il cuore di Kat martellava. Jace e Harry avevano investito centomila dollari a testa? O forse avevano unito le forze con cinquantamila dollari ciascuno. In ogni caso il pensiero le faceva venire la nausea.

"Gli ho detto di investire di più, ma non l'hanno fatto. Jace probabilmente non te l'ha detto perché sapeva come avresti reagito."

Kat si sentì arrossire, ma non voleva discuterne con Gia. "Potrebbe avermi accennato qualcosa." Jace gliel'aveva nascosto perché sapeva che disapprovava.

La sola salvezza era che non c'erano banche nelle vicinanze. Zio Harry era della vecchia scuola e faceva le sue operazioni bancarie di persona, non online. Jace era più avvezzo alla tecnologia. Era riuscito ad avere una connessione internet abbastanza a lungo da trasferire i soldi?

"Vedrai, Kat," disse Gia. "Bellissima ripagherà col tempo. Ma nel mentre, mi serve il tuo aiuto. Mi aiuteresti a prepararmi domani?"

"Eh?"

"Puoi aiutarmi coi capelli e il trucco. Non so nemmeno cosa indosserò. Mi aiuterai?"

"Certo che ti aiuterò." Era l'ultima cosa che voleva fare. Doveva ritardare il matrimonio in qualche modo. "Ma perché non aspettate e non vi sposate quando saremo di ritorno a Vancouver?"

"Per quale motivo dovremmo aspettare? Vogliamo una cerimonia semplice, senza troppi fronzoli. A bordo dello yacht è assolutamente perfetto."

Non era quello che si sarebbe aspettata da Gia, che amava le celebrazioni clamorose. "Se sei sicura che è questo quello che vuoi." Gia non aveva riconosciuto il portafogli ma in qualche modo la misteriosa Anne Bukowski aveva un ruolo nei piani di Raffaele. Se avesse scoperto quale, poteva bastare a fermare Gia prima che commettesse un terribile errore.

"A che ora è la cerimonia domani?" Poteva smascherare Raffaele in tempo?

"Alle quattro. Esploreremo la grotta al mattino, torneremo alla nave per pranzo e poi avremo il pomeriggio per prepararci. Non vedo l'ora!" Gia si alzò. "È meglio che vada di sopra prima che Raffaele venga a cerarmi."

Kat aspettò che Gia se ne fosse andata. Appena la porta si chiuse alle sue spalle, cliccò sulla prima voce e non riuscì a credere a quello che vedeva.

I titoli delle notizie locali recitavano *La Famiglia Bukowski Scompare nel Nulla*. Cliccò sul titolo solo per scoprire che aveva perso la connessione a internet. Ricaricò la connessione, ma senza risultati.

Senza l'articolo completo era impossibile avere ulteriori dettagli sul luogo, la data o perfino su come o dove fossero scomparsi i Bukowski. Era un cognome piuttosto diffuso, ma senza i dettagli della storia non poteva verificare i nomi di battesimo dei membri della famiglia. Anne Bukowski e il suo portafogli potevano in qualche modo far parte della storia?

Kat afferrò il telefono ma lo schermo era nero. La batteria era ancora scarica dopo la disavventura della grotta e si era dimenticata di metterlo sotto carica. Sospirò e lo attaccò alla corrente. Qualsiasi segreto ci fosse dietro quella storia avrebbe dovuto aspettare.

CAPITOLO 20

Kat era sul ponte con la torcia puntata verso la poppa del *Financier*. Era altamente improbabile che il Financier e il Catalyst fossero gemelli identici. Era più plausibile che lo yacht di Raffaele fosse rubato, e lei aveva intenzione di dimostrarlo.

La torcia gettava una luce irregolare al buio. Allungò il collo per vedere meglio la scritta sullo yacht sotto la luce fioca. L'immagine del *Catalyst* sul sito della Majestic Yachts la perseguitava. La nave sembrava identica a quella di Raffaele, eppure il sito del costruttore la descriveva come "unica". O c'erano due yacht identici o il *Financier* aveva cambiato nome. La sua impressione era che la Majestic Yachts avesse costruito un solo yacht, il *Catalyst*, e che lei ci fosse sopra proprio in quel momento.

Tornò a concentrarsi sulla scritta del *Financier*. Sembrava a posto a guardarla da lontano. Ma a un esame più ravvicinato, anche alla luce fioca della sera, la pittura bianca che circondava le lettere appariva leggermente più chiara del resto della poppa. Era stata ridipinta di recente? Si sporse oltre la ringhiera per dare un'altra occhiata.

Non c'era traccia di una scritta fantasma sotto, però una cosa la fece riflettere. Non l'aveva notato prima, ma la penultima lettera, la *e*, era leggermente storta. Dubitava seriamente che uno yacht personalizzato da milioni di dollari avrebbe avuto una scritta sbilenca.

Si piegò sulla ringhiera e si tese verso la scritta. Poteva appena raggiungere la *F*. Grattò la lettera con l'unghia per vedere se c'era qualcosa sotto. Ma lo smalto era spesso e gommoso, non abbastanza fragile da poterlo grattare con un'unghia. La pittura era abbastanza fresca da essere sospetta ed era fin troppo fresca per una nave vecchia di sei anni. Naturalmente poteva essere stata ridipinta di recente, quindi le condizioni della pittura non significavano niente senza altri indizi.

Però la sfumatura non uniforme del bianco e la lettera *e* storta quasi certamente volevano dire qualcosa.

Dopo aver esaminato la scritta, Kat studiò il numero di immatricolazione e lo scarabocchiò su un pezzo di carta. Stava infilando il bloc notes in tasca proprio mentre una voce profonda rimbombava alle sue spalle.

"Cosa stai facendo?" Raffaele era a pochi passi di distanza. Aveva le braccia incrociate e sembrava arrabbiato.

Kat era così sorpresa che quasi cadde fuori bordo. Riuscì ad afferrare la ringhiera e a raddrizzarsi. Mentre si voltava per fronteggiarlo, notò che era solo. "Niente. Controllavo solo il ponte di poppa." Il bloc notes era al sicuro nella tasca ma non poteva nascondere la torcia.

"Con una torcia? La tua curiosità non ha limiti, vero?" Aveva smesso di fingere di essere educato.

Kat era senza parole. "Immagino di no." Raffaele era così vicino che poteva sentire l'alcol nel suo fiato.

"A me e Gia non piace la tua negatività. Se sai badare ai tuoi interessi, smetterai di ficcanasare nei nostri affari."

"Gia ha una sua volontà. Inoltre è mia amica e questo fa sì che siano affari miei. Mi prendo cura dei miei amici." Da quando Gia aveva bisogno che qualcuno parlasse al suo posto? Raffaele stava stringendo la sua presa su di lei ora dopo ora e a Kat non piaceva neanche un po'.

"É meglio che tu stia attenta, se capisci quello che intendo."

Kat ignorò la minaccia. "Proteggo i miei amici, costi quel che costi. Se capisci cosa intendo."

Raffaele sbuffò. "La sola persona da cui Gia ha bisogno di essere protetta sei tu. Devo farti un disegnino? Lei è mia, non tua. Posso mettertela contro in due minuti."

"Non minacciarmi." Kat raddrizzò la schiena. In effetti era diversi centimetri più alta di Raffaele, il solo vantaggio che aveva in quel momento. "Gia può decidere da sola."

Lui ridacchiò. "Non più. È felice che io prenda tutte le decisioni adesso."

"Presto non lo sarà più, appena si sarà resa conto di chi sei davvero. Non mi freghi nemmeno un po' e anche Gia ti vedrà per quello che sei molto presto." L'aveva intrappolata nella grotta di proposito. Non avrebbe rivelato che lo sapeva, ma niente la obbligava a essere cortese.

"Considerati avvisata. Fatti da parte." Raffaele la guardava storto e bloccava la sua via d'uscita, le braccia incrociate. "Sta attenta a come parli."

Kat strisciò oltre la sua spalla e si spinse oltre Raffaele. Non poteva intimidirla, anche se le aveva messo contro tutti a bordo. Non c'era niente che potesse fare finché non avessero visto la verità coi loro occhi. Sperava solo che non succedesse troppo tardi.

Tornata nella cabina, dieci minuti più tardi, i sospetti di Kat furono confermati. Inserì il numero di matricola del *Financier* nel database di registrazione dei mezzi di trasporto del governo canadese. Il database teneva traccia di tutte le imbarcazioni registrate, inclusi il porto di immatricolazione e il nome del proprietario.

Risultato non valido.

Questo non provava né smentiva le affermazioni di Raffaele,

visto che avrebbe ribattuto che lo yacht era italiano. Ma dato quello che lei aveva visto sul sito della Majestic Yacht, la nave sembrava nordamericana.

Poi ricordò il commento di Pete. Era stato assunto a Friday Harbor nello Stato di Washington, quindi probabilmente lo yacht era americano. Navigò nel sito statunitense delle registrazioni e inserì di nuovo il numero. Questa volta ottenne una corrispondenza.

Il risultato non corrispondeva al *Financier*, ma al *Catalyst*. Finalmente, aveva la prova che la barca era stata rinominata. Visto che la registrazione della nave era sotto il nome *Catalyst*, sembrava che fosse stata rubata e le fosse stato cambiato il nome. La storia di Raffaele su come avesse viaggiato intorno al mondo a bordo del suo yacht italiano era fasulla. Finalmente poteva smascherare la sua bugia.

Navigò sul sito della Majestic Yacht e controllò che il numero di immatricolazione del Catalyst fosse lo stesso. Lo era. Visto che era anche nell'elenco per la vendita della Majestic Yacht, era quasi certamente rubato. Questo si sarebbe potuto provare facilmente con una telefonata, quando la compagnia di costruzione avesse riaperto il giorno dopo.

Kat si alzò e posò il computer sulla scrivania proprio nel momento in cui Jace irrompeva nella stanza.

"Che cosa hai detto a Raffaele? L'ho appena incontrato ed è furioso. Vuole andare a casa immediatamente."

"Finalmente, una buona notizia, tanto per cambiare." Kat si posò le mani sui fianchi. "Gia mi ha detto che hai investito. Come hai potuto investire con quel truffatore senza nemmeno dirmelo?"

Jace evitò il suo sguardo. "Te l'avrei detto."

"Quando esattamente?"

"Vedi, è per questo che non ho detto niente. Non è un truffatore, Kat. È davvero un affare. Ma sapevo che mi avresti fatto il terzo grado."

"Certo che te l'avrei fatto. Sono la sola cosa che si frappone tra te e perdere i tuoi soldi per sempre."

"Sapevo che avevi qualcosa in mente."

"Jace, il solo con qualcosa in mente qui è Raffaele. Se tu e tutti gli altri non foste così accecati dalla promessa di ricchezza, lo capireste in un secondo."

"Non sono nato ieri. Riconosco una buona occasione quando la vedo e non mi lascerò sfuggire questa."

"Beh, hai appena dato i tuoi soldi a un ladro." Voltò lo schermo del computer nella sua direzione. "Lo yacht di Raffaele è rubato e qui ci sono le prove. Il numero di immatricolazione corrisponde a uno yacht chiamato *Catalyst*, non *Financier*."

Jace lo studiò un momento. "Dev'esserci una spiegazione logica. Forse l'ha comprato e la burocrazia non è ancora aggiornata."

"È registrato nello Stato di Washington, non in Italia. Come può averlo appena comprato quando dice di essere arrivato qui in yacht dall'Italia?"

"Forse lo ha registrato in un altro paese. Molte navi sono registrate da altre parti, come le navi da crociera registrate in Liberia e cose del genere."

Lo Stato di Washington non era esattamente un paradiso fiscale. "Nessuno farebbe una cosa del genere."

"Vero." Jace si grattò il mento. "Ma sono sicuro che ci sia una buona ragione. Chiediamoglielo."

"No, Jace. Tu non afferri la questione. Ha mentito sulla sua cosiddetta barca italiana e sul suo viaggio intorno al mondo. C'è solo un motivo per cui qualcuno cambierebbe il nome di uno yacht."

Uno sprazzo di dubbio baluginò sul volto di Jace.

"Prova che lo yacht è rubato.

"È una follia."

"No, dargli i tuoi soldi è una follia." C'era qualcosa di marcio sul *Financier* e prima Kat fosse riuscita a scoprire la verità meglio sarebbe stato. Ma non sarebbe stato piacevole.

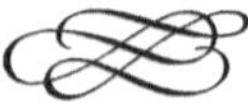

CAPITOLO 21

Quando Zio Harry si presentò sul ponte, Kat e Jace avevano ormai finito di fare colazione. Emerse dalla cambusa, il piatto carico di uova strapazzate, toast e salsicce. Un secondo piatto era pieno di pancake.

La colazione era self-service. Kat e Jace avevano cucinato insieme, anche se avevano parlato appena. Lei era furiosa per l'investimento segreto di Jace, mentre lui la accusava di essere impegnata in una caccia alle streghe.

"Mangi tutta quella roba?" Jace si alzò spingendo indietro la sedia. "Alla faccia del regime per la forma fisica."

"Mi servono le energie. È una giornata importante." Zio Harry sedette di fronte a loro e si infilò un tovagliolo nella camicia. Il suo piatto era colmo di cibo, un infarto in attesa dietro l'angolo.

Kat sollevò le sopracciglia. "Parli dell'esplorazione della grotta?" Nonostante la sua precedente esperienza e il suo ginocchio ancora malconcio, in effetti non vedeva l'ora di tornarci.

"Anche quello, ma parlavo del matrimonio di Gia. Non ho mai sposato un miliardario prima."

Kat si accigliò. "Non puoi sposarli, Zio Harry."

"Certo che posso. Sono un officiante di matrimoni con la licenza." Harry si bloccò con una forchettata di uova a mezz'aria. "Questo sarà il mio primo matrimonio in mare! O dovrei dire, le mie prime nozze nautiche?"

Inghiottì le uova e imburrò il toast.

"Non è quello che intendevo. Sono certa che faresti un ottimo lavoro, Zio Harry. È per Gia che mi preoccupo."

"Gia sta bene. Sono abbastanza vecchio da riconoscere le persone innamorate e quei due lo sono di sicuro. Stai esagerando, Kat. Se non ti conoscessi, potrei perfino dire che sei un po' invidiosa." Harry infilzò un pezzo di salsiccia con la forchetta.

Kat lanciò un'occhiata verso Jace, che sollevo le sopracciglia verso di lei.

"È ridicolo. Non sono invidiosa." Però era l'unica a vedere la verità. "Voglio che Gia sia felice, ma con l'uomo giusto." Raffaele non corrispondeva alla descrizione. L'istinto le diceva che era molto peggio che il partner sbagliato per una storia romantica—era decisamente un uomo pericoloso.

"È perfetto per lei. È ricco e la ama quanto lei ama lui." Zio Harry afferrò la caraffa dello sciroppo e subissò i suoi pancake.

"Ne sei sicuro, Zio Harry?"

"Ma certo. Ogni sciocco vedrebbe che sono innamorati. Non l'ho mai vista così felice."

Jace si schiarì la gola. "Harry ha ragione. Lasciamo che Gia faccia i propri errori. Se si rivelerà essere un errore."

Kat lo guardò male. "Gia potrà anche essere innamorata, ma non sono convinta che Raffaele lo sia."

"Non troverà mai di meglio. È giovane, ricco e di successo. È una bella preda per Gia." La generazione di Zio Harry aveva ancora vedute tradizionali e lei dovette mordersi la lingua per non rispondere. Gia non aveva bisogno di dare la caccia a una preda.

"Hai mai preso in considerazione l'idea che Gia potrebbe essere una preda per Raffaele?" Kat mandò giù un sorso di caffè. "Si è fatta da sé. Ha il suo giro d'affari e ha molto successo."

"Ha fatto molto bene da sola." Harry posò la forchetta e si appoggiò allo schienale. "Ma lui è diecimila volte più ricco di lei. Dove troverà un altro miliardario?"

"Non si può mai sapere." Tutti consideravano lo yacht di Raffaele, i suoi vestiti firmati e le sue proprietà come prova della sua ricchezza ma, dal modo in cui li sbandierava, era ovvio che si trattava di una messinscena. "Inoltre se stanno così bene insieme, perché affrettare le cose? Hanno tutto il tempo del mondo."

"Perché voglio essere io a sposarli, Kat. Se si sposeranno altrove, non potrò fare la cerimonia. Loro sono pronti, io sono pronto. Qual è il problema?" Harry scosse la testa. "Sposare la gente è quello che faccio per vivere."

"Hai celebrato solo un altro matrimonio. Ricordi, questo non riguarda te, Zio Harry." Ora capiva: Harry la vedeva come la sua sola occasione di celebrare il matrimonio.

"Ok, forse è solo un lavoro part-time." Diede un morso al suo toast. "Ma è il lavoro migliore che io abbia mai avuto. Vedere l'espressione di una coppia quando convola a nozze, e sapere di averlo reso possibile… non ha prezzo."

"Il tuo lavoro è molto importante, ma c'è un momento giusto per tutto. Gia è così presa nel vortice della sua storia d'amore, che forse non ci ha riflettuto lucidamente."

"Immagino sia possibile." Harry giocherellò col cibo, abbattuto.

Kat aveva bisogno di altre prove per convincere sia Jace che Harry. Senza, tutto quello che poteva fare per il momento era ritardare il matrimonio. "Cosa sappiamo davvero di Raffaele? Lo conosciamo da un giorno, è spuntato dal nulla e ha convinto Gia a investire denaro con lui."

"Quando la metti in questo modo non suona bene. Ma guarda tutto questo." Harry aprì le braccia per includere la barca. "Prova che ha successo."

"Forse. Ma il successo non garantisce un matrimonio felice. Gia l'ha incontrato solo un paio di settimane fa. È abbastanza per conoscere davvero una persona?"

Harry sembrava mortificato. "Immagino di no."

"Potrai comunque sposarli più avanti, Zio Harry. So che Gia vuole che sia tu a officiare la cerimonia, ma convinciamoli ad aspettare un po'. Se sono destinati l'uno all'altra, non può fare alcun male."

"Ma cosa succederebbe se andassero in viaggio o qualcosa del genere? Potrebbe essere la mia sola occasione."

"Sono sicura che Gia vorrà te a celebrare il matrimonio, a prescindere da tutto. Ti farebbe arrivare in aereo se necessario. Non puoi trovare una scusa per rimandare di un giorno o due?"

Harry fece una pausa a metà di una masticata. "Va bene. Suppongo che potrei fare quattro chiacchiere con lei."

"No—non farlo." I pensieri di Kat tornarono al portafogli nella sua tasca. In qualche modo era collegato a Raffaele, visto che l'aveva trovato nella sua cabina. Qualsiasi fosse il legame, l'istinto le diceva che non c'era niente di buono.

"È solo che non credo che Raffaele sia chi dice di essere."

"Cavolo, Kat. Ce l'hai davvero con questo tizio." Jace alzò le mani per protestare. Era ancora arrabbiato con lei perché aveva messo in discussione la sua decisione di investire. "Cosa c'è che non va in Raffaele? È stato grande a lasciarmi partecipare ai suoi affari."

Kat sentiva il cuore martellarle nel petto. Jace si rifiutava ancora di dirle quanto avesse investito. La cosa la spaventava. "Credo che tu stia facendo un grosso errore."

Harry prese il piatto vuoto e si alzò dal tavolo. "Nah. Il lisciante per capelli Bellissima ci renderà tutti ricchi."

Kat gli afferrò il braccio. "Ricordi il tuo ultimo grande investimento? Hai quasi perso tutto quello che possedevi." Zio Harry aveva comprato le azioni di una compagnia mineraria mentre Kat indagava sulla stessa compagnia. Si era rivelata essere una frode massiccia e lui era stato molto fortunato a recuperare i suoi soldi.

"Vai a cercare Raffaele adesso e digli di disfare quello che avete fatto. Non rivedrai mai più i tuoi soldi a meno che tu non li recuperi ora." Raffaele era riuscito a raggirare tre dei suoi quattro ospiti. Non avrebbero mai rivisto i soldi se lei non l'avesse fermato.

"Non esiste. Non ho intenzione di perdere questo treno."

"Perderai molto più di un treno, Zio Harry. Dove sono le informazioni sull'investimento? Voglio vederle."

Jace la guardò storto ma rimase in silenzio.

Kat moriva dalla voglia di fare a Jace esattamente la stessa domanda, ma quasi certamente avrebbe causato una lite. Avrebbe aspettato più tardi, quando fossero stati soli.

Harry spostò lo sguardo. "Sono a Vancouver. Me li manderà quando saremo tornati in città."

"Hai investito senza leggere le clausole scritte in piccolo?" Raffaele non aveva alcuna intenzione di mandare a Zio Harry alcunché.

Harry alzò le mani nell'imitazione di un segno di resa. "Sapevo che l'avresti detto."

"Credevo che il suo yacht fosse il suo ufficio," disse Kat. "Perché le carte non sono a bordo?"

"Non so. Probabilmente si riferiva all'ufficio del suo avvocato."

"Hai firmato qualcosa?" Kat si accigliò.

"No."

"Non gli hai dato dei soldi, vero?"

"Non ancora. Non posso andare in banca fino a lunedì."

Kat sospirò di sollievo. Grazie a Dio Harry era vecchio stampo e non faceva operazioni bancarie online. "Non impegnarti per nient'altro. Non finché non avrò controllato un po' di cose."

"Fai in fretta. Non ho intenzione di perdere l'occasione di fare centro." Zio Harry fece un gesto verso la barca. "Magari mi comprerò uno yacht anch'io."

"Hai già fatto centro. Hai una buona pensione e dei soldi in banca. Dici sempre che hai tutto quello che ti serve. Perché rischiare tutto?"

"Solo per una volta voglio essere nel vivo dell'azione. Non rovinare la mia occasione, Kat."

Le probabilità di perdere un'occasione erano davvero ridotte all'osso, la rovina finanziaria invece era quasi una certezza. Le probabilità erano contro tutti tranne Raffaele, ma lei aveva intenzione di cambiare le cose.

CAPITOLO 22

Kat era già al terzo caffè quando Gia e Raffaele emersero sul ponte. Raffaele grugnì un buon giorno a Jace e a Harry, ma si limitò a guardare storto Kat. Gia gettò un'occhiata verso Kat, poi distolse lo sguardo. Gli occhi di Gia erano gonfi e iniettati di sangue. Ovviamente aveva pianto e sembrava di nuovo sull'orlo delle lacrime.

Harry balzò in piedi e si diresse alla macchina del caffè al bar. Versò due tazze di caffè nero fumante e ne porse una a ciascuno dei due. "Buon giorno. Dormito bene?"

Raffaele bofonchiò qualcosa tra i denti e posò la sua tazza di caffè sul tavolo.

"Humpf." Harry si voltò e sparì nella cambusa. Tornò dopo qualche secondo con un paio di cornetti al cioccolato. Ne offrì uno a Gia, che scosse la testa.

L'ammissione che Jace aveva fatto la notte precedente preoccupava Kat. Non solo Jace aveva investito tutti i suoi risparmi, aveva anche aggiunto dei soldi da una linea di credito. Ora era indebitato per aver investito soldi che non possedeva. Benché fossero i suoi soldi, Kat si sentiva tradita dalle sue azioni. Avevano un

152

impatto significativo su entrambi, eppure non l'aveva nemmeno consultata.

Kat spostò lo sguardo su Gia. Il suo aspetto scompigliato era inusuale. Sembrava stanca e, invece di tenere il suo solito atteggiamento da cerbiatta verso Raffaele, sedette leggermente in disparte. C'era qualcosa che non andava, visto che Gia guardava appena Raffaele. Si era finalmente resa conto che si stava approfittando di lei?

"Mangiate. Non vedo l'ora di andare a terra e trovare la caverna." Harry prese a sgranocchiare il secondo croissant, ignaro della tensione attorno a lui.

"Cambio di programma, Harry," disse Raffaele. "Terremo prima il matrimonio e poi andremo sull'isola questo pomeriggio."

Gia rimase in silenzio, anche se il labbro inferiore le tremava leggermente.

Brutte notizie, pensò Kat. Aveva ancora meno tempo del previsto per impedire il matrimonio.

"Ancora meglio," disse Harry. "Vado a cambiarmi. Vorrei aver portato il mio completo."

"Aspetta un attimo," Jace si voltò verso Gia. "Abbiamo un sacco di tempo per la cerimonia. Non sarebbe meglio farla oggi pomeriggio?"

Gia si strinse nelle spalle. "Qualsiasi cosa preferisca Raffaele va bene per me."

Se Gia non avesse cambiato idea riguardo al matrimonio, almeno Kat doveva convincerla a rimandarlo. Avrebbe pensato a una scusa mentre parlava con Gia in privato. "Se le cose stanno così, andiamo nella tua cabina a prepararci."

Dieci minuti più tardi, Kat era seduta sul letto nella cabina di Gia, senza essere più vicina a convincerla a cambiare idea. La sua amica socievole, sicura di sé, si era trasformata nell'ombra docile e insicura di sé stessa. Si limitava semplicemente a seguire le istruzioni di Raffaele. "Che cosa cambia ad aspettare qualche ora? Il pomeriggio è molto meglio per un matrimonio."

"Non è l'ideale, ma Raffaele vuole sposarmi il più presto possibile." Gia si tirò indietro i capelli mentre studiava il suo riflesso nello specchio.

Kat fece scorrere lo sguardo sul pavimento della cabina, sperando di trovare altre prove legate al portafoglio. Non vide altro oltre alle scarpe che Gia aveva tirato fuori dall'armadio per valutarle. Si alzò dal letto e camminò attorno alla stanza mentre fingeva di stiracchiarsi. Non c'era niente di visibile su nessuno dei due comodini.

Gia tirò fuori una mezza dozzina di vestiti dall'armadio e li stese sul letto. Molti erano di colori sgargianti e senza maniche, simili a quello che indossava. "Questo è tutto quello che ho da indossare. Ho sempre sognato un matrimonio in grande e mi ero immaginata in un vestito da sposa vintage. Questi non sembrano abbastanza speciali. Sembra tutto così sbrigativo."

Kat annuì ma non aggiunse nulla.

Gia tenne un vestito nero a tubino decorato di lustrini contro il suo corpo. "Che ne dici di questo?"

"Non si indossa il nero per il matrimonio." Kat scosse la testa. Anche se sposare Raffaele richiedeva il lutto. "Perché non potete aspettare quando saremo tornati a Vancouver? Ti potrei aiutare a cercare un vestito."

"Non possiamo aspettare tanto a lungo." Gia sospirò. "Partiremo per il Costa Rica domani."

Anche Pete aveva parlato del Costa Rica.

"Costa Rica? Perché? Per quanto tempo?" Se Raffaele avesse lasciato il paese non sarebbe mai tornato. Tuttavia dubitava seriamente che avrebbe portato Gia con sé, a prescindere da quello che diceva. Gia probabilmente non aveva nemmeno il passaporto con lei.

"Non lo so. Dipende dagli incontri d'affari di Raffaele. Vorrei aver avuto il tempo di pianificare tutto meglio. È tutto fatto un po' all'ultimo momento."

"Puoi dire di no, Gia. Non devi andare per forza."

Gia esitò per un attimo, poi scosse la testa. "Ma certo che andrò. Non posso perderlo. Non troverò mai più un ragazzo come lui."

Kat era certa che un tipo come Raffaele fosse meglio perderlo che trovarlo, ma prima doveva recuperare i soldi di tutti. "Solo non affrettare il matrimonio. Puoi andare in aereo a San Jose e fargli visita in qualunque momento. Oppure lui può venire qui."

"Non resterà a San Jose. Sarà in un qualche posto sperduto della cosa occidentale. Ci si può arrivare solo in barca."

Un posto strano per fare affari, pensò Kat. "Se lui ci può arrivare, allora puoi arrivarci anche tu. Non è un gran problema." Aveva visitato il Costa Rica molte volte. Anche se le strade non erano un granché, si poteva arrivare praticamente dappertutto. Ci voleva solo tanto tempo.

"No, è un gran problema. Se voglio aiutare Raffaele, devo supportarlo." Gia si asciugò la guancia bagnata di lacrime. "So che guadagna più di me, ma perché dev'essere tutto o niente? Devo lasciare il mio salone, la mia casa e i miei amici, così come se nulla fosse." Schioccò le dita. "Non è giusto."

"Hai assolutamente ragione. Non dovresti." Era totalmente insolito per Gia abbandonare la sua impresa e i suoi clienti senza preavviso. "Perché il Costa Rica? È un posto improbabile per lanciare un prodotto."

"Anche per me non ha senso." Gia sospirò. "Ma lui sa sempre quello che fa. Vorrei solo che mi desse una risposta diretta."

Kat mise un braccio attorno alle spalle dell'amica. "Almeno concediti il tempo sufficiente per mettere a posto i tuoi affari. Devi chiudere il negozio e prendere accordi per la tua assenza. Non c'è motivo di affrettare le cose."

"Non voglio dire niente, nel caso cambi idea su di me. È la cosa migliore che mi sia mai capitata."

Era più probabile che fosse la cosa peggiore che le fosse capitata. "Se Raffaele non è disposto a prendere in considerazione i tuoi desideri, forse non è l'uomo giusto per te."

Per una volta Gia non protestò. "Vorrei che facessimo quello che voglio io, almeno qualche volta."

"Diglielo. A iniziare dal matrimonio. Esploreremo l'Isola di De Courcy per qualche ora almeno. Poi saremo tutti pronti per celebrare."

"Hai ragione." Gia fece un respiro profondo. "È ora che io punti i piedi. Terremo il matrimonio questo pomeriggio, come previsto."

Benché Gia fosse ancora decisa a sposare Raffaele, almeno questo avrebbe fatto guadagnare a Kat un po' di tempo. Si diresse alla sua cabina, ansiosa di continuare la sua ricerca sul *Catalyst* e determinare esattamente come aveva fatto a cambiare nome in *Financier*.

CAPITOLO 23

Kat aveva giusto qualche minuto prima che sbarcassero sull'Isola di De Courcy, ma era abbastanza per accendere il portatile e sperare di avere la connessione internet. Digitò il nome di Anne Bukowski nel motore di ricerca del browser e cliccò sul primo risultato.

Questa volta la connessione era abbastanza stabile da permetterle di controllare diverse voci della ricerca. Non c'era niente su Anne Bukowski, ma c'era la storia tragica di una famiglia di nome Bukowski risalente a qualche mese prima. Il loro fatale incidente in barca era stato una notizia da prima pagina e lei ricordava vagamente di averne sentito parlare. Scorse velocemente l'articolo per rinfrescarsi la memoria.

La storia era datata primo luglio, quasi due mesi prima. La barca della famiglia Bukowski, parzialmente bruciata, era stata trovata da un peschereccio, abbandonata e alla deriva nello Stretto di Georgia, a metà strada tra Vancouver e Victoria. Non c'era alcun segno della famiglia di tre persone a bordo della nave parzialmente bruciata ed erano considerati dispersi in mare. Frank, Melinda e la bambina di quattro anni, Emily, erano stati in viaggio verso la loro nuova casa a Victoria. Una storia triste, ma non collegata a Anne Bukowski. La tragedia della famiglia non le aveva dato informazioni sulla proprietaria del portafogli.

Il nome Bukowski non era altro che una coincidenza.

Oppure no? Quali erano le probabilità che ci fossero una famiglia scomparsa e un portafogli smarrito con lo stesso cognome? Quel portafogli apparteneva a qualcuno e Anne e Melinda potevano essere parenti. Cliccò sugli articoli rimanenti sull'incidente marittimo e restò paralizzata quando lesse il terzo articolo.

Il nome completo di Melinda Bukowski era Anne Melinda Bukowski, anche se preferiva usare il suo secondo nome, Melinda. Come aveva fatto il portafogli della donna scomparsa a finire a bordo dello yacht di Raffaele? Qualsiasi fosse la ragione, non poteva essere niente di buono. Come minimo, il portafogli era una prova importante. Raffaele avrebbe dovuto portarlo alle autorità. Avrebbe potuto localizzare con precisione la famiglia scomparsa.

Il portafogli di Anne Melinda era tornato in superficie, eppure lei e la sua famiglia erano scomparse senza lasciare traccia. Quali erano le probabilità che la donna non avesse il suo portafogli quando era scomparsa? Meno di zero, visto che erano nel bel mezzo di un trasferimento da Vancouver alla loro nuova casa a Victoria. Un brivido percorse la schiena di Kat.

Tirò fuori il portafogli di pelle sgualcita dal comodino e lo studiò. Era vecchio, ma sia il portafogli che il suo contenuto sembravano non essere stati toccati né dall'acqua né dal fuoco. Come era finito sullo yacht di Raffaele?

Aprì l'articolo seguente e fu ricompensata con una fotografia. L'immagine mostrava una brunetta attraente, sulla trentina, con i capelli lunghi fino alle spalle e gli occhi scuri. Teneva tra le braccia una bambina, probabilmente una Emily di qualche anno più piccola. La donna sorrideva alla macchina fotografica, ma gli occhi rassegnati la tradivano. Stava cercando di sembrare felice, ma non lo era.

Doveva fare qualcosa riguardo al portafogli. Non avrebbe

potuto riportarlo nella cabina di Gia e Raffaele neanche se avesse voluto. Gia l'aveva già vista con il portafogli e lei aveva mentito riguardo a dove l'avesse trovato. Gia sarebbe stata furiosa se avesse ammesso di aver ficcato il naso nella loro stanza. Kat accusava Raffaele di furto, ma ora anche lei sembrava disonesta.

Doveva nascondere a Gia la sua scoperta per il momento; probabilmente avrebbe raccontato della sua confessione a Raffaele. Non esisteva un buon motivo perché il portafogli fosse nelle mani di Raffaele, ma c'erano un sacco di ragioni sinistre. Kat decise. Avrebbe consegnato il portafogli alla polizia quando fossero tornati a Vancouver l'indomani.

Cambiò obiettivo e cercò altre informazioni sullo yacht. Controllando l'orologio si rese conto che avrebbe dovuto usare quel tempo per chiamare la Majestic Yacht. Prese nota di chiamarli una volta tornati dall'isola, una volta sicura di avere qualche momento per sé. Jace sarebbe potuto entrare in ogni momento e si sarebbe arrabbiato per i suoi controlli. Nel frattempo avrebbe cercato di raccogliere più informazioni possibili. Cliccò sul primo risultato della ricerca e scoprì che i suoi sospetti erano esatti.

Il *Catalyst* era stato rubato due mesi prima dal porto di Friday Harbor sull'Isola di San Juan, Stato di Washington. L'Isola di San Juan era a meno di un'ora via mare. Tutto quello che doveva fare era provare che il *Catalyst* era davvero il *Financier*. A quel punto avrebbe potuto smascherare le menzogne di Raffaele.

Il battito di Kat accelerò mentre leggeva l'articolo sul *Catalyst*. Lo yacht era stato ormeggiato a Friday Harbor da una ricca famiglia, che non l'aveva più usato fin da quando si era trasferita sulla East Coast diversi mesi prima. Visto che il *Catalyst* era in vendita, non c'era equipaggio a bordo. Chiunque avesse trascorso qualche giorno al porto di Friday Harbor avrebbe notato rapidamente che era vuoto. Doveva essere stato facile rubarlo senza attirare troppo l'attenzione.

Con le informazioni di Pete e i risultati della sua ricerca, poteva tranquillamente presumere che il *Catalyst* e il *Financier* fossero la stessa imbarcazione. Spiegava anche l'equipaggio variegato e scarso e la riluttanza di Pete a rispondere a domande di carattere personale.

Raffaele non avrebbe rischiato assumendo marinai professionisti. Sarebbe stato difficile trovarli con un preavviso breve e probabilmente avrebbero denunciato lo yacht rubato. Quasi certamente si sarebbero rifiutati di lavorare a bordo.

La porta della cabina si aprì e Jace entrò.

"Andiamo," disse. "Ci aspettano sul ponte." L'umore cupo che Jace aveva sfoggiato prima era passato. Le andò vicino e la baciò.

Gia aveva tenuto duro sul matrimonio pomeridiano. Finalmente una buona notizia.

"Vieni a vedere questo prima." Porse il portatile a Jace, così che potesse vedere lo schermo. Aveva aperto il sito del costruttore dello yacht. C'erano due dozzine di foto dello yacht che mostravano ogni angolazione dell'esterno e la maggior parte degli spazi interni.

"É carino." Jace gettò un'occhiata allo schermo e posò il portatile sullo scrittoio. "Prendi la tua roba o arriveremo in ritardo."

"No, Jace. Guarda meglio." Cliccò sulla loro cabina. "La riconosci? Ha gli stessi mobili e lo stesso copriletto della nostra cabina."

"Dev'esserci uno yacht identico là fuori."

"No, non c'è. Questo yacht era personalizzato." Cliccò sulla descrizione. "Tutto, dal legno che hanno usato alla configurazione di ciascuna cabina, è stato fatto su ordinazione."

"E quindi?"

"Questo yacht è rubato e penso di poterlo provare." Navigò sul sito coi registri del governo canadese. "Vedi questi numeri di immatricolazione? Quando ho inserito il numero nel sito, non è apparso niente. Questo perché lo yacht non è canadese."

Jace la guardò con aria inespressiva.

"So che cosa stai pensando, ma questo yacht non è neppure italiano. Così come non lo è Raffaele. Non posso ancora provare che menta sulla sua identità, ma c'è una cosa che posso provare."

Inserì il numero di immatricolazione nel sito dello Stato di Washington e lo mostrò a Jace. "Questo yacht è americano. Il numero di immatricolazione del *Financier* appartiene a un altro yacht, il *Catalyst*."

Jace si accigliò mentre studiava lo schermo. "Sei sicura di aver inserito il numero giusto, vero?"

Lei annuì. "Ho controllato tre volte." Descrisse l'ombra sotto il nome dello yacht e la *e* storta. "Se ho ragione, allora questo yacht è rubato."

"E Raffaele non è il magnate miliardario che dice di essere." Jace era scettico. "Dev'esserci una spiegazione logica. Stai esagerando."

"Riguardo a uno yacht rubato? Non credo proprio."

Un lampo di dubbio attraversò il volto di Jace mentre sbirciava lo schermo. "Sei sicura che non abbiano costruito due navi uguali?"

Kat annuì. "Anche se l'avessero fatto, il design interno sarebbe stato diverso, visto che viene scelto per adattarsi al proprietario. Guarda i quadri alle pareti." Fece apparire la foto della sala da pranzo e ingrandì sul quadro appeso sopra la credenza. "É identico alla stampa che c'è su questa nave. Anche i quadri nella nostra cabina sono esattamente identici."

Jace camminò fino al dipinto sopra il letto e fece scorrere le dita sulle pennellate. "Questo è un dipinto originale. Un pezzo unico. Dev'esserci una spiegazione logica."

"La logica dice che è rubato. Guarda." Ingrandì la fotografia della loro suite e si concentrò sulla stampa di Salvador Dalì in edizione limitata appesa sopra lo scrittoio. "La stampa di Dalì è la numero tre su centoventi. Che cosa dice la nostra?"

"Tre di centoventi. Magari è un falso. Chi ruberebbe uno yacht? Non sarebbe palese?"

"Non esattamente. Finché si tiene a distanza dal porto in cui è stato rubato, chi lo riconoscerebbe? Nessuno controlla la registrazione dell'imbarcazione. C'è di più." Le disse del portafogli e della scomparsa della famiglia Bukowski. "Dobbiamo fermarlo, Jace. Prima che sia troppo tardi."

CAPITOLO 24

Raffaele entrò nella sua cabina e raggelò vedendo l'espressione di Gia. Uno sguardo e capì di essere nei guai.

Gli occhi di Gia si strinsero mentre sventolava una busta. "Dimmi perché hai dei biglietti aerei per il Costa Rica. Sono datati domani e uno è a nome di un'altra donna."

Raffaele sventolò una mano. "Rilassati, bellissima. Non è come pensi."

"Non raccontarmi stronzate. Chi diavolo è Maria e perché voi due volerete in prima classe in Costa Rica?" Gia incrociò le braccia e lo guardò male. "Credevo che ci saremmo andati in barca."

Raffaele si strinse nelle spalle e sorrise. "La mia assistente ha capito male il tuo nome. Glielo farò sistemare."

"Bel tentativo. Come diavolo ha fatto ha capire Maria invece di Gia?"

"La linea sarà stata disturbata. Non c'è abbastanza campo." Raffaele continuava a guardarsi le unghie e a evitare il suo sguardo. Qualcosa o qualcuno aveva innescato la reazione di Gia, ne era certo. Per la prima volta c'era il dubbio nella sua voce. Doveva accelerare i suoi piani.

"Come hai fatto a non notarlo? Quei biglietti sono per domani, eppure hai detto che ci saremmo andati con lo yacht. Qualcosa non quadra."

"I piani cambiano, bellissima. I miei contatti di affari hanno posticipato alcuni incontri, per questo ho più tempo. Ora possiamo navigare fino in Costa Rica con lo yacht invece di andarci in aereo." Le accarezzò i capelli.

Lei lo spinse via. "Ti adatti ai loro piani, ma non ai miei. Perché dovrei chiudere la mia attività e lasciarmi alle spalle tutta la vita con un preavviso di un paio di giorni?"

Raffaele fece spallucce. "É successo tutto velocemente. Non possiamo ignorare le opportunità di fare affari."

"Sembra che stiamo ignorando le mie." Gia aggrottò la fronte mentre studiava il biglietto. "Questo biglietto è stato prenotato un mese fa. Non ci eravamo neanche conosciuti. Non mentirmi, Raffaele. Avevi in programma di portarci qualcun'altro, non è vero?"

"Certo che no."

"Allora spiegami perché hai un volo prenotato in prima classe con una donna che si chiama Maria." Gli occhi di Gia si strinsero. "Continui a cambiare versione. Non mi piace che mi si menta, quindi non ritenermi responsabile per quello che succederà la prossima volta se scoprirò che mi hai mentito."

Fratello XII aveva ragione, pensò Raffaele mentre fronteggiava una Gia adirata. Quell'uomo aveva convinto migliaia di seguaci a trasferirsi sulla sua stupida isoletta e a cedergli tutti i loro beni materiali, eppure ne era uscito senza pagare lo scotto. Probabilmente avrebbe potuto dargli una lezione o due su come compiere una truffa.

Sfortunatamente era troppo tardi.

Fratello XII aveva salvato il salvabile ed era fuggito quando la gente aveva iniziato a fare troppe domande. Ma a differenza sua,

Raffaele non poteva semplicemente bruciare gli edifici e sparire senza lasciare traccia. Le stesse persone da cui stava scappando erano a bordo della sua barca.

La sfiducia improvvisa di Gia proveniva da qualcosa o qualcuno.

Kat.

Aveva invitato gli amici di Gia a bordo come potenziali investitori, ma la cosa gli si era ritorta contro quando Kat aveva iniziato a fare troppe domande. Se Gia era sospettosa, senza dubbio lo erano tutti. Doveva sbarazzarsi di loro, in fretta. Le cose gli stavano sfuggendo di mano. Se non avesse agito subito poteva perdere tutto.

Il suo battito accelerò. Il suo passaporto era nella busta coi biglietti? Un semplice errore che sarebbe potuto costargli tutto. Non ricordava.

"Bellissima, io—" La voce gli si mozzò in gola.

"Non fare giochetti con me, Raffaele." Gia tamburellò sulla busta. "Chi è?"

"Maria è una mia ex-dipendente, la direttrice delle vendite per l'America Latina. Si è licenziata una settimana fa. È un'altra ragione per cui ho deciso di andare in barca invece che in aereo. Ho solo dimenticato di cancellare i biglietti." Tese la mano per prendere la busta. "Dammeli. Sistemerò ogni cosa."

Gia esitò prima di dargli la busta. "È meglio che non sia una bugia."

"Certo che no, bellissima." Le strinse le braccia attorno e la baciò. "Ora prendi la tua roba per l'escursione."

Gia si liberò dall'abbraccio e riempì lo zaino, obbediente.

Se solo Gia non avesse trovato i biglietti. Odiava i finali incasinati.

CAPITOLO 25

Kat era seduta al bar sul ponte con Jace e Zio Harry. Gia e Raffaele erano di nuovo in ritardo. Zio Harry era teso, ansioso di scendere a terra. Giocherellò con il telecomando facendo scorrere le reti, finché la televisione sopra il bar non mostrò un canale di notizie.

Attesero la coppia, sperando che i loro programmi non fossero cambiati ancora. La camminata nel tunnel fino all'Isola di Valdes era la sola cosa che Kat attendeva con entusiasmo. Almeno per qualche ora, sarebbe riuscita a tenere Raffaele sotto controllo e a impedirgli di rubare altri soldi ai loro compagni di viaggio. Inoltre avrebbe ritardato il matrimonio che certamente avrebbe rovinato la vita di Gia.

Ascoltò solo a metà il conduttore del notiziario, mentre risistemava il contenuto del suo zaino. Questa volta aveva portato tutte le cose essenziali, inclusa una torcia e un kit di pronto soccorso. Il ginocchio e la caviglia stavano molto meglio dopo una bella nottata di riposo. Parte del gonfiore era sparito.

Strinse i lacci delle scarpe mentre il telegiornale ripercorreva le principali notizie della mattina. Le sue orecchie si tesero quando il giornalista menzionò degli sviluppi sulla scomparsa della famiglia Bukowski. Il nome la colse di sorpresa, visto che credeva che la notizia fosse storia vecchia.

Tirò su di scatto la testa verso lo schermo TV. La telecamera fece una panoramica sull'acqua fino a un porticciolo, dove i resti bruciati di una barca venivano rimorchiati.

L'immagine passò al conduttore che commentava le vecchie riprese prima di introdurre gli ultimi sviluppi. Apparve l'immagine di un reporter sulla scena. Era in piedi sullo stesso ponte che si era visto nelle immagini. Questa volta non c'era il relitto della barca alle sue spalle. Indicò l'acqua dietro di sé mentre descriveva l'ultima notizia sulla scomparsa dei Bukowski.

Il corpo parzialmente decomposto di Emily Bukowski è stato trovato oggi al largo della costa di Vancouver. Il corpo della piccola di quattro anni è stato scoperto da una nave da pesca commerciale. La bambina è scomparsa da almeno due mesi, insieme ai genitori, Melinda e Frank Bukowski. Fino a ora non sono state trovate tracce dei genitori. La Guardia Costiera continua le ricerche nella zona in cui erano stati rinvenuti i resti della barca bruciata.

La Polizia Canadese reputa sospette le loro morti. Secondo i colleghi di Melinda Bukowski, la donna aveva recentemente lasciato il lavoro dopo che il marito, Frank Bukowski, aveva accettato un lavoro come insegnante a Victoria. La Polizia ha controllato tutte le scuole di Victoria, ma non è riuscita a individuare la scuola che aveva assunto il signor Bukowski.

Kat rabbrividì al pensiero del corpo della piccola tirato su da una rete da pesca. Lo schermo mostrò in sequenza delle fotografie della famiglia Bukowski. Kat rimase a bocca aperta per lo shock. "Jace, vieni qui!"

Jace era impegnato a caricare la sua attrezzatura sul gommone. "Un secondo, sono impegnato."

"Ma è lui! È in TV." Kat balzò dalla sedia.

"Chi è in TV?" L'espressione irritata di Jace mutò in una di riconoscimento. "Ma che diavolo—" Anche zio Harry l'aveva notata. "Wow, quel tizio è la copia spiccicata di Raffaele."

"No, Zio Harry. È lui. Frank Bukowski e Raffaele sono la stessa persona."

Zio Harry scosse la testa. "Nah, non è possibile."

"Vorrei che non lo fosse." Era sicura che Raffaele fosse un ladro, ma la consapevolezza che potesse essere anche un assassino le fece gelare il sangue nelle vene. "Qualsiasi cosa succeda, non fargli capire che lo sai, ok?"

Zio Harry annuì, anche se non sembrava convinto. "Dev'esserci un errore. Il tipo in TV sarà il suo fratello gemello o qualcosa del genere. Com'è che si chiama?" Rispose alla sua stessa domanda. "Un sosia."

"Ne dubito, Zio Harry." Suo zio non sapeva del portafogli, ma non era né il luogo né il momento per parlargliene. Il portafogli di Melinda Anne aveva un significato ancor più grande adesso. Qualsiasi cosa fosse successa alla piccola Emily sembrava ancora più sinistra, vista la presenza del portafogli della donna a bordo.

Le manipolazioni di Kat del portafogli potevano aver distrutto impronte e altre prove fondamentali. Prima doveva spostarlo in un posto più sicuro del cassetto del suo comodino e poi doveva chiamare la polizia.

"Mi chiedo come sia imbattersi in qualcuno che è esattamente come te. È come avere un gemello identico o qualcosa del genere."

"Dubito che sia questo il caso, Zio Harry."

"Dev'esserci una spiegazione." Zio Harry si grattò la testa pelata. "Non possiamo semplicemente chiederlo a Raffaele?"

Jace era pietrificato davanti alla TV mentre prendeva coscienza di come stessero le cose. Iniziò a parlare proprio quando Raffaele comparve all'improvviso alle sue spalle.

"Chiedergli cosa?" Raffaele era solo, la bocca aperta in un sorriso, ma gli occhi freddi.

Il cuore di Kat martellava all'impazzata.

"Uh… sicuro di essere pronto a sposarti?" Zio Harry sorrise. "Pensaci prima di fare il salto."

Raffaele rise. "Certo che sono pronto. Conto le ore. In effetti, abbiamo cambiato di nuovo idea. Vogliamo che la cerimonia si tenga questa mattina. Puoi farlo, Harry?"

"Io—io non so." Il sudore scintillava sulla fronte di Harry mentre lanciava un'occhiata verso Kat.

"Certo che può." Kat cercò di mantenere un tono disinvolto, non voleva allarmare nessuno. Non potevano ritardare ulteriormente il matrimonio senza far nascere dei sospetti.

"Bene. Potrai sposarci non appena Gia arriverà qui. Andremo sull'Isola appena dopo la cerimonia. Festeggeremo più tardi, al nostro ritorno."

"Vado ad aiutare Gia," disse Kat.

"Non ce n'è bisogno. Sarà qui tra un paio di minuti." Gli occhi di Raffaele si strinsero mentre si concentrava sulla televisione. "Spegnete quella cosa."

Kat iniziò a sudare. Raffaele aveva sentito almeno una parte della loro conversazione. Aveva visto anche la notizia al telegiornale? Se sospettava qualcosa, erano in grave pericolo.

Ma l'espressione di Raffaele rimase neutra.

Harry spense la TV e trascorsero i momenti successivi in un silenzio imbarazzato. Gia emerse sul ponte qualche minuto più tardi con indosso dei pantaloncini e una maglietta da uomo oversize. "Andiamo."

O Gia aveva intenzione di lanciare una moda per il matrimonio grunge o Raffaele non l'aveva informata del cambio di piani. Avrebbe scommesso sulla seconda.

Anche Jace se ne accorse. "Hai intenzione di sposarti vestita così?"

Gia si strinse nelle spalle. "Non c'è tempo da perdere. Harry, sei pronto?"

"Un attimo—ho dimenticato una cosa di sotto." Kat fece un gesto verso Zio Harry. "Puoi aiutarmi un momento?"

"Immagino di sì." Harry si strinse nelle spalle e la seguì fino alla scala a metà della barca. "Non andremo da nessuna parte di questo passo."

"Rilassati, Zio Harry. Dobbiamo parlare." Guardò in su verso la telecamera di sorveglianza. Doveva fare attenzione finché non fossero stati al sicuro nella cabina.

Cinque minuti più tardi aveva ragguagliato suo zio su tutto quello che aveva scoperto fino a quel momento, incluso lo yacht rubato e il portafogli di Anne Melinda. C'erano prove sufficienti dell'inganno di Raffaele da convincere chiunque. E abbastanza da farla preoccupare ancora di più per Gia. Non poteva ancora rischiare di parlarne con la sua amica, visto che ogni accenno a Raffaele avrebbe messo tutti in pericolo.

"Credi che abbia ucciso sua moglie e sua figlia?"

"Non so cosa pensare, Zio Harry. Ma considera i fatti. Dice che questo yacht rubato è suo, e dice di essere un miliardario. O è identico a Frank Bukowski o è Frank. Visto che ha il portafogli di Melinda Bukowski, direi che è l'originale. Con sua figlia morta..." La gravità della loro situazione colpì nel segno. I soldi non significavano niente se le loro vite erano in pericolo. "Siamo in grossi guai. Siamo su una barca con un assassino."

Zio Harry diede voce alle parole che lei non riusciva a dire. "Pensi davvero che sia un omicida, Kat? Quella povera bambina. Chi farebbe una cosa del genere?"

"Non so cosa pensare, se non che siamo in grave pericolo. Possiamo presumere il peggio e sperare per il meglio." Tuttavia non c'era da illudersi sulla seconda opzione.

Zio Harry si asciugò il sudore dalla fronte. "Ho appena investito con un criminale?"

Kat annuì. "Temo di sì."

"Quante probabilità ci sono di riavere i miei soldi?"

"Non molte, ma non è ancora finita. Abbiamo un problema più grande tra le mani adesso. Non possiamo far sapere in giro i nostri sospetti, anche se abbiamo le prove. Non possiamo sollevare i sospetti di Raffaele finché non saremo al sicuro fuori da questa barca. Se venisse a sapere che cosa sappiamo, potrebbe compiere un gesto disperato." O mortale. La mente di Kat galoppava. Pete era solo un testimone innocente o era complice di Raffaele? E che dire del resto dell'equipaggio? Era troppo rischioso fidarsi di loro.

Zio Harry si grattò la testa pelata. "Però dobbiamo ancora provare che è lo stesso tizio. Come lo facciamo?"

"Ti servono i documenti per sposarli, giusto? Chiediglieli." Poteva non averne oppure i suoi documenti potevano essere palesemente contraffatti. Era tutto quello che le veniva in mente.

Gia stava per sposare un assassino a sangue freddo e Kat non aveva modo di fermarla.

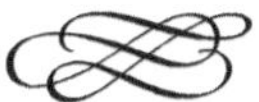

CAPITOLO 26

La cerimonia nuziale fu una faccenda sobria, per lo meno per Kat. Se la situazione non fosse stata così seria, sarebbe stata comica. Gia sembrava una vagabonda con la sua t-shirt larga e i pantaloncini. I pantaloncini di Gap e la canottiera di Raffaele non si avvicinavano nemmeno ai capi firmati di stilisti italiani. "Frank—voglio dire—Raffaele..." Le guance di Harry diventarono rosse mentre incespicava sulle parole.

Raffaele rimase a bocca aperta ma si riprese in fretta.

Kat aveva confidato in Zio Harry come loro ultima risorsa, nella tenue speranza che non avrebbe celebrato il matrimonio. Suo zio non era molto bravo a bluffare e ovviamente era combattuto. Non c'era da stupirsi, stava per sposare Gia all'uomo che l'aveva derubato impunemente.

"Raffaele e Gia, siamo riuniti qui—" Le parole si bloccarono mentre Zio Harry si schiariva la voce. "Scusate."

Doveva proseguire con la cerimonia o avrebbe destato dei sospetti. Kate e Jace, inoltre, dovevano firmare come testimoni. Non avevano scelta. Essenzialmente erano tutti prigionieri dello yacht. Benché potessero andarsene fisicamente, Kat non poteva perdere di vista l'uomo che aveva rubato i loro soldi.

O ucciso due persone innocenti.

Raffaele lo guardò male. "Credevo lo facessi di mestiere?"

"Lo faccio. È solo che—ho fatto così tante cerimonie negli ultimi tempi che vi ho confusi con un'altra coppia." Il suo volto si fece rosso. "Iniziamo da capo."

"Diamoci un taglio." Raffaele era lo sposo più irritabile che Kat avesse mai visto. E il peggio vestito.

Gia guardò lo Zio Harry con aria perplessa. "E i documenti? Non hai fatto confusione coi nomi lì, vero?"

Zio Harry sventolò una mano. "Certo che no. Raffaele mi ha mostrato la licenza di matrimonio. Ci sono entrambi i vostri nomi stampati sopra. Il che mi ricorda, devo vedere i vostri documenti."

"Ma mi conosci da quando avevo otto anni," protestò Gia.

"È la procedura," disse Zio Harry. "Devo seguire le regole. I documenti per favore. Sia i tuoi che quelli di Raffaele."

"È la cerimonia più raffazzonata ce io abbia mai visto," disse Raffaele. "Perché non ci hai chiesto i documenti prima?"

Harry non rispose.

Gia rovistò nella borsa e lanciò la patente sul tavolo.

Raffaele gli porse un passaporto italiano e la patente. "Perché ti servono i miei documenti? Li ho dati quando ho chiesto la licenza di matrimonio."

"Voglio solo mettere i puntini sulle i. Posso vedere di nuovo la licenza?" Harry si leccò il dito e sfogliò il suo manuale da Officiante di Matrimoni.

"Lo hai portato con te?" Kat era sorpresa che suo zio avesse messo nel bagaglio il suo manuale. O qualunque cosa, visto che non era un viaggio programmato, tanto per cominciare.

"Devo fare bene il mio lavoro."

Raffaele sospirò, tirò fuori una busta dalla tasca posteriore delle sue bermuda ed estrasse la licenza di matrimonio. La porse a Zio Harry. "Possiamo iniziare adesso?"

Era un'incredibile colpo di fortuna. Zio Harry non era esattamente meticoloso, ma prendeva molto seriamente i suoi doveri di Officiante di Matrimoni. Ogni minuto di ritardo li avvicinava a un rinvio.

Zio Harry studiò il passaporto di Raffaele e registrò i dati in un piccolo quaderno blu. Dopo un'eternità lo restituì a Raffaele ripeté il processo con la patente.

Raffaele sospirò. "Non abbiamo tutto il giorno."

"Cosa importa, Raffaele?" Gia gli accarezzò il braccio. "Non sono nemmeno le dieci. Abbiamo tutto il tempo del mondo."

Visto che Raffaele e Gia avevano già una licenza di matrimonio, ovviamente avevano pianificato il matrimonio prima del viaggio. La licenza era valida per tre mesi. Naturalmente, una licenza di matrimonio da sola non voleva dire per forza che la coppia avesse in programma di tenere la cerimonia durante quel viaggio.

Kat era delusa che Gia, che diceva qualsiasi cosa a chiunque, avesse evitato di parlare dei piani per il loro matrimonio fino a quel momento. Non aveva mai pensato che Gia potesse nasconderle dei segreti, tanto meno una cosa così grossa. D'altro canto, aveva passato pochissimo tempo da sola con la sua amica da quando erano saliti a bordo. Raffaele si era assicurato che fosse così.

Gia mise la sua patente nel portafogli. "Pronto, Harry?"

Harry lanciò un'occhiata nervosa a Kat.

Lei si strinse nelle spalle. Raffaele aveva già la licenza di matrimonio, quindi nessuno tranne Gia poteva fermare la cerimonia. Come se fosse probabile che accadesse.

"Ok, mettetevi ai vostri posti." Harry fece cenno a Gia e Raffaele di mettersi di fronte a lui davanti al bar. Kat e Jace erano seduti sugli sgabelli del bar e osservavano mentre Raffaele prendeva la mano di Gia.

"Facciamolo." Raffaele attirò Gia più vicina e la coppia si voltò verso Harry.

La cerimonia passò in un lampo. Perché Raffaele aveva bisogno di sposare Gia se aveva già i suoi soldi? Come investigatrice di frodi, Kat incontrava truffatori di continuo. Non restavano nei paraggi una volta ottenuto quello che volevano e in breve tempo scomparivano per sempre. Chiaramente lui aveva preso di mira Gia, ma aveva anche i soldi di Zio Harry e di Jace come bonus.

Raffaele era, come minimo, un ladro di yacht che aveva truffato Gia, Jace e Harry. Nella peggiore delle ipotesi, era un assassino. Il portafogli non lo provava, ma era dannatamente incriminante. Le notizie in televisione non lasciavano dubbi nella sua mente che Raffaele fosse in realtà Frank Bukowski. Doveva contattare la polizia senza sollevare i sospetti di Raffaele.

"Kat?"

"Uh?" Zio Harry la invitò ad andare al bar dove c'era una cartellina con delle carte.

"Firma qui—sulla riga del testimone lì." Zio Harry tamburellò l'indice sul foglio. "Ora è tutto ufficiale."

Kat cercò nel suo sguardo per capire se ci fosse niente che potesse fare. Non c'era, quindi scarabocchiò la sua firma accanto a quella di Jace. "Fatto."

"Siamo ufficialmente sposati, allora?" Raffaele diede un pugno leggero sulla spalla di Harry.

"Già. Invierò i documenti una volta tornati in città. Voi ragazzi siete appena convolati a nozze. Congratulazioni!"

Jace tirò fuori due bottiglie di champagne da dietro il bar. "Festeggiamo." Riempì i loro bicchieri.

"Un brindisi alla salute della coppia felice." La voce di Harry era stranamente piatta. "Che possano essere felici e contenti."

Più che altro infelici e scontenti. La coppia ora era sposata e senza un accordo prematrimoniale, tutto era in comunione dei beni. Le proprietà di Gia erano anche di Raffaele. Qualsiasi cosa non le avesse già preso, ora era suo per metà.

"Bellissima, mia moglie." Raffaele sollevò una ciocca di capelli di Gia e le sussurrò all'orecchio.

Gia segnò il suo destino con un bacio sulla guancia di Raffaele.

Si voltò per fronteggiarli. "Non vedo l'ora di andare in Costa Rica e di iniziare il prossimo capitolo della mia vita!"

Kat sperava solo che non fosse l'ultimo capitolo. Non aveva dubbi che il lunedì mattina fosse l'ora zero. Raffaele si sarebbe liberato di Gia e sarebbe scomparso, prendendo i suoi soldi.

Kat aveva meno di ventiquattro ore per montare un caso contro Raffaele e recuperare i soldi.

E spezzare il cuore della sua amica.

<h1 style="text-align:center">CAPITOLO 27</h1>

I piani migliori spesso vanno a monte e quello per l'Isola di De Courcy non faceva eccezione. Subito dopo la cerimonia nuziale, Raffaele annunciò che non sarebbero andati a terra dopo tutto. Invece, salparono verso l'Isola di Valdes, dove avrebbero cercato la grotta e il tunnel di collegamento.

La grotta sull'Isola di Valdes non era esattamente un segreto. L'ingresso era proprio sulla spiaggia, visibile a tutti dal porto. L'entrata era larga almeno tre metri e anche a trenta metri di distanza Kat riusciva a vedere che era marchiata dai graffiti. A giudicare dalle bottiglie vuote e dalla spazzatura sparsa attorno all'ingresso, era un luogo popolare anche tra i festaioli.

Tagliarono attraverso la spiaggia rocciosa verso l'ingresso. Pete e Jace erano davanti con Zio Harry e Gia a poca distanza. Kat chiudeva la fila e teneva sotto controllo Raffaele. Era sia sorpresa che nervosa per il fatto che avesse invitato Pete ad andare con loro. Pete aveva detto di essere un lavoratore occasionale, ma forse questo faceva parte del piano più grande di Raffaele. Semplicemente, non si fidava di nessuno in quel momento. Non poteva permetterselo, soprattutto visto che Raffaele era quasi certamente un assassino.

"Sei sicuro che il posto sia questo?" Jace camminò lentamente attorno all'ingresso. "Non sembra proprio un segreto." Dei tronchi circondavano i resti anneriti di un falò che segnava la sabbia a qualche metro di distanza.

"L'ingresso è ben noto a tutti," disse Pete. "La gente del posto viene qui a fare festa, ma non si avventurano molto oltre la prima camera della grotta. Le camere più in profondità sono bloccate, ma c'è un passaggio segreto."

Kat non pensava di poter sopportare un altro passaggio segreto, specialmente con Raffaele appostato nei paraggi. Fece un gesto verso Pete e Raffaele. "Andate avanti voi. Noi vi seguiamo."

Jace annuì mentre Zio Harry si piegava per allacciarsi la scarpa.

"Come volete." Pete si voltò e si diresse verso l'ingresso della grotta. "Vi aspetteremo fuori dalla seconda camera."

"Che cosa aspettiamo?" Gia si posò le mani sui fianchi. "Perché non possiamo andare tutti insieme?"

Kat non aveva una risposta.

"Non dovremmo andare tutti insieme per ragioni di sicurezza," Jace fece loro cenno di andare verso il cerchio di tronchi. "Due gruppi sono meglio di uno."

Kat spazzò con una mano l'estremità di un tronco e si sedette. Harry, Gia e Jace seguirono il suo esempio.

"Qual è il problema? Pensavo che la grotta fosse sicura," Gia si voltò verso Jace. "Perché va avanti Raffaele, non dovresti andarci tu? Sei tu l'esperto di ricerche e salvataggio e tutto quanto."

Jace si accigliò. "Questa non è una missione di ricerca e salvataggio; è solo buon senso. Nessuno sa che stiamo esplorando la grotta. L'equipaggio sa che esploreremo l'isola. Se ci perdiamo e nessuno sa della camera segreta, allora saremo tutti nei guai."

"Li lasceremo andare avanti," aggiunse Kat. "Non c'è motivo di entrare tutti in blocco e metterci nei pasticci." Jace era un genio a pensare dal punto di vista di possibili incidenti. L'entusiasmo di

Raffaele alla prospettiva di esplorare la grotta le dava i brividi, specialmente dopo il loro precedente incontro ravvicinato. Non sarebbe andata vicino alla grotta con lui nei paraggi.

"Ok." Gia sospirò e sedette su un grosso masso. "Non mi andava di esplorare quella stupida grotta tanto per cominciare. È l'ultima cosa che mi sarei aspettata di fare il giorno del mio matrimonio."

"Almeno hai una bella luna di miele a cui guardare," disse Harry.

"Che fortuna." Gia sospirò e puntò lo sguardo in lontananza.

"Fare una crociera lungo la costa occidentale del Costa Rica è molto meglio di quello che hanno passato le donne di Fratello XII," disse Harry. "Quel tizio ha distrutto un sacco di vite e ha ingannato più di una donna."

"Esattamente," disse Jace. "Ha usato i soldi di Mary Connally per comprare quattrocento acri proprio qui sull'Isola di Valdes. Inoltre comprò tre isole nel gruppo di De Courcy. Per aggiungere al danno la beffa, usò i suoi soldi per comprare un motore per il peschereccio su cui è scappato alla fine. Anche se aveva abbandonato lei e tutti gli altri, Mary Connally disse che l'avrebbe finanziato di nuovo.

"Poi ci fu Myrtle. Fallì nel fare quello che una cosiddetta dea della fertilità avrebbe dovuto fare; produrre una progenie. Alla fine venne fuori che Myrtle non era fertile, dopo tutto."

Se Jace si rendeva conto dell'ironia della storia, non era evidente dalla sua espressione. Due donne erano state ingannate da un uomo. Un secolo più tardi, la stessa storia si ripeteva con Gia e Raffaele. L'amore era così cieco.

Rimasero seduti in silenzio per qualche minuto. Anche se nessuno lo disse, la storia di Fratello XII aveva perso il suo fascino ora che avevano i loro disastri personali da affrontare.

Pete e Raffaele non erano tornati e anche Jace e Zio Harry erano riluttanti a seguire i loro passi. Raffaele aveva percepito un cambiamento nell'aria e la sua reazione allo scivolone di Zio Harry durante la cerimonia nuziale preoccupava Kat.

"Fratello XII di certo ha distrutto molte vite," disse Zio Harry. "Sembra che abbia rovinato praticamente tutti quelli che sono entrati in contatto con lui."

"Non è stato il solo," disse Jace. "La sua terza amante non era una vittima come tutte le altre. Mabel Scottowe era nota anche come Madame Zee. Era praticamente una sadica e Fratello XII era felice di lasciarle dirigere lo spettacolo. Era una guardiana crudele e colpiva la gente con la sua frusta alla minima provocazione. I seguaci a quel punto erano poco più di schiavi. Venivano nutriti appena e le donne erano costrette a trasportare sacchi di patate da quasi cinquanta chili. Lavoravano dalle due del mattino alle dieci di sera ogni giorno."

"Si sarebbero solo dovute rifiutare," disse Harry.

"Impossibile," disse Jace. "Lui minacciava di mandare mogli e mariti su isole separate. Tu che cosa avresti fatto?"

"Non mi sarei fatta coinvolgere da una cosa del genere," disse Gia. "Mi dispiace doverlo dire, ma hanno avuto una lezione per essere stati così ingenui. Chi si farebbe fregare in quel modo?" Scosse la testa.

"Ne saresti sorpresa. Furono ingannate le persone più intelligenti. Sembra che Fratello XII fosse molto carismatico. In qualche modo riusciva sempre a trovare nuovi seguaci e i soldi continuarono a entrare, anche dopo che fu smascherato come criminale."

"Non una cosa molto intelligente," disse Gia.

"No, ma certi furfanti sono molto convincenti," disse Kat. "Non riesco a immaginare di farmi trattare in quel modo da qualcuno."

Jace le lanciò un'occhiata di avvertimento mentre Raffaele e Pete riemergevano dalla grotta. Nessuno dei due sembrava felice.

"Perché non si sono coalizzati per scappare?" Gia scosse la testa. "Non posso credere che abbiano passato degli anni a vivere in quel modo."

"Non dimenticare tutto il lato mistico. A parte il fatto che non avevano modo di andarsene dall'isola, credevano davvero che le loro anime fossero in pericolo. Inoltre, dove potevano andare? Non possedevano altro che i vestiti che avevano indosso." Kat guardò i due uomini, che si erano fermati appena fuori dalla grotta. Raffaele fece un gesto arrabbiato verso Pete, che si limitò a scuotere la testa. Erano ancora fuori portata d'orecchio.

"È incredibile come così tante persone possano essere controllate da un solo uomo. Gli aveva fatto il lavaggio del cervello. Ma qualcuno ha capito come stavano le cose alla fine, giusto?" Harry stuzzicò il lego carbonizzato con un bastone.

"Non finché non è stato troppo tardi." Jace cambiò posizione sul tronco. "Non volevano credere di essere stati fregati. Erano tutti uomini d'affari di successo, quindi ammettere con loro stessi di essere stati coinvolti in una truffa era difficile. Si vergognavano.

"Non si resero di quanto fosse grave il raggiro nemmeno dopo che lui ebbe portato loro via tutte le cose di valore. Solo quando appiccò il fuoco agli edifici e scomparve sul peschereccio, fecero i conti con quanto era accaduto."

"Non potevano acciuffarlo e consegnarlo alla giustizia?" chiese Gia.

Jace scosse la testa. "Tutte le transazioni erano avvenute in contanti, ricordi? Nessuna traccia nei documenti. E non c'erano foto di lui. Le macchine fotografiche non erano molto diffuse a quei tempi, ma era una persona nota. Eppure si arrabbiava moltissimo se qualcuno cercava di scattargli una foto. Peccato. Mi sarebbe servita una foto per la mia storia.

"Però ci sono dei ritratti. Aveva un pizzetto dall'aria satanica, non esattamente all'ultima moda a quei tempi. Aveva un aspetto un po' ridicolo, come un mago cattivo. Probabilmente cercava di avere l'aspetto di un mistico o qualcosa del genere."

"Quella povera gente," disse Gia. "Se solo avessero avuto una sfera di cristallo per vedere nel futuro, non si sarebbero mai immischiati con quel tizio."

"Che cosa state facendo lì?" Raffaele era rosso in viso. "Vi stavamo aspettando dentro la grotta."

"Non entrerò in una caverna buia, Raffaele." Il labbro inferiore di Gia tremò come se fosse sul punto di piangere. "Non è la mia idea di festeggiamento per il matrimonio."

"Festeggeremo più tardi." La voce di Raffaele era brusca. Sembrava più un ordine.

Zio Harry si alzò. "Voglio tornare alla barca. Sono stanco."

Raffaele guardò alle sue spalle, ma Pete distolse lo sguardo.

Qualsiasi cosa fosse successa tra i due uomini non era stata una conversazione piacevole. A giudicare dal linguaggio del corpo di Pete, non era completamente in sintonia con Raffaele. Sembrava arrabbiato che non fossero entrati nella grotta. A prescindere da quale parte stesse Pete, almeno non erano in minoranza.

Lo stomaco di Kat fece una capriola mentre Raffaele sedeva alla destra di Gia. Pete rimase su un tronco a qualche metro di distanza.

"Fratello XII è scappato con tutto quell'oro." Zio Harry cercò di alleggerire l'atmosfera. "Quel furfante ha vinto alla fine."

"Tipo furbo," Raffaele baciò la fronte di Gia.

"Non saprei," disse Jace. "Un uomo intelligente non avrebbe fatto arrabbiare così tante persone. Le cose andavano bene finché non ha permesso all'avidità di avere la meglio su di lui. Alcuni dicono che in realtà abbia lasciato l'oro."

"Immagino che la gente l'abbia cercato," disse Zio Harry.

"Sì, per tutta l'isola, incluso il luogo in cui si trovava la sua casa. Nessuno l'ha trovato, anche se hanno trovato un biglietto nascosto sotto le assi del pavimento."

"Cosa diceva?" chiese Gia.

"Per gli sciocchi e i traditori, niente."

Raffaele non era il solo ad avere un dono per la manipolazione.

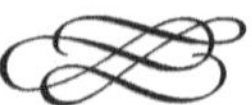

CAPITOLO 28

*T*ornarono verso il gommone. Kat era ansiosa di tornare sulla nave. Lo yacht di Raffaele era il solo posto in cui si sentiva al sicuro e non era indifferente all'ironia della cosa. In qualche modo le telecamere a circuito chiuso a bordo la confortavano, ma era ridicolo. Se le telecamere fossero state davvero monitorate, la barca rubata probabilmente sarebbe stata ritrovata ormai.

"Ragazzi, non sapete che cosa vi perdete," disse Pete. "Siete venuti a terra, ma non volete nemmeno dare un'occhiata al passaggio nascosto. Pochissime persone ci sono state. Chissà, magari il tesoro è nascosto lì dentro."

Jace si fermò a metà di un passo. "Pensavo avessi detto che il passaggio era bloccato."

"Lo è, ma so come entrare. Siamo abbastanza da spostare il masso. Però servirà l'aiuto di tutti."

Jace si strinse nelle spalle. "Certo, ci sto."

"Anch'io," disse Zio Harry.

"Io passo," Gia guardò Kat in cerca di appoggio.

Kat annuì. Non poteva biasimare Gia, nemmeno un po'. Era già tardo pomeriggio e la speleologia non faceva parte della lista delle attività che la maggior parte delle spose avrebbe scelto per il giorno del suo matrimonio. Che Gia avesse finalmente visto la natura egocentrica di Raffaele?

Gia tamburellò sull'orologio. "Aspetteremo un'ora, non di più. Dopo di che torneremo alla barca."

Kat sentì crescere la speranza mentre la vecchia Gia sostituiva la versione docile e annacquata. Se fosse rimasta sola con Gia, avrebbe avuto l'occasione di ragionare con lei, anche se esitava ancora all'idea di rivelare molte delle sue scoperte. La lealtà di Gia non era ancora stata messa alla prova e, quando è coinvolto l'amore, non si può dire come possano reagire le persone. "Aspetteremo sulla spiaggia."

Gli uomini si voltarono e si avviarono verso la grotta in fila indiana. Pete e Jace si assomigliavano per stazza e statura, Pete probabilmente era qualche chilo di meno, fin troppo magro. Raffaele era almeno quindici centimetri più basso, ma superava facilmente lo Zio Harry in stazza, forza e gioventù.

Gia diede un calcio alla sabbia. "Come può pretendere che mi lasci tutto alle spalle?"

Una domanda carica di significato a cui Kat non aveva alcuna intenzione di rispondere.

"Amo Raffaele, ma ci sono delle cose di lui davvero irritanti. Come quando prende tutte le decisioni per entrambi. All'inizio mi piaceva l'idea di qualcuno che si prendesse cura di me, ma metà delle volte non tiene nemmeno in considerazione quello che voglio."

"Forse dovresti opporti più spesso."

"Ho paura di farlo. Sposati o no, potrebbe stancarsi di me. Potrebbe rimpiazzarmi in un attimo." Schioccò le dita. "Ha il mondo ai suoi piedi. Può avere chiunque voglia."

"Non sei esattamente indifesa, Gia. Inoltre non ti stai facendo un favore con questi commenti. Credi davvero che ti rimpiazzerebbe?"

"Penso di sì. All'inizio tutto il mondo girava attorno a me, ma ora mi sembra che abbia dei ripensamenti." Il labbro inferiore prese a tremarle. "Siamo sposati da un paio d'ore. Come sarà tra qualche anno?"

Raffaele non si sarebbe trattenuto tanto a lungo. Sarebbe stata la salvezza di Gia, anche se lei ancora non lo sapeva. "Non ci hai pensato prima di sposarlo?"

"È successo tutto così in fretta. È come una fiaba o un sogno da cui non voglio svegliarmi. E lui aveva detto che avremmo trasformato il mio salone in un franchising, eppure ora lo devo chiudere. I nostri piani cambiano di minuto in minuto. Che cosa faresti se fossi al mio posto?"

"Non andrei. Non rinuncerei mai ai miei sogni tanto facilmente. Inoltre la persona giusta non lo pretenderebbe." Kat trasse un profondo respiro. "C'è qualcosa che ti devo dire, Gia. A bordo della nave stanno succedendo delle cose strane."

"So che non ti piace, Kat. Non andiamo oltre."

"Questo è diverso. Non posso dirtelo a meno che tu prometta di non parlarne con Raffaele. Potresti mettere tutte le nostre vite in pericolo."

Gia ridacchiò. "Non essere così drammatica. Siamo tutti perfettamente al sicuro."

"Sono seria. Ho la tua parola?"

"Certo."

"Lo yacht di Raffaele non si chiama davvero *Financier*. Il suo vero nome è *Catalyst*. È stato rubato recentemente dal porto in cui era attraccato. È un'imbarcazione americana, non italiana, e posso provarlo." Descrisse la pittura sopra il nome e la registrazione del numero di immatricolazione. "Posso mostrati la recensione del *Catalyst* quando torniamo a bordo. L'esterno e gli interni sono identici, fino all'ultimo dipinto a olio originale."

"Dev'esserci un errore. Raffaele ha navigato dall'Italia sul *Financier*."

"Il fatto che Raffaele dica così non rende la cosa vera, Gia. Le mie prove dicono altrimenti." Gia molto probabilmente avrebbe affrontato Raffaele a proposito del portafogli di Melinda, quindi evitò di parlarne. Lo yacht era una prova sufficiente del fatto che Raffaele fosse un bugiardo.

Gia sospirò. "Prove concrete? Ne sei sicura?"

Kat annuì. "O l'ha rubato, o sa che è rubato. Semplicemente non c'è altra spiegazione."

"Mi ha mentito." Gia balzò in piedi e si precipitò verso la grotta. "Ucciderò quel bastardo."

Kat la rincorse e la afferrò per il braccio. "Gia, aspetta. Ci serve un piano. Non puoi fare o dire niente che gli faccia capire che lo sai. Comportati normalmente e studieremo la prossima mossa."

"Jace e Harry lo sanno?"

"Sì, gliel'ho appena detto. Non so cosa significa. Ma dobbiamo stare attenti. Potrebbe aver mentito su altre cose. Andiamo a cercare i ragazzi e torniamo alla nave."

Attraversarono la spiaggia verso la grotta. La fiducia di Gia era la loro chiave per tornare sani e salvi. In quello scenario buio e cupo, Kat finalmente vedeva un barlume di speranza.

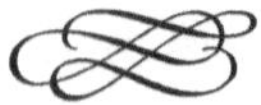

CAPITOLO 29

Nonostante le sue migliori intenzioni, Kat era di nuovo dentro una grotta senza una torcia. L'aveva dimenticata nel turbinio dei loro cambiamenti di programma. "Jace?"

La sua voce echeggiò nella caverna, ma non ottenne risposta.

"Probabilmente è troppo in profondità per sentirti," disse Gia.

Esattamente come Kat aveva temuto. Ora che Raffaele si era assicurato i soldi di Jace e di Zio Harry, non aveva più bisogno di loro. Come vittime potenziali erano più che altro un peso. Gli incidenti potevano capitare dentro una grotta, senza testimoni, ed era improbabile che qualcuno li trovasse in una camera poco conosciuta.

"Jace?" gridò questa volta. Se l'esplorazione della grotta era stata uno stratagemma per separare Jace e Harry, allora non avevano molto tempo. Camminò più in fretta mentre i suoi occhi si abituavano al buio.

"Fa piuttosto freddo qui," Gia accese il raggio della torcia del cellulare. La luce soffusa fu un netto miglioramento. "Credo di aver sentito la voce di Raffaele."

Procedettero a piccoli passi lungo il corridoio mentre una voce maschile si faceva più forte. Seguirono le pareti ricurve e dopo circa un minuto Raffaele apparve. Teneva una pietra stretta nella mano destra.

Kat finse di non notarlo, ma il suo cuore batteva all'impazzata. Erano due contro Raffaele. O meglio, contro Raffaele e Pete, che era appena emerso dall'ombra. La pietra in mano a Raffaele era un souvenir o un'arma? Nel secondo caso, avrebbe potuto ferirle sul serio. Li aveva separati di proposito da Jace e Zio Harry?

Gia fronteggiò Raffaele. "Perché non hai risposto a Kat quando ha chiamato?"

Raffaele la ignorò. Si rigirò la pietra tra le mani, assorto nei suoi pensieri.

"Dove sono Jace e Harry?" Kat fece scorrere lo sguardo sulla grotta ma non vide traccia di loro. Raffaele era in piedi al centro del passaggio e bloccava la via.

"Sono andati oltre," Pete si mise davanti a Raffaele, a qualche decina di centimetri da Kat. "Non li vediamo da almeno un quarto d'ora."

Un quarto d'ora era un sacco di tempo. Nonostante il freddo all'interno della grotta, Kat sentì un leggero strato di sudore sulla fronte. Né Jace né Zio Harry si sarebbero separati volontariamente da Pete e Raffaele. Jace non sarebbe mai andato da solo dentro una grotta che non conosceva. Inoltre sarebbe tornato entro l'ora, come avevano concordato. C'era qualcosa che non andava, se lo sentiva.

"Cos'è quella pietra che hai in mano, Raffaele?" Gia gli afferrò il braccio e cercò di sbirciare la roccia che aveva in mano.

"Lasciala." Lui strinse la presa e scostò la mano. "Faccio collezione di rocce."

"Un geologo," disse Gia. "Era una cosa che non sapevo di te."

"Ci sono molte cose che non sai." Raffaele si voltò verso l'ingresso. "Usciamo da qui."

Gia spalancò gli occhi ma non disse niente.

"Aspetta un attimo. Non possiamo lasciare qui Jace e Zio

Harry." Kat ricordò la sua precedente esperienza nella grotta. I due uomini potevano aver preso la direzione sbagliata. La loro assenza significava che si erano persi, erano feriti, o in qualche modo non erano in grado di tornare sui loro passi.

"C'è una sola via per uscire, non è difficile," disse Raffaele.

"Ma è un tunnel sottomarino," protestò Kat. "Ci sono almeno due passaggi diversi. E se ci fossero altre camere? Potrebbero essere ovunque."

"Andrò io a cercarli," Pete illuminò con la torcia davanti a sé mentre si dirigeva nella direzione opposta. "Aspettate qui. Tornerò tra un paio di minuti.

Kat tirò un sospiro di sollievo. Pete sembrava collaborativo. Anche se si era schierato con Raffaele, almeno il pericolo non era immediato. Si appoggiò contro la parete fredda della caverna, cercando di sembrare disinvolta.

Studiò Raffaele. Le vene sul suo braccio spuntavano dalla pelle mentre continuava a stringere la roccia nel pugno. Si avvicinò di qualche centimetro e si allarmò nel vedere una chiazza rossa sulla roccia. La macchia rossa non era solo sulla pietra, ma anche sul suo palmo. Incrociò lo sguardo di Gia e annuì verso la mano di Raffaele.

Anche se Raffaele sembrava stupito della decisione di Pete, non era detto che significasse qualcosa.

Per la seconda volta in ventiquattro ore, si trovava in una grotta con un omicida. In un modo o nell'altro, sarebbe stata l'ultima.

CAPITOLO 30

*L*a roccia tinta di rosso si rivelò essere nient'altro che un souvenir, un artefatto archeologico.

"Dovresti rimettere la roccia dove l'hai trovata," disse Kat. I segni cremisi sulla roccia sembravano essere stati fatti con la stessa pittura primitiva che aveva visto sull'altare di pietra, sull'Isola di De Courcy. Era pittura, non sangue, e probabilmente era vecchia di migliaia di anni.

"Che differenza fa? Nessuno visita questa stupida grotta, quindi nessuno si renderà conto che manca." Raffaele strinse gli occhi. "Inoltre, non mi piace che la gente mi dia ordini. Faccio quello che mi pare."

"Non è questo il punto. È un sito archeologico storico. Non puoi portare via della roba." L'arte dei Salish della Costa sulle pareti della grotta e sui massi era rimasta intoccata per migliaia di anni. Raffaele probabilmente non avrebbe nemmeno tenuto la roccia, ma non trovava che disturbare il sito fosse sbagliato.

"Posso e lo farò. Anzi magari ne prenderò di più." Tirò fuori il coltellino da tasca e lo incuneò in una crepa nella parete della grotta. Grattò la roccia e dei frammenti caddero a terra. Fece leva per togliere la roccia con le mani ed estrasse una seconda pietra più piccola. Un'altra pittura rupestre rovinata.

Kat rimase in silenzio, consapevole che i suoi commenti avrebbero solo peggiorato la situazione. Provava una certa soddisfazione per aver fatto perdere il controllo a Raffaele. Eppure, si sentì sollevata quando Pete emerse dall'oscurità, seguito da Jace e Zio Harry.

"Come sapevi di questo passaggio, tanto per cominciare?" chiese Jace. "Sei cresciuto da queste parti?"

Pete annuì. "Mio nonno era Edward Arthur Wilson, meglio conosciuto come Fratello XII."

Pete aveva circa cinquant'anni, quindi era possibile, pensò Kat. Spiegava anche la sua conoscenza di quei luoghi.

Jace fischiò. "Non ne avevo idea. Perché non ne hai parlato prima?"

Pete si strinse nelle spalle. "Non voglio che le cose vengano interpretate nel modo sbagliato."

Harry diede un colpetto alla spalla di Pete. "Dev'essere stato un bel tipo. Voglio dire, per convincere tutte quelle persone a seguirlo e tutto il resto. Ci sono due lati di ogni storia, giusto?"

"Non saprei, visto che non l'ho mai incontrato. Ha lasciato la colonia quando mia madre aveva solo cinque anni. Non conosceva molto bene suo padre. Però mia nonna ci raccontava un sacco di storie sulla vita alla colonia."

"Chi era tua nonna? Mabel Scottowe?"

Pete scosse la testa. "Mia nonna si chiamava Sarah. Era solo una delle molte donne di cui si era approfittato. Lui e mia nonna non si sposarono mai, cosa piuttosto scandalosa a quei tempi. La lasciò senza un soldo e indigente come il resto dei suoi seguaci. Ovviamente non era una gran persona, ma comunque era mio nonno."

"Capisco," disse Jace. "La mia storia non è così concentrata sul lato personale, piuttosto sulle voci riguardanti il presunto tesoro nascosto della Fondazione Acquariana. La gente adora leggere di cose del genere. Mi piacerebbe sapere quello che sai di lui."

"Non c'è molto da dire che non si sappia già. Mio nonno credeva di essere la reincarnazione del dio egizio Osiride. Insieme alla reincarnazione di Isis avrebbe dato alla luce l'Insegnante del Nuovo Mondo, che avrebbe guidato la Fondazione Acquariana nella nuova era. Mia nonna fu solo una delle tante a credere a questa storia ridicola."

"È una storia incredibile," disse Jace.

"Se lui ci credesse o meno, non lo so. Ma è quello che diceva a tutti."

"Magari possiamo parlarne ancora sulla nave." Jace sorrise. "Dev'essere stato un personaggio."

Pete si strinse nelle spalle. "So solo quello che mi ha raccontato mia madre. Probabilmente non è quello che cerchi, visto che non l'ho mai incontrato di persona."

"Eppure, scommetto che tu conosca storie interessanti," disse Harry. "Cosa non darei per essere stato lì."

Kat sollevò le sopracciglia verso Harry ma rimase in silenzio.

"Probabilmente è meglio non esserci stati." Pete scosse la testa. "Mia madre è nata sull'Isola di De Courcy e ha vissuto lì fino a quindici anni. Se n'è andata adesso, ma mi raccontava spesso storie della sua infanzia. Non ricordava molto del culto, ma quando cresci in un culto, è tutto quello che conosci. Per lei, era normale. C'era una cosa di cui parlava sempre. Mia nonna lavorava dodici ore al giorno e non aveva tempo per mia madre. Era dura, un lavoro massacrante. Mia madre pensava che fosse la vita normale, finché non se n'è andata. Ma anche da bambina, era terrorizzata da Madame Zee."

"Wow," disse Kat. "Perché non hai raccontato prima queste cose?" Raffaele probabilmente sapeva dei legami di Pete con il posto visto che quasi certamente aveva condiviso con lui la ragione del viaggio. Nonostante la rilevanza, Pete non ne aveva parlato sul sentiero il giorno prima.

"Non voglio che la storia della mia famiglia finisca in un articolo di giornale. Fratello XII non è stato esattamente onesto, ma era mio nonno. È successo un sacco di tempo fa e non c'è nessuno oltre a me adesso. Eppure, non voglio che il nome della mia famiglia venga trascinato nel fango."

"Non lo farei mai," disse Jace. "Te ne parlerei prima. Molte persone sarebbero affascinate dalla storia della tua famiglia. Immagino che la gente del posto sappia di te."

"Non direi. Fratello XII cambiò nome un paio di volte, ma chi lo conosceva con altri nomi se n'è andato da tempo. Visto che non sposò mai mia nonna, lei non ha preso il suo nome. A parte questo, i membri del culto non erano persone del posto. La gente arrivava da tutto il mondo, e quando il culto si è sciolto se ne sono andati tutti. I più fortunati sono riusciti a racimolare abbastanza denaro da tornare da dove erano venuti.

"Tutti tranne mia madre, in effetti. Non riuscì a mettere insieme due centesimi, quindi non ebbe altra scelta che restare. Lavorò come cameriera fino al giorno in cui morì di cancro, a sessant'anni. Non ha mai conosciuto un altro posto."

"Che cosa tragica," disse Gia. "Come è riuscito a farla franca per aver preso i soldi di tutti?"

"Non l'ha fatta franca del tutto," disse Jace. "Alcuni dei membri della Fondazione Acquariana portarono Fratello XII in tribunale. Aveva comprato tutte le proprietà della colonia con i soldi dei membri, eppure tutti gli atti di proprietà erano esclusivamente a suo nome. Riuscirono a far trasferire gli atti di proprietà da Fratello XII a loro nome, ma era troppo poco e troppo tardi. A quel punto era scomparso da tempo, probabilmente con i soldi che aveva nascosto. Mary Connally ottenne l'atto di proprietà dell'Isola di Valdes, visto che era stata comprata coi suoi soldi. Da allora, naturalmente, è stata suddivisa e venduta."

"Almeno è qualcosa," disse Gia. "Anche se non ripaga per tutti gli abusi subiti."

"Niente può ripagare per quelli," aggiunse Pete. "Forse un giorno racconterò tutto quello che so. Ma non è ancora il momento."

Kat sentì un brivido lungo la schiena quando si rese conto che Raffaele non era più accanto a Gia. Doveva essersi voltato verso l'ingresso della grotta. "Si sta facendo tardi. Torniamo alla barca e ai festeggiamenti per il matrimonio." Il matrimonio era l'ultima cosa al mondo che valesse la pena celebrare, ma almeno le avrebbe permesso di tenere d'occhio Raffaele. Non poteva permettersi di perderlo di vista. Ne andava del loro futuro.

CAPITOLO 31

Era tardo pomeriggio quando finalmente tornarono al Financier. Il gommone fendeva l'acqua cristallina mentre le ombre danzavano nella scia dell'imbarcazione. Tutto era sereno sulla superficie dell'acqua, ma a bordo covava la tensione.

La baia era stupenda, il silenzio rotto solo dal grido delle aquile che volavano in cerchio alla ricerca di un pasto. Forse avevano scambiato lo yacht di Raffaele per un peschereccio e aspettavano qualche preda. Era un peschereccio di tipo diverso, pensò Kat. Non c'era una rete a catturare le sue vittime, solo un imbroglione con una buona parlantina.

"Guarda questo." Raffaele lanciò la roccia dipinta nell'oceano. Rimbalzò una volta prima di sprofondare nell'acqua. Rise. "Avrei dovuto prenderne di più."

Quel tesoro archeologico era andato perduto sul fondale dell'oceano, dove sarebbe rimasto, nascosto e sconosciuto per sempre. Nessuno avrebbe mai saputo della sua esistenza. Un altro pezzo di storia nascosto e dimenticato.

Restare in silenzio fu tutto quello che Kat riuscì a fare. La posta in gioco sarebbe diventata ancora più alta se si fosse scontrata con

Raffaele. Doveva restare in silenzio e mantenere il controllo se voleva vivere per vedere Raffaele consegnato alla giustizia.

Si avvicinarono allo yacht. Diede un colpetto a Jace e indicò la scritta *Financier* sullo scafo. Alla luce brillante del sole era impossibile vedere se ci fossero delle lettere sotto la pittura bianca, ma la *e* deformata era chiara come il sole.

L'espressione di Jace restò neutra mentre studiava il nome dello yacht. Contrastava nettamente con le finiture esterne e l'interno realizzato a mano con tanto scrupolo. Una lettera storta non provava la truffa, ma era un importante campanello d'allarme. Erano sempre i dettagli più piccoli che alla fine smascheravano un crimine e questo li fissava dritti in faccia.

Gia seguì lo sguardo di Jace e si accigliò. Si allontanò leggermente da Raffaele, che non sembrò farci caso.

Gli occhi di Kat incontrarono quelli di Gia. La sua amica aveva il panico dipinto in faccia. Non ci sarebbe voluto molto prima che le sue emozioni esplodessero. Doveva prendere Gia in disparte prima che fosse troppo tardi. "Vestiamoci eleganti stasera. Il fatto che il tuo matrimonio sulla barca sia stato semplice, non significa che non possiamo avere una festa stravagante." Si alzò e fece un cenno a Gia perché la seguisse.

"Sembra divertente." La voce di Gia era stranamente piatta mentre saliva a bordo dello yacht.

Lo notò perfino Raffaele. "Celebreremo in qualsiasi modo tu voglia, bellissima." Lo sguardo sinistro della mezz'ora precedente era stato rimpiazzato da una risata, ma i suoi occhi freddi erano concentrati come un laser su Kat. Non cercava nemmeno di nascondere il suo disprezzo.

Dieci minuti più tardi erano seduti al bar esterno con drink ghiacciati e stuzzichini mentre aspettavano la cena. Kat e Gia avevano pianificato il resto della serata, ma era quasi impossibile restare concentrata mentre controllava Raffaele cercando di segnali che stesse per mettersi in azione.

Raffaele si alzò e rientrò senza dire una parola.

Kat lo guardò allontanarsi, chiedendosi cosa avesse in mente. Il suo cambiamento repentino d'umore la preoccupava. Non si vantava più dei suoi affari né mostrava interesse per il mistero di Fratello XII. Era un uomo che preparava la sua uscita di scena. Kat guardò Jace, che aveva un'espressione preoccupata.

Zio Harry afferrò il telecomando della TV e cambiò fino a trovare il canale all-news. La telecamera stava facendo una carrellata su un paesaggio marittimo familiare. Kat riconobbe lo stretto di Active grazie ai suoi molti tragitti in battello da Vancouver a Victoria. Il reporter si trovava su una spiaggia sassosa e indicava l'acqua alle sue spalle.

"Il corpo di Melinda Bukowski è stato scoperto da dei vagabondi che frugavano la spiaggia questa mattina. La Polizia non ha rilasciato commenti, dicendo solo che sarà eseguita un'autopsia completa."

Kat sentì un brivido lungo la schiena. I risultati dell'autopsia della bambina non erano ancora stati resi pubblici. Non aveva dubbi che entrambe le autopsie avrebbero raggiunto la stessa conclusione: omicidio. A prescindere dai risultati, Raffaele doveva spiegare un po' di cose riguardo al portafogli e allo yacht. Possibile che avesse solo trovato il portafogli e l'avesse tenuto, come la roccia nella grotta? Molto improbabile.

Quante probabilità c'erano che avesse il portafogli e allo stesso tempo non fosse coinvolto nei decessi di Melinda ed Emily? Le probabilità erano incredibilmente basse. In effetti, vista la sua sbalorditiva somiglianza con Frank Bukowski, le probabilità erano praticamente inesistenti.

Kat vide un movimento con la coda dell'occhio. Come se avesse percepito i suoi pensieri, Raffaele era tornato al bar. Era paralizzato davanti alla televisione.

Kat distolse rapidamente lo sguardo. Non voleva destare sospetti. Sentì il viso arrossarsi al pensiero di possedere il portafogli di una donna morta. Avrebbe voluto averlo lasciato dov'era. Ma se l'avesse fatto, sarebbe rimasta all'oscuro del segreto oscuro di Raffaele.

Solo Jace sapeva del portafogli, ma Raffaele probabilmente ormai doveva aver notato la sua scomparsa. Se era stato incauto nel nasconderlo in precedenza, certamente ora l'avrebbe cercato. Eppure, sarebbe stato azzardato da parte sua presumere che fosse stata proprio lei a trovarlo. D'altra parte, forse no, se l'aveva vista nella sua cabina. In ogni caso, una famiglia era scomparsa in circostanze misteriose e Raffaele aveva un portafogli che apparteneva a uno di loro. Una coincidenza che si sottraeva a ogni spiegazione.

"È triste per la bambina," disse Jace. "E ora anche la madre."

"Tragico." Raffaele non mostrava alcuna espressione. "Andiamo dentro. Sta diventando freddo qua fuori." Senza aspettare una risposta, spense la TV e tornò all'interno.

Kat guardò Gia, cercando di farle capire che voleva che restasse.

Kat rabbrividì. Raffaele non poteva fare molto finché rimanevano tutti insieme. Era in inferiorità numerica. Ma era anche disperato e, visto che erano a bordo di una nave rubata insieme a un ladro e assassino, era meglio prendere delle precauzioni. La peggiore delle ipotesi non si sarebbe verificata finché Raffaele fosse rimasto all'oscuro del fatto che loro conoscevano la sua identità segreta.

La migliore delle ipotesi era semplicemente che Raffaele fuggisse. Aveva già tutti i loro soldi. In base ai risultati dell'autopsia, aveva ogni ragione per scappare a prescindere da quello che sapevano gli altri. Sapeva già che cosa avrebbero mostrato i risultati.

Aveva anche ogni ragione per combattere all'ultimo sangue.

Nessuno seguì Raffaele dentro.

Zio Harry premette il tasto sul telecomando e accese di nuovo la TV, alzando il volume.

Kat restò paralizzata per quello che vide sullo schermo. Un reporter era in piedi con l'oceano alle sue spalle. La telecamera fece una panoramica lungo la spiaggia per mostrare una dozzina di agenti di polizia, guardia costiera e altro personale che faceva avanti e indietro sulla sabbia, tra la strada panoramica e il pontile dov'era ancorata l'imbarcazione della Guardia Costiera. Due uomini in uniforme emersero dall'imbarcazione portando una barella. La voce del reporter descrisse come il corpo fosse stato portato a riva dalle correnti. Il corpo era malamente danneggiato dal mare, ma data la posizione e lo stato di decomposizione, si presumeva che fosse Melinda Bukowski.

Raffaele doveva essere consegnato alle autorità.

A ogni costo.

Kat si voltò verso Jace. "Ci serve un piano."

Lui annuì. "Questo tizio è decisamente a rischio di fuga."

"Di cosa state parlando?" Le sopracciglia di Gia erano arricciate mentre guardava la televisione. "Ditemi cosa sta succedendo."

Kat non voleva parlargliene. La reazione di Gia avrebbe potuto rivelare tutto e a quel punto Raffaele—e i loro soldi—sarebbero scomparsi per sempre. D'altro canto, l'idea che la sua amica dormisse con un assassino era impensabile. Raffaele aveva ogni ragione di mettere a tacere coloro che avrebbero potuto smascherarlo.

Il volto di Gia divenne rosso. "O me lo dite adesso, o vado dritta da Raffaele. Ho il diritto di sapere, Kat. Di qualsiasi cosa si tratti."

Kat avvicinò la sua sedia. Gia aveva ragione. Jace e Zio Harry lo sapevano già, quindi era ingiusto lasciare Gia all'oscuro. Era un grosso rischio, ma Kat doveva correrlo. "Ricordi cosa ti ho detto riguardo al fatto che lo yacht è rubato? Beh, c'è dell'altro." Raccontò tutto a Gia.

Si preannunciava una lunga notte.

CAPITOLO 32

Gia si alzò e pestò un piede a terra. "Mi ha mentito! Lo ucciderò."

"No, aspetta." Kat afferrò il braccio dell'amica. "Non puoi dirgli niente, Gia. Siamo già in pericolo." Le fece cenno di sedere.

"Non puoi dire sul serio. Non è il Raffaele che conosco."

"È questo il punto, Gia. Il Raffaele di cui sei innamorata non esiste. Tutto quello che lo riguarda è una gigantesca bugia." Ripeté le prove contro di lui, dallo yacht rubato al portafogli. La sua amica aveva bisogno di sentirlo due volte per assorbire la notizia. "Dobbiamo fare qualcosa. Il portafogli che ho trovato a bordo appartiene alla donna del servizio in TV."

Gia scosse la testa. "Dev'esserci una spiegazione. Non possiamo chiedere direttamente a Raffaele? Anche se è un ladro, non è un assassino."

"No. Non sappiamo quanto realmente sia coinvolto e come il portafogli sia finito a bordo. Qualsiasi cosa dicessimo potrebbe ripercuotersi su di noi. Come minimo, non rivedresti più lui o i tuoi soldi. Nella peggiore delle ipotesi, non vedrai più niente. Saremo tutti morti."

Gia dondolò avanti e indietro sulla sedia, chiaramente traumatizzata. "Credi che mio marito sia un assassino?"

"Non lo sappiamo con certezza, ma è coinvolto in qualche modo. Per quale altro motivo dovrebbe avere il portafogli?"

Gia si strinse nelle spalle. "Probabilmente l'ha trovato su una spiaggia, o qualcosa del genere."

"Forse, forse no," aggiunse Jace. "La barca dei Bukowski è bruciata in un incendio. Eppure il portafogli non è danneggiato né dal fuoco né dall'acqua. Quante sono le probabilità?"

"Presumiamo il peggio e speriamo per il meglio," disse Zio Harry. "Almeno riguardo al portafogli. Per il resto, siamo a bordo di uno yacht rubato, quindi è meglio presumere che Raffaele ne sappia qualcosa."

"Non puoi semplicemente supporre—"

"Gia, tutta la sua storia di come sia arrivato in barca dall'Italia è una menzogna," disse Kat. "La barca è stata rubata un mese fa nello stato di Washington. Ho già dimostrato che Raffaele ha mentito su questo. La domanda è su che cos'altro sta mentendo?"

Una lacrima rotolò giù lungo la guancia di Gia. "Non posso credere di aver appena sposato un bugiardo. Come ho fatto a essere così stupida?" Nascose il viso tra le mani e singhiozzò.

"Mi dispiace." Forse dire la verità a Gia era stato un errore. Raffaele avrebbe capito di essere stato smascherato solo guardandola.

Gia sollevò la testa e fissò Kat. "Ma la cosa più importante è perché diavolo non mi hai fermata?"

Kat non sarebbe riuscita a fermarla a prescindere, ma Gia non riusciva a capirlo, così si limitò a stringersi nelle spalle. "Sono davvero dispiaciuta, Gia. Avrei dovuto fare di più."

"Che cosa sappiamo, Kat?" Zio Harry si grattò la testa. "Siamo in combutta con un criminale. Ci troviamo su una barca rubata. E se fossimo arrestati anche noi?"

"Non succederà," disse Kat. "Siamo anche vittime di Raffaele."

Zio Harry sembrava mortificato. "Oh, giusto. Ha i miei soldi. Forse dovremmo solo abbandonare la nave."

"Non possiamo permettere che se ne vada," disse Kat. "Non solo ha i vostri soldi, ma ha anche il portafogli di una donna morta e nessuna ragione logica per averlo."

"Su questo non si discute," disse Jace.

Kat si sporse in avanti e abbassò la voce. "Dobbiamo portare via da qui lo yacht e informare le autorità. Ci serve una scusa per tornare a casa prima."

"Come un problema meccanico o qualcosa del genere?" chiese Zio Harry.

"Qualcosa di quel tipo, anche se non vedo come potremmo fingere una cosa simile." Ancora non era riuscita a capire se Pete facesse parte del piano di Raffaele o no. "Forse uno di noi potrebbe fingere di stare male. Dev'essere grave abbastanza da farci tornare prima in porto."

"Posso farlo io," disse Gia. "Davvero, visto che mi sento male per i miei soldi. Li rivedremo mai?"

"Se torniamo indietro in tempo, forse." Kat non ne era del tutto certa. "I truffatori di solito spostano i soldi fuori portata piuttosto in fretta. Ma c'è sempre speranza."

"Almeno abbiamo la speranza," le fece eco Zio Harry.

Una speranza esigua, ma era meglio di niente. Kat temeva che fosse già troppo tardi. "Ecco che cosa faremo."

CAPITOLO 33

"Non torneremo indietro prima." Raffaele non aveva intenzione di tornare a Vancouver. Era troppo rischioso. La sua fotografia era su tutti i telegiornali locali ed era certo che sarebbe stato riconosciuto. Tastò la tasca della giacca. Tutto quello che gli serviva era lì dentro. Il passaporto, i soldi e le password della banca. Era ora di ricominciare da capo.

Gia tirò fuori i vestiti dall'armadio e li lanciò in un borsone sul letto. "Dobbiamo tornare indietro. Questo viaggio in Costa Rica è spuntato fuori troppo all'improvviso. Mi sono portata medicine a sufficienza solo per un weekend. Non posso andare senza altre medicine."

"Puoi prendere tutto là, bellissima." Non l'aveva mai vista prendere medicine e non aveva idea di cosa le servisse. Inoltre non gli importava davvero.

"No, Raffaele. Ho la scorta ancora per un giorno. Me ne servono abbastanza per tutta la navigazione, più qualcuna di scorta per sicurezza. Dobbiamo tornare indietro." Gia gli strinse le braccia attorno. "Non ci vorrà molto."

Qualsiasi ritardo sarebbe stato troppo. "Ti farò arrivare le medicine via corriere al nostro prossimo porto di attracco. Problema risolto."

"No, Raffaele. Inoltre devo sistemare alcuni affari per il salone. Ci vorranno solo un paio di giorni. Dobbiamo comunque tornare per riportare a casa Kat, Jace e Harry." Gli premette la guancia sul petto. "Ehi, cosa c'è nella tua tasca?"

"Niente. Non toccare."

"Che modo è di parlare?" Gia fece un passo indietro e lo guardò negli occhi. "Mi nascondi qualcosa."

"Non nascondo niente."

Ma la mano di Gia era già nella sua tasca. Estrasse la busta prima che lui potesse fermarla.

Il suo cuore prese a martellare mentre lei apriva la busta. Conteneva tre passaporti, biglietti aerei e abbastanza contanti da tenerlo fuori dai radar per qualche mese.

Gia estrasse i biglietti aerei e li studiò. "Cosa sono? Ehi, chi è Frank Buk—"

"Dammeli." Le strappò la busta dalle mani e se la ficcò in tasca.

"Fammi vedere." Gia tirò di nuovo fuori la busta dalla tasca. Corse fino al letto e gettò il contenuto sul copriletto damascato.

Il suo cuore sprofondò mentre lei afferrava i passaporti e li apriva con uno scatto.

"Perché hai questi?"

"Dammeli, Gia." Il suo passaporto falso era nella busta insieme a quello vero. Non aveva avuto scelta, aveva dovuto conservare la sua vera identità visto che i conti bancari in Costa Rica erano sotto il suo vero nome. Non aveva ancora spostato i soldi sul conto sotto la sua nuova identità.

Lei lo ignorò.

Sarebbe dovuto andare via prima dal paese, ma non si era aspettato di fare un colpo così grosso con Gia e i suoi amici. Ora aveva soldi a sufficienza per vivere una vita agiata in Costa Rica. Non avrebbe lavorato un altro giorno della sua esistenza. Una volta arrivato al sicuro lì, sarebbe stato fuori portata e intoccabile.

"Chi diavolo è Frank Bukowski?"

Se non lo sapeva già, l'avrebbe scoperto presto. Il suo nome era su tutti i notiziari, con la scoperta del corpo di Melinda. Doveva andarsene finché poteva.

"Raffaele? Rispondimi."

Aveva altri due passaporti. Uno sotto il nome di Raffaele e uno con un nome spagnolo. Avrebbe dovuto disfarsi del suo vero passaporto, ma temeva di averne bisogno, anche se aveva in programma di usare quelli falsi. Sarebbe entrato in Costa Rica attraverso un piccolo porto. Lì il suo passaporto sarebbe stato ispezionato solo visivamente, senza la scansione elettronica. I suoi documenti falsi avrebbero superato l'esame facilmente, a meno che qualcuno non lo riconoscesse. Se non si fosse comportato in modo da sollevare sospetti, sarebbe stato libero.

"Lo tengo io." Gia tenne il braccio in alto. "Almeno finché non mi dirai chi è Frank Bukowski e che cosa ci fanno qui il suo biglietto aereo e il suo passaporto."

Raffaele espirò. "É una storia lunga, te la racconto un altro giorno." Si arrampicò sugli specchi per inventare una storia. Almeno Gia non aveva aperto il passaporto per guardare la fotografia, così non aveva fatto il collegamento. Sembrava che non avesse visto i servizi in televisione. Era la sua salvezza, ma non sarebbe durata. Se fosse rimasto calmo, nessuno avrebbe avuto sospetti.

"No, Raffaele. Siamo soci in affari e ora siamo anche sposati. Non puoi nascondermi le cose."

"Non è come pensi, bellissima." Tese le braccia ma lei le allontanò con un gesto.

"Non mentirmi." Le lacrime le scendevano sulle guance mentre studiava i biglietti. "Due biglietti aerei per il Brasile? Che cos'è questa storia?"

"Non so di cosa parli. Non ti ho mentito su niente. Perché dovrei mentire a mia moglie?"

"Non hai risposto alla mia domanda." Gia sollevò il biglietto e lo studio. "Come con Maria e chissà chi altri. Mi tradisci."

Raffaele rise, sollevato che Gia non avesse indovinato la verità. "Sai che non ti tradirei e non ti mentirei mai, bellissima."

"In realtà non lo so. Mi stai mentendo proprio adesso." Gia tolse l'anello e lo tirò sul letto. "Non mi dirai nemmeno la verità."

"Solo perché questo rovinerebbe la mia sorpresa per te." La sua mente galoppava alla ricerca di una scusa. Aveva permesso all'avidità di avere la meglio su di lui. Ma comunque, il viaggio era stato più redditizio di quanto avesse previsto, visto che aveva ottenuto investimenti da più di una persona a bordo. La sua fortuna però si stava esaurendo. Era meglio fuggire finché poteva.

Gia si fermò prima parlare e si asciugò una lacrima. "Quale sorpresa?"

"I biglietti sono per mio cugino Frank e sua moglie. Li ho comprati così che possano venire a incontrarti. Ora ho rovinato la sorpresa."

"Ma non capisco. Vivono in Italia, non in Canada." La fronte di Gia si increspò. "Perché hai tu i loro biglietti?"

"Sono solo copie, perché li ho pagati io. Mio cugino ha già i loro biglietti." Era una forzatura ma Gia credeva praticamente a tutto quello che lui diceva.

"Ma questi biglietti sono da Vancouver a Rio de Janeiro. Noi stiamo andando in Costa Rica. Come posso credere a quello che dici se continui a cambiare versione?"

"Ho prenotati i biglietti prima che venisse fuori l'incontro in Costa Rica." Gia doveva aver frugato nelle sue tasche, il che significava che sospettava qualcosa. Si tamburellò la fronte. "Me n'ero dimenticato. Dovrò sostituirli."

Gia lo fissava con sguardo assente.

"Voglio che tu li incontri, ma visto che non torneremo in Italia per qualche mese pensavo che questa fosse la risposta." Le rivolse quello che sperava fosse un sorriso docile. "Non vedono l'ora di conoscerti."

"Davvero?" Gia si tamponò le guance bagnate di lacrime.

"Non posso fare a meno di parlare di te, quindi ovviamente sono curiosi." Raffaele tese le braccia aperte. "Ora vieni qui."

Gia corse tra le sue braccia. "Oh, Raffaele, mi dispiace così tanto. Come ho potuto non fidarmi di te?" Nascose il viso nel suo petto. "Mi sento malissimo."

"No, sono io che dovrei essere dispiaciuto. Mi rendo conto adesso di come debba essere sembrato." Era così bravo a improvvisare stronzate che impressionava perfino sé stesso. "La prossima volta ci rifletterò meglio prima di fare una cosa simile. Ma è solo una parte della sorpresa."

"C'è altro?" Gli angoli della bocca di Gia si sollevarono in un sorriso. "Non ho mai davvero dubitato di te, ma non riuscivo a capire chi fossero quelle persone. Immagino di essere saltata alle conclusioni."

Gia era così credulona, aveva abboccato alla sua bugia. Questo gli avrebbe fatto guadagnare tempo, ma era chiaro che doveva fare la sua uscita il più presto possibile. Quel tizio, Fratello XII, aveva capito come andavano le cose. Aveva preso quello che aveva potuto e aveva capito quando era il momento di mollare. I soldi facili non erano più così facili.

"Solo una cosa, bellissima. Abbiamo un programma molto stretto, questo vuol dire che non possiamo tornare a Vancouver dopo tutto."

"E gli altri? Dobbiamo riportarli indietro."

"Li lasceremo a Friday Harbor domani mattina. Farò in modo che un volo charter li riporti a Vancouver da lì." Non aveva intenzione di tornare nel porto in cui aveva rubato lo yacht, ma non c'era bisogno che Gia lo sapesse.

"Ma Raffaele, le mie medicine, ricordi? Ne ho bisogno. Ci vorranno solo poche ore per tornare a Vancouver. Possiamo sempre partire prima."

Scosse la testa. "Il mio medico personale sistemerà tutto. Le tue medicine verranno consegnate alla nave quando attraccheremo a

Friday Harbor." Le diede una pacca sul sedere formoso. Il grasso in eccesso di Gia probabilmente l'avrebbe fatta galleggiare meglio di Melinda. Avrebbe dovuto appesantirla abbastanza da farla affondare. "Scrivi quello che ti serve e manderò tutto a lui."

"Ma Vancouver è una breve deviazione. Non capisco perché non possiamo—"

"Rilassati, bellissima. Mi prenderò cura di tutto." Di lì a qualche ora, i suoi problemi sarebbero scomparsi per sempre.

CAPITOLO 34

G ia frugò nell'armadio di Raffaele mentre Kat restava di guardia alla porta.

Kat studiò la sua amica. "Hai davvero fatto centro con quei passaporti. Sei sicura di non avergli fatto capire niente?"

"Non credo che abbia capito, Kat. Anche se hai ragione ed è Frank Bukowski, non è un assassino. Non può essere." Gia fece una pausa, la mano in una tasca mentre frugava tra i vestiti di Raffaele.

"I fatti non mentono. Le persone normali non hanno identità multiple. Ho sempre pensato che il suo nome fosse inventato. Ora abbiamo le prove." Raffaele Amore sembrava il nome di uno di quegli eroi strappa-corsetti raffigurati a petto nudo sulle copertine dei romanzi d'amore.

"Cosa c'è che non va con Raffaele Amore? Suona romantico. Gia Amore suona molto meglio di Gia Camilletti. E non voglio continuare a cercare." Gia protestò. "Ogni nuova scoperta mi deprime di più."

"Meglio il diavolo che conosci che quello che non conosci." Kat non poteva biasimare Gia, nemmeno un po'. Una storia d'amore travolgente, un matrimonio e un tradimento tutto nell'arco di poche settimane. Era la stoffa di cui erano intessuti i brutti film. "Una volta che avrai finito coi vestiti, controlla le scarpe, specialmente sotto le solette."

"Le solette? Cosa potrebbe nascondere lì?"

Kat fece cenno a Gia di tornare all'armadio. "Finirò il resto dei cassetti. Poi guarderemo sotto il tappeto."

"Ti è già capitato di fare una cosa del genere. Da quando i contabili forensi frugano negli armadi della gente?"

"Ordinaria amministrazione." Non avevano tempo da perdere. Raffaele sarebbe potuto tornare in ogni momento e coglierle sul fatto.

"Mi sono sempre immaginata che passassi il tempo a fare calcoli," disse Gia. "Se la mia vita non fosse rovinata, potrei perfino trovarlo divertente."

Kat avrebbe preferito perquisire tutto da sola e risparmiare a Gia il dolore, ma non c'era abbastanza tempo. Gia non era la persona più meticolosa che conoscesse, ma era completamente concentrata sul loro obiettivo.

La sola preoccupazione di Kat era l'esitazione di Gia riguardo a Raffaele. Esercitava ancora un certo potere su di lei e giocava con le sue emozioni. Gia desiderava così ardentemente poter credere alla sua versione della storia al punto da ignorare alcune bugie che aveva proprio sotto il naso. Comunque collaborava quando Raffaele non era in vista, anche se in maniera riluttante.

La perquisizione della cabina non serviva solo per incriminare Raffaele. Kat doveva assicurarsi che non ci fossero armi nella stanza. Inoltre Kat sperava di poter trovare altre prove compromettenti. Se le avessero trovate, avrebbe potuto convincere Gia una volta per tutte che Raffaele era un truffatore. Kat sperava anche di trovare dei resoconti bancari per recuperare i loro soldi, ma quella era una possibilità remota. Nel caso peggiore, se i soldi fossero già spariti, i documenti bancari potevano provare il crimine.

La loro ricerca doveva ancora portare a qualcosa. "Sei in fase di negazione, Gia. Ha già preso i tuoi soldi, che mi dici della tua vita? Corriamo un pericolo reale fino a quando non scenderemo da questa barca."

"Possiamo andarcene col gommone. Problema risolto."

"Non riguarda solo noi. Scappare non lo consegna alla giustizia."

"Non spetta a noi consegnarlo." Gia tirò su col naso.

"Se non a noi, allora a chi? Pensa a quella bambina. Ha ucciso la sua stessa figlia. Per non parlare di sua moglie. Perché dovrebbe essere diverso con te?" Finché Gia fosse stata in dubbio e fosse rimasta con Raffaele, aveva davanti a sé una morte quasi certa. "Non possiamo permettere che se ne vada."

"Non lo farà. Non credo ancora che sia un assassino però. Dev'esserci una spiegazione logica per tutto. Forse non è davvero Raffaele, ma chiunque sia, lo amo, Kat. So che è stupido, ma non posso farci niente." La voce di Gia si spezzò mentre passava il passaporto a Kat. "Anche con questo."

Kat rimase a bocca aperta. "Avevi detto che se l'era ripreso."

"L'ha fatto. Ma poi l'ho ripescato dopo, quando era distratto. Era così concentrato nel fare pace con me che non si è nemmeno accorto della mia mano nella sua tasca."

"Gia, sei un genio. Dove hai imparato a borseggiare?"

"Diciamo che sono una donna dai molti talenti." Sospirò. "In qualche modo vorrei non averlo preso, però. Nel profondo del cuore so che hai ragione, ma non voglio rovinare i miei sogni più di così. Probabilmente c'è più di una persona al mondo che si chiama Frank Bukowski."

"Meglio saperlo che non saperlo. Almeno puoi proteggerti." Kat aprì il passaporto alla pagina della fotografia. Il volto di Raffaele la fissava dal passaporto di Frank Bukowski. "Non puoi avere ancora dei dubbi, Gia."

Gia scosse la testa. "So che è un truffatore. Ma spero che il

Raffaele finto mi ami. Magari quello è il suo gemello o qualcosa del genere. Ha detto che Frank è suo cugino…"

"Niente di quello che racconta è reale, Gia. Ti sei innamorata di una persona che non esiste." Indicò la foto sul passaporto di Frank. "Vedi quel ciuffo ribelle? È identico a quello nei suoi capelli. E che mi dici di quella voglia? È uguale alla sua."

"Probabilmente hai ragione." Le spalle di Gia si afflosciarono. "Immagino di non conoscerlo affatto. Come ho potuto essere così stupida?"

"Non sei stupida. Sei stata abbastanza intelligente da prendere il suo passaporto, e hai preso quello giusto. È stato un colpo di genio. Ora che sappiamo che è un imbroglione, sappiamo cosa fare. Non può scappare."

"Può ancora, visto che ho preso solo un passaporto. Se avessi preso gli altri l'avrebbe notato di sicuro."

"Potrebbe avere un passaporto a nome Raffele Amore." Molti truffatori non arrivavano al punto da avere un passaporto falso, anche se è possibile comprarne uno facilmente, conoscendo le persone giuste. Ma la maggior parte degli artisti della contraffazione non erano assassini a sangue freddo.

Il labbro inferiore di Gia tremò mentre si sedeva lentamente sul letto. "Come ho fatto a farmi imbrogliare da lui? Mi sento un tale fallimento. Ho ipotecato il salone e ho dato a quel cretino tutti i miei risparmi. Come farò a recuperarli?" Gia colpì il materasso con il pugno.

"Troveremo un modo." A ogni granello di informazione che racimolava, Kat dubitava sempre più delle sue stesse parole. Raffaele —o Frank—sembrava essere un assassino a sangue freddo con un piano ben congegnato. Un piano di cui ora facevano tutti parte.

Gia si alzò e iniziò a passeggiare avanti e indietro. "Non gliela farò passare liscia."

La sete di vendetta di Gia sarebbe stata utile prima. Ora il suo desiderio di rivalsa poteva mettere a repentaglio la loro sicurezza.

Col senno di poi erano stati fortunati a non scoprire la vera identità di Raffaele fino a quel momento. "Se lo affrontassimo, ucciderebbe anche noi."

"Per lo meno rivoglio i miei soldi. C'è qualche speranza per questo?"

"Forse." Kat ne dubitava seriamente. "Quanto hai perso esattamente?"

"Abbastanza da dover lavorare finché avrò ottant'anni solo per ripagare l'ipoteca."

"Mi farò venire in mente qualcosa." Kat sospirò. Avevano già passato venti minuti nella cabina a cercare. Jace stava tenendo Raffaele impegnato con delle domande, ma non sarebbe durata a lungo. "Dovremmo tornare sul ponte. Raffaele si starà chiedendo che cosa abbiamo in mente."

"Pensa che stiamo guardando i vestiti."

"Lo siamo facendo."

"I miei vestiti, non i suoi." Gia sospirò. "Non puoi hackerare il suo conto o qualcosa di simile?"

"Non abbiamo abbastanza tempo. Anche se l'avessimo, dubito che i soldi siano in un conto bancario sotto il suo vero nome." Kat fece una pausa. "Informeremo la polizia e lasceremo che se ne occupino loro, ma prima dobbiamo togliergli la possibilità di scappare." Una volta che sicuri che non avesse accesso ad alcuna arma, lo avrebbero rinchiuso a bordo.

Gia fece una smorfia. "Non riesco a credere di aver sposato quello stronzo. Sono una tale idiota, ho creduto a tutto."

"Non sei sola, Gia. Sarebbe potuto succedere a chiunque." Kat controllò l'orologio. "Finiamo la nostra ricerca." Si voltò versò i cassetti della scrivania. Era al terzo cassetto quando sentì qualcosa incastrato in fondo. Tirò e fu ricompensata con una scatola di cartone della dimensione di un pacchetto di sigarette. La aprì e non riuscì a credere ai suoi occhi. "Gia, guarda qua."

Gia quasi cadde all'indietro. La scatola conteneva sei anelli di diamanti, tutti identici. Guardò la sua mano e poi tornò a guardare la scatola. "Sono tutti come il mio anello di fidanzamento. Perché ha tutti questi anelli?"

Kat sollevò le sopracciglia. "Sono certa che tu abbia qualche idea." Gli anelli di platino e diamanti erano da togliere il fiato, ciascuno con un solitario da due carati. In fondo alla scatola c'era un foglio piegato. Lo tirò fuori e lo aprì. La fattura indicava sette anelli d'argento con zirconi provenienti da una compagnia di Hong Kong. Rimise il foglio nella scatola. Il cuore di Gia era già spezzato, non c'era bisogno di farla sentire ancora peggio.

Il finto anello di fidanzamento di Gia era una prova sufficiente. Raffaele era proprio come ogni altro viscido imbroglione che aveva incontrato nelle sue indagini per frode. Riusciva a individuarli a un chilometro di distanza con le loro auto fiammanti, i vestiti firmati e i regali stravaganti. Sempre comprati coi soldi di qualcun'altro.

"Vuoi dire che mi aveva presa di mira fin dall'inizio?" Gia sussultò. "Tutto il turbine del mio corteggiamento era premeditato?"

Kat annuì. "Non so come ti abbia trovata, ma so perché. I tuoi risparmi, la tua attività di successo."

"Mi ha seguita? Quel bastardo!" La voce di Gia si alzò e ruppe in singhiozzi. "Immagino di non contare niente per lui."

"Gia, abbassa la voce. Non vogliamo che venga qui."

Gia finalmente era convinta. Era una buona cosa, perché una Gia tradita e che meditava vendetta era un'arma segreta potente che non avrebbe augurato di incontrare neanche al suo peggior nemico.

Gia si asciugò le lacrime sulla manica e la sua espressione si illuminò. "Almeno possiamo recuperare un po' di soldi con questi anelli." Gia guardò speranzosa verso Kat.

Silenzio.

"Anche gli anelli sono falsi?"

Kat annuì.

"Non mi ama, vero? Probabilmente non gli piaccio neppure."

Una singola lacrima cadde dagli occhi di Gia. "Sono solo una tra tante, non è così?"

"Temo di sì. Dobbiamo fermarlo." I soldi rubati erano l'ultimo dei loro problemi. Raffaele—o Frank—aveva già commesso il più efferato dei crimini uccidendo sua moglie e sua figlia. La sua ultima moglie era certamente la sua prossima vittima.

"Come faccio a tenermelo per me?" Gia picchiò il piede a terra. "Voglio ucciderlo."

Kat finì con i cassetti e rivolse l'attenzione a un angolo del tappeto che era stato strappato via dal battiscopa. Lo tirò indietro lentamente, chiedendosi se Raffaele l'avesse usato come nascondiglio per dei documenti, o magari dei soldi. "Devi trattenerti, Gia. Anche se non vedi l'ora. Se dici qualcosa adesso la farà franca per i suoi crimini, te l'assicuro." E ne avrebbe commessi altri.

"Farla franca con cosa?" Raffaele era sulla porta, le braccia incrociate. Guardava storto Kat.

Kat balzò in piedi e rabbrividì. Non aveva sentito la porta aprirsi.

"S-sei già tornato?" Gia balbettò mentre scattava per fronteggiare Raffaele. "Credevo fossi di sopra." Emise una risata nervosa. "Stavamo solo parlando di—"

"Come alcune persone siano ordinate e altre no." Kat finì la frase. "Per esempio, io e Jace. Lui è ordinatissimo, mentre io sono disordinata. Sta sempre a riordinare il mio casino."

Raffaele interruppe. "Perché stavi sollevando il tappeto? Hai perso qualcosa?"

"Kat mi stava aiutando a cercare il mio orecchino."

Il cuore di Kat martellava così forte che la sua camicetta si muoveva a ogni battito. Era grata che a Gia fosse venuta in mente una scusa così in fretta. Aveva ancora una mano sul tappeto che aveva tirato su. Restò paralizzata, temendo che ogni movimento potesse rivelare le sue azioni.

Raffaele si avvicinò e studiò le orecchie di Gia. "Qui ci sono tutti e due gli orecchini. Li hai indosso."

Colte sul fatto. Un leggero velo di sudore apparve sul labbro superiore di Kat.

Gia lo punzecchiò con un dito al centro del petto. "Non quelli che ho addosso, sciocchino. Gli altri."

"Quali?"

"I miei orecchini di diamanti e smeraldi. Li stavo mostrando a Kat quando ne ha fatto cadere uno. Devo trovarlo." Gia estrasse una scatola dalla borsa e ne fece saltare via uno furtivamente con l'unghia. Cadde in fondo alla sua borsa.

"Odio perdere le cose." Raffaele accarezzò il mento di Gia. "Vi lascio tornare alle vostre faccende. Non metteteci troppo però. Ho una sorpresa sul ponte."

Kat rabbrividì involontariamente.

"Torneremo su tra un paio di minuti." Gia lo baciò sulla guancia. "Ricomincia la ricerca."

"Come vuoi." Raffaele arretrò verso la porta.

Kat aspettò finché i passi di Raffaele non si spensero lungo il corridoio. "Molto convincente."

"Grazie." Gia fece un sorriso a trentadue denti sollevando la borsa. "Seriamente, però—ora devo trovare quell'orecchino in fondo alla borsetta. Prima di fare altre perquisizioni."

"Certo."

Gia scaricò il contenuto della borsa sul letto e passò al setaccio gli oggetti uno a uno.

"Trovato." Gia ripescò l'orecchino e lo mostrò a Kat. "Ora che facciamo?"

Kat si portò l'indice alle labbra. "Guarda tra le cose di Raffaele in bagno. Vedi cosa trovi."

"Tipo? Un altro passaporto?"

"Non si può mai sapere. Magari ci sono dei contanti, o degli assegni o cose simili. Non dimenticare che ti nasconde queste cose mentre dividete la stessa stanza. Il bagno è un nascondiglio perfetto. Guarda dove non ti verrebbe mai in mente di cercare."

"Beh, se mi sta nascondendo delle cose, perché nasconderle qui dentro?"

"Perché ha bisogno di poterle recuperare velocemente se necessario. Non può lasciare le sue cose nelle aree comuni, come la cucina—"

Gia la corresse. "Cambusa, non cucina. Mi mancherà così tanto non avere uno yacht. Perché le cose non hanno funzionato con lui?"

"È un ladro, ricordi? Preferiresti andare in prigione con lui, Gia?"

Gia scosse la testa. "Rivoglio solo i miei soldi. Avrei dovuto ascoltarti fin dall'inizio. Anche se è stato divertente."

"È tutto un'illusione, Gia. Scommetto che questo yacht costa una fortuna in carburante. Da dove vengono i soldi per il carburante?"

"Credi che stia spendendo i miei soldi?" Gia rimase a bocca aperta.

"Non lo credo, lo so. Prima lo fermeremo, più chance avremo di recuperare quello che è rimasto."

"Giusta osservazione." Le spalle di Gia si afflosciarono e lei scomparve nel bagno.

Gli uomini spesso nascondevano le cose in cantina o in garage, ma non c'era nessuno dei due luoghi su una nave. Il suo nascondiglio sullo yacht probabilmente era in un posto di cui poteva controllare l'accesso e dove aveva la possibilità di recuperare velocemente la sua roba. Le aree comuni erano accessibili all'equipaggio e agli ospiti, quindi la sua cabina era la sola scelta logica.

Gia emerse dal bagno. Uno sguardo al suo viso disse a Kat che era di nuovo sconvolta. "Che succede?"

"Non ho intenzione di toccarlo. Vieni a vedere."

Kat seguì Gia in bagno dove il coperchio della cassetta dello sciacquone era aperto e appoggiato contro il muro. Sbirciò dentro il serbatoio e imprecò tra i denti. C'era una busta di plastica. Da quello che poteva vedere, il contenuto includeva una corda e diverse paia di guanti di lattice.

Un kit da assassino.

Li aveva già usati sulla sua famiglia, o erano lì per un utilizzo futuro?

Gia indietreggiò fino alla porta. "Che diavolo è quella roba?"

"Ho alcune idee, nessuna positiva. L'hai toccato?"

Gia scosse la testa.

"Bene. Lascialo lì e rimetti a posto il coperchio."

Gia fece come le era stato detto. "Non posso stare qui dentro con lui, Kat. E se cercasse di uccidermi?"

"Beh, ci inventeremo qualcosa." In un modo o nell'altro, quella sarebbe stata la loro ultima notte a bordo dello yacht.

CAPITOLO 35

Kat era in piedi a prua e scandagliava l'orizzonte. Le previsioni meteo davano una tempesta di tuoni e lampi, inconsueta per la costa in estate avanzata. L'acqua era immobile, come se aspettasse la tempesta. Il sole del tardo pomeriggio si nascondeva dietro i cumuli bassi che si erano addensati in cielo nell'ora precedente. Avevano portato con loro un silenzio e un'oscurità opprimente. Anche i gabbiani avevano smesso di volare.

Guardò alle sue spalle, dove Gia e Zio Harry erano radunati attorno al tavolo. L'umore non era esattamente quello di una celebrazione. Anzi, era teso. Se Raffaele non l'aveva ancora notato, se ne sarebbe accorto presto. Il cambiamento era nell'aria, in più di un modo.

Zio Harry voltò la testa e la guardò. "Che cosa faremo?"

Kat lanciò un'occhiata in direzione del bar, dove Raffaele stava preparando dei drink. "State al gioco per adesso. Andrò sotto coperta tra qualche minuto. Aspettate dieci minuti e poi dite a tutti che state male. Poi venite da me nella mia cabina." Jace era seduto al bar e parlava con Raffaele. Non sarebbe riuscita a informare Jace in tempo, ma era certa che avrebbe capito quando avesse visto Harry allontanarsi.

Raffaele portò a Gia un martini e birre per tutti gli altri. Kat lo trovò strano, visto che non aveva chiesto loro che cosa volessero. Gli ci era voluto molto tempo per preparare un solo martini.

La perquisizione che Kat e Gia avevano condotto nella cabina non aveva portato ad altre sorprese. Il kit da omicida preoccupava Kat, ma almeno non avevano trovato altre armi nella stanza. Non trovare niente le aveva confortate; almeno alcune aree della barca erano sicure, anche se c'erano un sacco di altri nascondigli in cui non avevano guardato. Le cose sarebbero degenerate in fretta una volta smascherata la verità e il cambiamento nel comportamento di Raffaele indicava che il confronto era all'orizzonte.

Kat avrebbe voluto sapere di più sui rapporti tra Pete e Raffaele. Era suo complice o solo un mercenario?

All'improvviso, Raffaele si alzò. "Devo andare. L'equipaggio dice che c'è un problema." Baciò Gia sulla guancia e si diresse verso la prua.

Kat non aveva visto nessuno dell'equipaggio e Raffaele non aveva risposto al telefono. Probabilmente era solo un trucco. Rabbrividì involontariamente. "Andiamo dentro."

"Vado nella mia cabina," disse Gia. "All'improvviso non mi sento tanto bene."

Un'ora dopo Kat, Jace e Zio Harry erano seduti in salotto, paralizzati davanti allo schermo della TV. I tuoni rombavano fuori e i lampi saettavano in cielo. La tempesta era in pieno svolgimento.

Il conduttore del telegiornale delle sei del pomeriggio sedeva davanti a uno sfondo che mostrava la barca carbonizzata dei Bukowski e ricapitolava la storia della famiglia scomparsa.

Qualche secondo dopo, l'immagine staccò su una conferenza stampa della polizia. La portavoce della polizia era in piedi dietro un podio fiancheggiata da diversi agenti in uniforme. "Il medico legale ha dichiarato che le morti di Emily e Melinda Bukowski sono omicidi. La posizione di Frank Bukowski è ancora sconosciuta. La polizia è ansiosa di parlare con chiunque fosse in contatto con i Bukowski prima della loro scomparsa."

"Considerate il marito un sospettato per l'omicidio?" chiese una donna che non era inquadrata. "L'ottanta per cento delle volte è il marito, non è così?"

Una voce maschile forte si levò sopra le altre. "Il fuoco è la causa ufficiale del decesso? Come sono morte?"

La portavoce agitò una mano come per scacciare quelle domande. "Nessun'altra domanda per oggi. Vi aggiorneremo domani pomeriggio sugli eventuali sviluppi." Spense il microfono e scese dal podio mentre i reporter strillavano le loro domande.

L'inquadratura si spostò su un reporter sulla cinquantina con una calvizie incipiente, che stava in studio davanti a uno sfondo con un'immagine della barca bruciata dei Bukowski risalente a due settimane prima. Lo scafo carbonizzato era la sola parte ancora intatta dell'imbarcazione.

"La polizia non ha rilasciato commenti sulla causa della morte, tranne definirla sospetta. Frank Bukowski è ancora scomparso, anche se la polizia non l'ha ancora dichiarato sospettato."

"Date le circostanze sospette, però, è importante notare quello che la polizia non ha detto." Indicò lo scheletro bruciato della barca. "Gli esperti di incendi dolosi che abbiamo consultato hanno rivelato che le tracce lasciate dall'incendio indicano l'uso di un accelerante, come la benzina. In secondo luogo, chiunque abbia appiccato l'incendio si trovava sulla barca."

Jace e Zio Harry si scambiarono un'occhiata nervosa.

Kat tirò fuori il cellulare e fu costernata di scoprire che non c'era segnale. Avrebbero dovuto vedersela con Raffaele finché il servizio non fosse stato ripristinato abbastanza a lungo da chiamare aiuto.

La telecamera fece una panoramica verso il reporter per un

primo piano. "La polizia rifiuta di fare ipotesi riguardo a Frank Bukowski. Non è chiaro se sia un sospettato o una vittima del crimine. In situazioni come questa, il coniuge è sempre un sospettato ed essendo scomparso, non è possibile stabilire se sia ancora vivo. Comunque, quello che la polizia non dice rivela molte cose."

Kat afferrò il telecomando e spense il televisore. "Non possiamo permettere che Raffaele ci becchi a guardare questa roba. Se sapesse che abbiamo scoperto la sua identità, sarebbe costretto ad agire." Pensava ancora a lui come Raffaele e non Frank, nonostante quello che sapeva. "Spero che Gia stia bene, forse dovrei controllare."

Jace si strinse nelle spalle. "Probabilmente sta solo riposando. Dalle un po' di tempo."

"Ci serve un piano per superare le prossime ore," disse Kat. "E convincerlo a tornare a Vancouver."

Jace scosse la testa. "Non tornerà mai indietro. È un ricercato ed è sicuro di essere riconosciuto."

"Allora la nostra sola opzione è renderlo innocuo," disse lei. "Ma che mi dici dell'equipaggio? Non credo che Pete e gli altri facciano parte del piano di Raffaele. Ma se invece fosse così?"

"Allora siamo in pesante inferiorità numerica." Zio Harry si grattò la testa. "Loro sono cinque, incluso Pete. Con Raffaele fa sei. Contro tre di noi, quattro inclusa Gia."

La porta esterna si spalancò e una folata di vento soffiò nella stanza, seguita da Raffaele. Rimase in piedi alla porta. "Chi può darmi una mano? Abbiamo una perdita."

Kat aggrottò la fronte. Lo yacht non si era mosso da dove aveva gettato l'ancora ed era improbabile che uno yacht di così recente costruzione fosse in qualche modo carente quanto a manutenzione.

"Normalmente non è l'equipaggio a occuparsi di cose del genere?" chiese Harry.

"Sono già tutti impegnati a cercare di contenere la perdita."

Raffaele fece un passo indietro verso la porta. "Presto. La nave potrebbe affondare."

Kat incrociò lo sguardo di Jace. Se era vero, non potevano fare finta di niente. Non avevano altra scelta che seguire Raffaele. Se era un trucco, allora avrebbero dovuto mettersi in azione molto prima del previsto.

"Andiamo," Jace gesticolò perché Kat e Harry lo seguissero.

Kat camminava nella scia degli altri mentre si dirigevano verso il centro della barca. Rallentò mentre passavano davanti a una cassa di stoccaggio aperta. Sbirciò dentro.

La cassa conteneva giubbotti salvagente e altri kit di sopravvivenza. Si fermò. Se lo yacht rischiava di affondare, avrebbero dovuto prendere i giubbotti per precauzione. Allungò una mano nella scatola e rimase paralizzata quando un luccichio metallico attrasse il suo sguardo.

Spinse da parte il giubbotto più in alto e rimase a fissare una pistola. Era in cima alla pila di giubbotti di salvataggio. Non sapeva quasi niente di pistole, tranne che avevano un unico scopo: uccidere le persone. Risistemò i giubbotti e diede un'occhiata più da vicino, facendo attenzione a non toccare la pistola.

Era la pistola di Raffaele o apparteneva al proprietario della barca? Era uno strano posto per tenere un'arma. La maggior parte della gente teneva le armi con sé, o almeno in stanze private, sotto chiave. Non aveva idea se i marinai portassero abitualmente armi, ma molti probabilmente si portavano una protezione quando viaggiavano in luoghi remoti. Però solo uno sciocco avrebbe buttato la propria pistola in una cassa non chiusa a chiave sul ponte.

Uno sciocco o qualcuno pronto a usarla.

Si piegò per dare un'occhiata più da vicino. Non aveva idea se l'arma fosse carica, né come controllare. Jace e Zio Harry probabilmente non ne sapevano più di lei. Considerò le sue opzioni. Poteva togliere la pistola per sicurezza, anche se questo avrebbe potuto allertare Raffaele. Se l'avesse lasciata lì però Raffaele avrebbe potuto usarla contro di loro.

Naturalmente Raffaele poteva non sapere niente degli oggetti nella cassa visto che non era nemmeno il suo yacht. Comunque, dal momento che la cassa era aperta, quasi certamente era stato lui a mettere lì la pistola o sapeva della sua esistenza.

Kat guardò verso gli uomini, che ormai erano a una decina di metri da lei. Si voltò verso la cassa e spostò i giubbotti da una parte all'altra per vedere meglio il contenuto. Sul fondo c'era una corda arrotolata. Questo non la allarmò, finché non vide gli altri oggetti.

Per poco non le sfuggì un grido quando vide l'accetta, la motosega e una scatola di guanti di lattice.

"Kat?" Jace la incitò a seguirli. "Vieni."

Gli fece cenno di proseguire. Doveva spostare la pistola e l'accetta, ma non sapeva dove nasconderli. Il posto più sicuro era la sua cabina, ma avevano pianificato di restare insieme. Andarsene adesso poteva mettere a repentaglio la loro sicurezza.

"Kat, sbrigati." Jace era in piedi alla porta.

Afferrò l'accetta e la spinse sotto il cuscino di uno dei divanetti. Sarebbe tornata a prenderla dopo. Si infilò la canna della pistola nella cintura dei jeans come aveva visto fare nei film. Sperò ardentemente che non facesse fuoco. Non aveva idea se la pistola fosse carica, e nemmeno era in grado di capire se la sicura era inserita. Camminò rigidamente verso Jace, pietrificata all'idea che la pistola potesse sparare accidentalmente.

Jace corrugò la fronte mentre le teneva la porta aperta. "Dovremmo restare insieme."

Kat annuì e fece scendere lo sguardo verso la cintura. Mentre gli occhi di Jace erano fissi nei suoi, sollevò la camicia e gli mostrò la pistola infilata nei jeans.

"Ma che diavolo, Kat?" Jace fissava la pistola. "Potresti farci uccidere."

Era difficile spiegare come si fosse trasformata in un pirata con pochi sussurri, quindi non ci provò nemmeno. Invece si concentrò sul compito che avevano davanti: neutralizzare un uomo disperato e prendere il controllo di una barca che non era la loro.

Almeno Jace sapeva che aveva la pistola, anche se non sapeva che poteva non essere carica. Raffaele invece lo sapeva, quindi usarla come minaccia poteva essere rischioso. Seguì Jace mentre entravano nel passaggio che portava alla sala macchine. Raffaele e Zio Harry aspettavano dentro.

"Dobbiamo dividerci e conquistare. C'è una perdita nello yacht e la pompa di sentina è rotta." Raffaele indicò Kat e Harry. "Voi due, controllate la sala macchine e impedite all'acqua di entrare. Io e Jace cercheremo di sigillare lo scafo."

Kat esitò, ma non potevano rifiutarsi di eseguire le istruzioni di Raffaele se lo yacht stava davvero imbarcando acqua. "Siamo rimasti ancorati qui tutto il tempo. Come mai all'improvviso c'è una perdita?" La maggior parte delle imbarcazioni di quelle dimensioni avevano un doppio scafo per prevenire situazioni di quel genere. Lo sapeva perfino lei. Anche le probabilità che la pompa di sentina non funzionasse erano scarse.

"Cercheremo di capirlo più tardi," disse Raffaele. "Ogni secondo che sprechiamo peggiora la situazione. Andate lì dentro e iniziate a sgottare."

Kat seguì suo zio oltra la porta e dentro la sala motori. Era più pulito di quanto si fosse aspettata, ma non c'erano finestre. Luci violente e fluorescenti illuminavano il pavimento facendolo scintillare. Era scivoloso a causa dell'acqua.

Comunque fosse entrata l'acqua, Kat doveva collaborare. Fare qualcosa di diverso da buttare fuori l'acqua da una barca che stava affondando avrebbe fatto nascere dei sospetti ovvi in Raffaele. Decise di non estrarre la pistola. Visto che non sapeva come usarla, quasi certamente sarebbe stato un disastro.

"Non so da dove venga l'acqua." Scandagliò la stanza alla ricerca di un secchio o qualcosa con cui poter allontanare l'acqua ma non trovò niente. Un secchio sarebbe stato poco pratico tanto per cominciare, visto che c'era solo qualche centimetro d'acqua sul pavimento. Si voltò verso Zio Harry. "Dovremmo sgottare la sentina, non la sala macchine."

Non c'era nemmeno un posto in cui svuotare l'acqua. Kat si rese conto che Raffaele li aveva separati per poter mettere fuori gioco Jace. Sarebbe tornato dopo per lei e Zio Harry. Il cuore prese a martellarle nel petto quando si rese conto che non vedeva Gia da più di un'ora. Se la situazione era così disperata, perché Raffaele l'aveva lasciata a dormire in cabina?

Lontana dalla vista di Raffaele, poteva almeno mostrare la pistola a suo zio. Forse lui sapeva come usarla.

Per fortuna, era così. "Dove l'hai presa?" Controllò la sicura, poi aprì la camera. Si rigirò la pistola tra le mani. "È carica."

Raccontò dei suoi ritrovamenti tra i giubbotti di salvataggio. "Sei sicuro di saper sparare se necessario?"

"È passato un po', ma è come andare in bicicletta. Non è una cosa che si dimentica facilmente." Harry se la rigirò tra le mani e gliela restituì.

"No, tienila tu. Potremmo aver bisogno di usarla." Kat la allontanò con la mano. "Per te sarà più facile nasconderla."

"Stai dicendo che sono grasso?" Zio Harry si diede una pacca sullo stomaco. "Devo mangiare, come chiunque altro."

"Certo che no. È solo che il tuo gilet ha così tante tasche, Raffaele non la noterà."

"Vero." Harry tirò giù la zip del gilet e mise la pistola in una tasca interna. "Non premo un grilletto da decine di anni."

Il livello dell'acqua si alzò di un paio di centimetri. Allarmante, ma non certo una catastrofe. "Dubito che ci sia una perdita qui. L'acqua è troppo bassa. Forse è stato rovesciato qualcosa." In ogni caso, era strano che quel costoso yacht non avesse un sistema ausiliario. Forse qualcosa era stato staccato per errore.

Zio Harry si guardò intorno alla ricerca di strumenti che potessero servire ad allontanare l'acqua. "Anch'io non vedo dove sia il problema. Questa barca può sopportare un po' d'acqua."

Fuori non si sentivano le voci degli uomini, solo il picchiettio costante delle gocce. "Non è certo l'emergenza che Raffaele ha voluto farci credere."

"Ci ha mandati qui a perdere tempo." Zio Harry si voltò verso l'entrata. "Cerchiamo Jace."

Kat afferrò il braccio di suo zio. "Aspetta. Prima ci serve un piano."

Il suono di metallo su metallo stridette da qualche parte sopra di loro, seguito da un forte colpo.

Le mani di Zio Harry andarono a coprirgli le orecchie. "Cos'è stato?"

Lo sgocciolio dell'acqua era aumentato fino a diventare un flusso costante, come se fosse stato aperto un rubinetto. Si infiltrava nella sala macchine da sopra di loro, non da sotto. "Sta allagando la sala motori con l'acqua. Andiamo!"

Kat corse verso la porta e afferrò la maniglia. La girò, ma non si mosse.

Il livello dell'acqua cresceva rapidamente e ora le arrivava agli stinchi. La sala motori probabilmente era a tenuta stagna. Se era così, sarebbero affogati in pochi minuti a meno che non trovassero e fermassero la fonte dell'allagamento.

Sobbalzò quando un forte colpo echeggiò tra le pareti. Le luci si spensero così come il motore. Qualcuno aveva tagliato l'alimentazione.

C'era un assassino a piede libero e loro non potevano fermarlo.

CAPITOLO 36

L'acqua aveva raggiunto il livello delle cosce di Kat e continuava a salire. Fece scorrere il palmo sulla parete della stiva, cercando a tastoni una via per uscire. Aveva cercato su tutta la superficie per due volte negli ultimi quindici minuti. La sola possibile uscita era attraverso la porta chiusa. "Dobbiamo aprirla in qualche modo."

"Ci sto provando," la voce di Zio Harry era roca a forza di gridare. "Non trovo niente con cui fare leva."

I loro colpi alla porta e le loro grida non avevano ottenuto risposta da nessuno fuori. Il fatto che Jace non fosse andato a tirarli fuori era estremamente preoccupante. Sapeva che erano intrappolati e li avrebbe salvati se avesse potuto. Che cosa gli aveva fatto Raffaele?

"Hai la pistola. Puoi sparare alla porta?"

"É una porta di metallo. Hai visto troppi film. Quella non è la vita reale."

"Provaci comunque. Non abbiamo altre opzioni."

"Vale la pena tentare, immagino." Zio Harry tirò fuori la pistola dalla tasca del gilet. "Eccoci."

Rimosse la sicura, prese la mira e sparò. Il proiettile colpì la porta con un fragore metallico e rimbalzò su entrambe le pareti del portello prima di finire nell'acqua. Nella luce soffusa era impossibile stabilire se avesse centrato il bersaglio o no. La porta della stiva era ancora chiusa.

"Quanti colpi hai?"

"Non lo so. Dipende dalla pistola e non sono un esperto dei diversi tipi. E dipende se era completamente carica all'inizio. Non ho avuto tempo di controllare e ora è troppo buio per vedere."

L'acqua ora arrivava ai fianchi di Kat e l'aria umida era difficile da respirare. "Non dureremo molto qui dentro. Dev'esserci un modo per uscire." La claustrofobia la assalì, nonostante cercasse di non pensarci.

"Posso avvicinarmi alla porta. Potrebbe funzionare." Zio Harry guadò verso il portello.

"Sta attento, Zio Harry."

"Sai cos'è strano?"

"A parte il fatto che siamo bloccati qui dentro?"

"La barca non si sta inclinando," disse. "Se stesse imbarcando acqua, saremmo inclinati, ma non lo siamo. Eppure il livello dell'acqua si sta alzando."

L'innalzamento dell'acqua era preoccupante. Avevano al massimo altri cinque minuti prima che l'acqua raggiungesse il soffitto. "Potresti sparare in alto invece di mirare alla porta."

"Non scapperemo mai così."

"No, ma qualcuno ci sentirà." Un buco nel soffitto inoltre avrebbe fatto guadagnare loro un po' di tempo. Forse era di legno anziché di metallo.

Zio Harry cambiò posizione e mirò al soffitto. "Ecco che arriva."

Lo sparò partì prima che Kat avesse il tempo di rispondere. Non rimbalzò né riecheggiò questa volta. Il proiettile doveva essersi conficcato nel soffitto. Kat sperava ancora che fosse legno.

La pistola emise un click.

"Era l'ultimo proiettile." La voce di Harry aveva una nota di disperazione mentre tornava verso Kat. "Immagino ce ne fossero solo due."

Kat sentì la bile salirle in gola. Sarebbero morti lì dentro a meno che non fossero riusciti a drenare l'acqua. Probabilmente c'era il modo di farlo, ma né lei né Harry sapevano abbastanza di barche per sapere dove guardare. Immaginò un enorme tappo. Se solo fosse stato così semplice.

All'improvviso il portello si aprì e un raggio di luce brillò all'interno.

Kat tirò un sospiro di sollievo. Jace era andato a salvarli.

Una figura scura si accucciò accanto alla porta. "Venite qui." L'acqua si riversò fuori.

Non era Jace. Era Pete.

Kat sguazzò verso di lui più in fretta che poté. Zio Harry sciaguattava qualche metro dietro di lei.

"Presto, prima che arrivi Raffaele." Il volto di Pete era arrossato e sembrava arrabbiato mentre tirava Kat e poi Harry via dalla sala motori allagata.

Kat era sollevata di vedere la luce. L'energia elettrica era stata tagliata solo alla sala macchine, non a tutta la nave.

"Grazie a dio sei venuto a prenderci. Ci hai salvato la vita." Kat strizzò gli occhi mentre inciampava attraverso la porta. Il suo cuore mancò un colpo quando vide Jace. Aveva la faccia insanguinata e la camicia strappata. Era in piedi dietro Pete.

Trattenne a stento un grido mentre correva verso di lui e gli stringeva le braccia attorno.

Lui la strinse e la baciò.

"Dobbiamo chiudere l'acqua." Rabbrividì. "Dove si ferma?"

"Me ne sono già occupato." Pete fece un gesto verso il ponte. "Usciamo da qui."

"Raffaele sa che il suo segreto è allo scoperto." Jace la afferrò per le braccia per farle riprendere l'equilibrio. Aveva il naso insanguinato e la camicia strappata. "Non abbiamo molto tempo."

"Cos'è successo, Jace?" chiese Harry. "È stato Raffaele a farti questo?"

"Ha cercato di spingermi nella stiva ma ho reagito." Jace scosse la testa. "L'ho afferrato ma è riuscito a sfuggirmi. Credo che voglia appiccare il fuoco allo yacht. Dobbiamo fermarlo prima che sia troppo tardi."

Pete alzò una mano in segno di protesta. "Io e l'equipaggio non ci stiamo. Ce ne andiamo. Dovreste farlo anche voi."

"Non potete andarvene e lasciare che la faccia franca con un omicidio," disse Kat. "Dobbiamo prenderlo."

"Fate come volete, ma noi ne stiamo fuori." Pete si voltò e si diresse verso le scale.

"Fate la cosa giusta e aiutateci, Pete. Dobbiamo trattenerlo solo fino all'arrivo della polizia."

"Uh-uh." Pete guardò indietro mentre saliva le scale. "Io e i ragazzi non parliamo con i poliziotti. Saluti."

All'improvviso Kat si rese conto che Pete e l'equipaggio probabilmente avevano avuto problemi con la legge in passato. Chi altri sarebbe stato disposto a lavorare su una barca rubata? "Ok, va bene. Non chiameremo la polizia fin quando non ve ne sarete andati. Ma almeno aiutateci a catturarlo."

Pete si fermò.

"Ha già ucciso due persone, Pete. Se uno di noi dovesse morire…" Kat non riuscì a finire la frase.

"Ok, ma facciamo in fretta."

Jace indicò la poppa. "Aveva una latta di benzina. Credo fosse diretto verso la cambusa."

Emersero sul ponte e corsero verso la cambusa. Oltrepassarono quattro membri dell'equipaggio che li ignorarono di proposito mentre buttavano la loro roba nel gommone.

Pete si fermò per un momento, poi li seguì alle spalle di Zio Harry. Kat seguì a ruota gli uomini.

Raggiunsero la cambusa e trovarono Raffaele. Sul bancone

c'erano due grandi latte di benzina. Raffaele ne teneva una terza con entrambe le mani mentre la versava sul pavimento.

"Raffaele, mettila giù." Jace avanzò verso di lui.

Pete rimase immobile sulla porta.

Kat aveva la brutta sensazione che Pete non avrebbe mosso un dito.

Raffaele si raddrizzò e schernì Jace. "Prova a fermarmi." Sollevò la latta e la tirò verso Jace. Il liquido gli schizzò in faccia e sulla camicia.

Jace si portò le mani sulla faccia. "I miei occhi!"

Kat afferrò Jace e lo trascinò verso il lavandino. Aprì il rubinetto a piena potenza e mise le mani a coppa sotto il getto. Spruzzò il viso di Jace.

"Non darti tanta pena. Finirà tra le fiamme, proprio come te." Raffaele accese un fiammifero e sorrise. "È stato bello conoscervi."

$\mathscr{H}$arry puntò la pistola verso Raffaele. "Spegni quella cosa."

"Se mi spari, cadrò. E così il fiammifero." Raffaele camminò verso Harry e Pete. "Butta a terra la pistola e fammi passare."

Harry arretrò verso la porta mentre Raffaele avanzava. "Sta calmo."

Kat trattenne Jace che cercava di intervenire. "Sei coperto di benzina," sussurrò. "Brucerai se gli vai vicino."

Raffaele era a pochi centimetri da Zio Harry, il fiammifero ancora acceso. Afferrò un fascio di carte e lo accese col fiammifero. Spinse da parte gli uomini con la carta incendiata in mano. Afferrò la maniglia della porta e si voltò. Poi lanciò i fogli incendiati all'indietro.

Kat si preparò per l'esplosione.

Niente. I fogli atterrarono a diversi centimetri dalla benzina rovesciata. Le fiamme si trasformarono in braci, poi si estinsero.

All'improvviso Raffaele barcollò in avanti e poi cadde a terra.

"Bel lavoro," disse Pete.

Zio Harry si voltò verso Pete. "Non avevo intenzione di fargli lo sgambetto."

Raffaele giaceva faccia a terra per metà fuori dalla porta.

"Prendo della corda per legarlo," disse Pete.

"Aspetta!" Kat si rese conto con orrore che se Raffaele aveva un fiammifero probabilmente aveva una scatola di fiammiferi da qualche parte nelle tasche. "Ha ancora i fiammiferi. Portatelo fuori sul ponte."

Pete afferrò le braccia di Raffaele mentre si divincolava. Harry gli afferrò i piedi.

"Lasciami andare, Kat. Hanno bisogno del mio aiuto," disse Jace.

"No, prima pulisciti dalla benzina. Vado io." Kat corse verso gli altri uomini e afferrò una delle gambe di Raffaele. "Portiamolo nella vasca idromassaggio." Era un modo per bagnare i fiammiferi.

Jace non diede retta al suo consiglio, il che fu positivo, visto che Raffaele combatteva con le unghie e con i denti.

Quindici minuti dopo, collassarono tutti e quattro, esausti. Raffaele era imprigionato nella vasca da bagno. La sua schiena era appoggiata contro il bordo, in modo che non finisse sott'acqua. Gli avevano legato le gambe con le corde provenienti dalle casse di stoccaggio e le braccia con le fascette che Pete aveva trovato a bordo, da qualche parte. Ci erano voluti tutti e quattro per sottomettere Raffaele. O Frank, per meglio dire.

"Una scintilla e questa cosa salterà in aria. Andiamo al gommone," disse Pete.

Kat guardò in su verso il cielo mentre un tuono rombava a qualche chilometro di distanza.

Doveva convincere Pete a restare a bordo e non andarsene con l'equipaggio. Guardò verso il gommone e non riuscì a credere ai suoi occhi.

Il gommone era sparito.

Kat scandagliò l'acqua ma non era in vista da nessuna parte. L'equipaggio non aveva aspettato Pete. Probabilmente se n'erano andati ancora prima dell'alterco con Raffaele nella cambusa. Pete aveva pagato la sua scelta.

Pete e tutti gli altri notarono la stessa cosa. Era naturale, visto che il gommone era la loro sola via di fuga da una barca inzuppata di benzina e con la stiva allagata. L'equipaggio avrebbe avvisato le autorità? Probabilmente no.

Frank imprecò e si divincolò nella vasca idromassaggio. "Slegatemi e vi pagherò. Ne sarà valsa la pena, lo prometto."

Zio Harry sbuffò. "Ci pagherai coi nostri soldi? Non credo proprio."

"Dov'è Gia?" Kat girò su sé stessa. "Qualcuno ha controllato la sua cabina?" Sembrava passata un'eternità dall'ultima volta in cui l'aveva vista e con Frank immobilizzato, potevano lasciarlo da solo per un momento. Kat fece un gesto verso suo zio. "Andiamo da lei." Fece una pausa. "A seconda di come sta potremmo doverla portare di sopra."

Non avevano modo di scendere dallo yacht, ma almeno sarebbero stati insieme.

Jace e Pete restarono a fare la guardia a Raffaele. Kat e Zio Harry andarono sotto coperta.

CAPITOLO 38

*L*a cabina di Gia era buia. Kat e Harry si diressero verso il letto dove trovarono Gia priva di conoscenza.

Kat premette un orecchio sul petto di Gia. Se respirava, non riusciva a sentire niente, e non vedeva il petto alzarsi e abbassarsi. Scosse la sua amica ma non ottenne riposta. Raffaele doveva aver drogato il martini. "Gia, svegliati!"

Niente.

Kat stava per iniziare la rianimazione quando sentì un debole respiro sul viso. "Gia?" Scrollò la sua amica e fu ricompensata con un grugnito.

Gia improvvisamente tossì e deglutì a fatica.

Kat gettò un'occhiata preoccupata verso suo zio mentre la sollevava per metterla seduta. "Ha un aspetto orribile."

Gli occhi di Gia si spalancarono. "Sto per vomitare. Aiutami ad andare in bagno."

Kat e Zio Harry la sostennero dai lati e la accompagnarono. Si scambiarono un'occhiata nervosa. Kat le tenne indietro i capelli mentre era china sul water, in preda ai conati. Non potevano permettersi di aspettare, ma non potevano spostare Gia in quelle condizioni.

Un minuto dopo, la aiutarono a sedersi su una sedia. Lei si sfregò gli occhi. "La testa mi sta uccidendo. Non ricordo cos'è successo. Non berrò mai più."

Nonostante la gravità della situazione, Kat non riuscì a resistere al fare un po' di umorismo. "Lo dici tutte le volte."

"Oh, questa volta dico sul serio." Gia gemette. "Quanto ho bevuto?"

"Solo un martini."

"Solo uno?"

Kat annuì. "Sei stata drogata."

Gia spalancò gli occhi. "Com'è possibile? Non penserai che Raffaele…"

"Non lo penso, lo so. Ricordi la lettera modificata sulla barca? I passaporti?"

Gia annuì lentamente. "Quel bastardo mi ha drogato il drink?"

"Beh, certamente non è stato nessuno di noi," disse Zio Harry.

"Ma perché ha fatto una cosa del genere?"

"Te lo diremo più tardi," disse Kat. "Ora dobbiamo andare sul ponte e farti camminare. Devi smaltire quella roba."

"Non possiamo andarci dopo?" Gia si stese sul letto. "Sono davvero stanca. E frastornata."

"No, Gia." Harry la tirò per un braccio. "Dobbiamo andare adesso."

Fortunatamente Gia era troppo stanca per protestare e fece quello che le veniva chiesto. "Fate strada."

Zio Harry prese Gia sotto braccio e la condusse alla porta, seguendo Kat.

"Dov'è Raffaele? Voglio dirgli quello che penso." Le parole di Gia erano strascicate, ma stava recuperando le forze.

"È proprio dove stiamo andando noi," disse Kat. "Se fossi in te, non mi terrei dentro niente."

CAPITOLO 39

Frank batteva i denti mentre sfregava le mani legate dalla fascetta contro il bordo della vasca idromassaggio tentando di tagliarli. Kat fece scattare l'interruttore della vasca mentre lei, Gia e Zio Harry disponevano le sedie in cerchio attorno a Frank. L'acqua fredda ostacolò i suoi sforzi futili. Era come guardare un animale in gabbia quando sai come finirà la storia. Kat sentì una fitta di senso di colpa finché non ricordò la gravità dei crimini di Frank.

Pete era andato sul ponte a contattare la polizia via radio.

Gia era ancora intontita a causa del martini, ma ascoltò tranquillamente mentre Kat e Zio Harry le raccontavano gli eventi dell'ultima ora. A ogni nuova rivelazione sulle azioni di Frank, Gia si faceva più all'erta e spalancava sempre di più gli occhi.

Jace riemerse sul ponte. Si era cambiato i vestiti impregnati di benzina e aveva portato dei vestiti asciutti per Kat e Zio Harry. Kat non poteva andarsene nemmeno per una frazione di secondo per cambiarsi. Non poteva permettersi di perdere di vista Frank.

Le nuvole erano più basse e più vicine ora e il cielo era buio quasi come di notte. I tuoni e i lampi si erano spostati diversi chilometri a sud mentre il giorno si trasformava in sera. Aveva anche iniziato a piovere.

Zio Harry accese la radio del bar e alzò il volume. La radio esplose con una canzone degli AC/DC, ma competeva con le scariche elettrostatiche dovute alla pessima ricezione.

"Spegni quella merda," disse Frank.

"Cosa? Non riesco a sentirti." Zio Harry tirò il cavo di alimentazione e portò la radio verso la vasca idromassaggio e la tenne sopra Frank. "Ehi, la ricezione è migliore qui."

Gli occhi di Frank si spalancarono per il panico. "Allontana quella cosa da me. Mi folgorerai."

Zio Harry fece penzolare la radio avanti e indietro sopra Frank. "Ancora non riesco a sentirti."

Gia si alzò e ondeggiò leggermente. "Penso che abbiamo dimenticato qualcosa, Frank." Guardò in giù verso di lui mentre si agitava impotente nell'acqua.

"Cosa?"

"Hai già una moglie, non è così?" Gia fece cenno a Harry di portare la radio più vicina. Il cavo elettrico si tese mentre Harry lo tirava. Tenne la radio sopra Raffaele. Alanis Morissette cantava a squarciagola "Jagged Little Pill". "O dovrei dire, avevi."

Frank impallidì. "Non so di cosa parli. Metti giù la radio, Harry."

Harry posò la radio sul ponte, ma Gia la prese immediatamente.

"Non sai di cosa parlo? Andiamo Frank, so chi sei. Frank Bukowski non è un miliardario. Non è nemmeno un buon marito. Raffaele Amore non è altro che un'enorme bugia. Non crederò più a nessuna delle tue stronzate. Rivoglio i miei soldi."

"È troppo tardi." Raffaele fissò lo sguardo sulla radio mentre Gia la avvicinava. "I soldi sono già andati. Non li riavrai mai."

"Forse tu non uscirai mai da quella vasca."

Kat incrociò lo sguardo di Jace. Gia era una donna respinta. Una donna con un bel caratterino.

Le note finali di "Jagged Little Pill" suonavano mentre Gia portava la radio a pochi centimetri dalla vasca.

"Gia, non farlo!" la supplicò Raffaele. "Ti farò riavere i soldi, lo prometto. Metti giù quell'affare!"

Gia schioccò le dita. "Hai una penna, Harry? Ho bisogno che tu scriva qualcosa. Kat, prendi il tuo portatile. Recupereremo i miei soldi adesso."

Pochi istanti dopo Kat tornò, con dei vestiti asciutti e il portatile. Sedette al bar e aspettò che si accendesse. Le sue preghiere furono ascoltate e ottenne una debole connessione a internet. Dopo quella che sembrava un'eternità, navigò sul sito della prima banca del Costa Rica e inserì la password che Frank aveva fornito. "Oh-oh, Gia. Dice che la password non è valida."

"Non raccontarmi bugie, Frank." Gia strinse due fascette attorno alla maniglia della radio. Fece una catena con le fascette rimanenti e le fece scivolare sull'estremità di un manico di scopa. Ora poteva tenere la radio sospesa sopra il pelo dell'acqua ed essere isolata dallo shock elettrico se fosse entrata in contatto.

La radio penzolava precaria sopra Frank, come una canna da pesca con l'esca appesa all'amo. Il dj radiofonico annunciò l'intro di "Turning Tables" di Adele.

"Non riesco a pensare con te che tieni quella radio sopra di me. Mettila giù."

"No, Frank." Gia scosse la testa. "Penso che la radio sia un grosso incentivo." La fece dondolare avanti e indietro descrivendo un arco sopra di lui. La voce di Adele si affievoliva per poi tornare a salire a ogni passaggio. "È anche ipnotica, in un certo senso."

"Fermati!" Le lacrime scorrevano sulle guance di Frank. "Te lo dirò. Non uccidermi."

"Mi fai pena, Frank. Davvero." Gia parlò dolcemente. "Peccato che tu non abbia dato a Melinda ed Emily un'ultima occasione. Anche loro hanno implorato per le loro vite?"

"Si sono meritate quello che è successo."

"Una bambina di quattro anni, Frank? Come hai potuto essere

così spietato?" Gia scivolò sul ponte e per poco non perse l'equilibrio.

"Attenta!" La voce di Frank si alzò di tono. "Mi ucciderai se fai cadere quell'affare."

"Melinda ed Emily meritavano di morire, ma tu meriti di vivere? Come funziona, Frank?" Gia abbassò la radio fino a farla dondolare a pochi centimetri dalla sua testa.

"Basta." Le lacrime continuavano a scorrere sul volto di Frank. "Cosa vuoi da me?"

"Le password della banca, tanto per cominciare."

Frank ripeté velocemente una nuova password, una combinazione di lettere e numeri.

Harry scarabocchiò sul bloc notes, aggiungendola alla lunga lista di conti e password.

Kat inserì la password e premette invio. "Sono dentro." Controllò le transazioni. Erano iniziate tutte due settimane prima, il che significava che Gia era quasi certamente la vittima defraudata. Le sfuggì un fischio quando vide la cifra.

"Trecentomila? È quello il tuo investimento?"

Gia annuì. "La maggior parte viene dall'ipoteca sul mio salone. Puoi recuperarli?"

Kat studiò le transazioni nel dettaglio. "Credo di sì." Aprì una nuova transazione, l'esatto opposto di quella originale. "Questi sono i dettagli del tuo conto?"

Gia annuì.

Kat trattenne il respiro e premette invio.

"Ha funzionato?"

Kat annuì.

"Ehi! Quelli sono i miei soldi," gridò Frank. "Ridammeli."

"Uh-uh," disse Harry. "Anch'io rivoglio i miei soldi. Dov'è il mio assegno?"

Frank glielo disse e Jace scomparve dentro la barca.

Gia batté le mani, facendo quasi finire la radio in acqua. "Almeno ho recuperato i soldi."

"No, non lo sappiamo ancora," disse Kat. "É ancora il fine settimana, quindi la transazione potrebbe essere rifiutata quando la banca aprirà lunedì. Non c'è modo di saperlo con certezza fino ad allora."

Gia si voltò verso Frank. "Non sono mai stati i tuoi soldi, Frank."

Frank batteva i denti. "P-posso uscire da qui?"

"Uh-uh." Gia stava assaporando il controllo che esercitava su Frank. "Non per il momento, almeno. Non andrai da nessuna parte finché non avremo fatto in mille pezzi gli assegni di Jace e Harry."

Jace tornò dopo qualche minuto con il suo assegno e quello di Zio Harry. Ne porse uno a Harry e strappò il suo in piccoli pezzi. "É un sollievo. Immagino che siamo al punto di partenza."

"Non proprio," Kat era sollevata che Jace avesse scritto un assegno invece che trasferire i fondi. Con gli assegni distrutti, tutto era tornato alla normalità. Almeno dal punto di vista economico. "Frank qui ha ucciso la sua famiglia e noi dobbiamo fare in modo che venga fatta giustizia. Dov'è Pete?" Non era tornato da dentro.

"Se n'è andato da un pezzo." Jace indicò l'isola. "Il gommone era sparito, ma l'ho visto in acqua. Credo che abbia nuotato fino a riva."

CAPITOLO 40

Era quasi mezzanotte quando la Guardia Costiera finalmente rispose ai loro segnalatori. Li trasferirono dallo yacht sulla loro imbarcazione, dopo aver trascinato via Frank e averlo chiuso da qualche parte a bordo. Tremava ancora per il suo bagno, il che si dimostrò un modo molto efficace per tenerlo tranquillo.

Frank rifiutò di parlare coi suoi salvatori, tranne che per chiedere un avvocato.

L'imbarcazione della guardia costiera ritornò al porto di Victoria e trovò la polizia ad attenderla. Gli agenti salirono a bordo e portarono via Frank in manette. Mentre veniva caricato su un furgoncino della polizia, lo osservarono. Il suo sorriso smagliante si era trasformato in uno sguardo arrabbiato e i suoi abiti firmati erano stati sostituiti da pantaloncini da ginnastica presi in prestito e una maglietta macchiata di grasso.

"Non posso dire che ne sentirò la mancanza," disse Jace. "Però seguirò il suo processo. Credi che sarà condannato?"

"Ne sono sicura. Le telecamere di sicurezza hanno registrato tutta la sua confessione." Kat aveva sperato che fossero in funzione e la polizia l'aveva appena confermato. "Dovrebbero essere tutte le prove di cui hanno bisogno."

"Chi riporterà lo yacht a Vancouver?" Harry guardò con nostalgia in lontananza, verso il mare. "Mi piacerebbe navigarci ancora."

"Il *Catalyst* proviene da Friday Harbor, non da Vancouver. È stato rubato, ricordi?" Lo yacht aveva bisogno di riparazioni dopo la distruzione di Frank e il proprietario doveva essere contattato. Una volta che fossero state raccolte le prove, sarebbe tornato al sicuro al suo legittimo proprietario.

"Magari un giorno sarò abbastanza ricco da comprarlo."

Jace rise. "Non contarci, Harry. Inoltre i soldi non sono tutto."

"Certamente no," Harry si dichiarò d'accordo. "Almeno ho celebrato un matrimonio. Peccato che la cosa non abbia funzionato."

"Di certo è un matrimonio da ricordare." Gia gli diede una pacca sulla spalla. "Andrà tutto bene. Ne sono sicura."

Trascorsero le ore successive alla stazione di polizia, dove fornirono ulteriori dettagli sulla loro disavventura. Raffaele si era chiuso a riccio, ma la sua confessione registrata e le prove raccolte da Kat e gli altri erano abbastanza per accusarlo formalmente di diversi reati. Oltre alle accuse di frode, doveva affrontare l'accusa di omicidio di primo grado per la morte di Anna Melinda Bukowski ed Emily Bukowski.

In più, a Washington lo avrebbero accusato del furto dello yacht.

"Me n'ero quasi dimenticata." Kat porse una piccola scatola all'ufficiale di polizia. Conteneva il portafogli di Melinda, i passaporti di Frank e gli anelli di fidanzamento falsi. "Vi serviranno."

"Per gli sciocchi e i traditori, niente." Jace sorrise.

"Fratello XII potrà aver portato via il suo oro, ma Frank di sicuro non c'è riuscito," disse Kat.

Zio Harry inarcò le sopracciglia. "Huh?"

"La storia si ripete, Harry. Solo che questa volta c'è il lieto fine. Questa volta il ladro non è riuscito a farla franca." Senza dubbio nelle settimane successive sarebbero emersi altri dettagli sui crimini di Frank, ma Kat aveva già messo insieme la maggior parte dei pezzi.

Dopo aver ucciso sua moglie e sua figlia, Frank si era diretto a sud su una seconda barca che aveva nascosto nelle vicinanze. Aveva navigato tra le Isole Gulf e attraversato il confine dal Canada negli Stati Uniti. Era arrivato a Friday Harbor sull'Isola di San Juan poche ore dopo aver spedito Melinda ed Emily nella loro tomba d'acqua.

Era rimasto lì qualche settimana, dormendo a bordo della sua barca e tenendo d'occhio la situazione alla ricerca di una barca che non fosse occupata. Era stato allora che aveva notato il *Catalyst*. La barca non era occupata e nessuno si sarebbe accorto che mancava. Aveva assunto Pete e gli altri, portuali che non avrebbero fatto domande se non ne fossero state fatte a loro.

Aveva ridipinto il nome del *Catalyst*, sostituendolo con *Financier* e si era tenuto alla larga dalla polizia. Finché non fosse rimasto troppo a lungo nello stesso posto, nessuno avrebbe fatto domande sulla sua presenza sullo yacht.

La truffa del successo di *Bellissima* gli era venuta in mente quando era entrato nel salone di Gia in centro. Lei era stata semplicemente la prima donna abbastanza ingenua da farsi fregare dal suo fascino.

Il resto era storia.

Era stato un lungo weekend, anche se era solo sabato sera. Kat non vedeva l'ora di arrivare all'albergo che avevano prenotato per la notte. Sarebbero tornati a Vancouver l'indomani, e non aveva intenzione di andarsene tanto presto.

"Hai una buona storia, Jace?" Harry strinse una mano sulla spalla di Jace.

"Oh ragazzi, non le ho sempre?" Jace sorrise. "Un forziere di storie."

$\mathcal{E}$rano passate tre settimane dall'arresto di Raffaele, ma sembrava ieri. Avevano deciso di festeggiare il pericolo scampato da Gia con una grigliata di fine estate. L'aria era fresca mentre il sole affondava basso sull'orizzonte. Kat si strinse lo scialle attorno alle spalle. Era sempre entusiasta dell'autunno imminente, era un momento perfetto per ricominciare, e nessuno lo meritava più di Gia. Era solo grata che la sua amica avesse avuto una seconda occasione.

Jace e Harry presidiavano la griglia, mentre Kat e Gia sedevano al tavolo del portico e si occupavano dei loro Margarita. La loro casa era un grosso passo indietro rispetto al lusso del *Financier*, ma almeno l'avevano comprata onestamente.

"Un brindisi." Kat fece tintinnare il bicchiere contro quello di Gia. "Siamo sani e salvi, così come i tuoi soldi."

"Grazie a dio," disse Gia. "Sono così felice che tu mi abbia fatta ragionare. Non volevo crederci, ma alla fine avevi ragione. Raffaele —voglio dire, Frank—era davvero solo a caccia dei miei soldi."

"Vorrei che le cose non fossero andate così. Deve essere sembrata una favola."

Gia guardò in lontananza con aria nostalgica. "Era come un sogno. Come sono riuscita a farmi fare il lavaggio del cervello in quel modo? Lo so… bello da morire, intelligente e pure ricco. È solo che mi ha fatta sentire così speciale, Kat. Come se fossi una stella del cinema o qualcosa del genere. È agrodolce, ma nel mio cuore sapevo che era troppo per qualcuno come me."

"È qui che ti sbagli, Gia. Tu eri troppo per lui."

Il chiavistello del cancello scattò e si voltarono entrambe. Pete le salutò con la mano, l'aria raggiante, mentre camminava verso Jace e Zio Harry alla griglia.

"Ora ecco qualcun'altro che merita un nuovo inizio," disse Gia. "Pensa, se non ti fossi persa in quella grotta non avremmo conosciuto Pete."

Kat annuì. "A volte le persone non sono quello che sembrano." Pete era un esempio tipico. Era solo qualcuno che aveva perso la strada e la speranza.

Pete aveva abbandonato la nave, ma non si era dimenticato di loro. La sua paura verso la polizia derivava dagli scontri di molti anni prima, quando era un senzatetto. Aveva trascorso alcuni decenni facendo lavoretti, qualsiasi impiego riuscisse a trovare. Zio Harry gli aveva trovato un posto dove stare da quelle parti, in un piccolo appartamento di un palazzo senza ascensore. Lavorava come custode e tuttofare in cambio dell'alloggio.

"La prossima volta ti ascolterò prima di dare tutti i miei soldi a un tizio appena incontrato. Non riesco a credere che tu sia riuscita a recuperarli," disse Gia.

Kat agitò una mano per minimizzare. "Ho solo digitato qualche numero. Tu e la radio avete fatto tutta la differenza."

Gia rise. "Non riesco a credere di averlo fatto davvero. Forse avevo ancora le droghe in corpo."

"A me sembravi piuttosto concentrata," disse Kat. "Sono felice che alla fine tutto sia andato bene."

"Difficile da credere che me la sia bevuta." Gia bevve un sorso del suo drink. "Tutto di quel ragazzo era solo facciata, creata con i soldi di altre persone. Ancora non riesco a credere che abbia ucciso la sua famiglia. E pensare che avrei potuto essere la prossima." Gia si accarezzò il collo distrattamente. "Credi davvero che mi avrebbe uccisa, Kat?"

"Prima o poi."

"Lo dici come se niente fosse."

"Certo che l'avrebbe fatto. Ha ucciso Melinda dopo quattro anni di matrimonio. Non eri niente per lui."

Gia inspirò bruscamente. "Davvero, Kat? Dovresti lavorare un po' sulla mancanza di tatto."

"Le persone come quella non hanno sentimenti per nessuno se non per loro stessi. Frank era un assassino a sangue freddo e senza cuore. Le mie parole possono essere dure, ma è meglio guardare in faccia la realtà." Il portafogli di Melinda era la chiave che aveva svelato l'inganno di Frank. Kat era sorpresa che l'avesse tenuto. Probabilmente lo considerava più come un trofeo che altro, visto che non c'era un briciolo sentimentale nel suo corpo.

"Alcune ragazze hanno tutte le fortune." Gia si attorcigliò una ciocca di capelli tra le dita mentre sedeva di fronte a Kat. "Io non così tanto."

"Devo dissentire," disse Kat. "Hai una vita meravigliosa. Guarda tutto quello che hai."

Gia sorrise. "E pensare che ho perso quasi tutto a causa di quell'idiota."

Gli uomini si unirono a loro, a tavola, con piatti pieni di bistecche e patate al forno.

Zio Harry mise una cucchiaiata di insalata di cavolo sul suo piatto e si voltò verso Pete. "Perché bighellonavi a Friday Harbor se non lavori sulle barche?"

"Non ho mai detto che non lavoravo sulle barche," disse Pete. "Solo non facevo parte di un equipaggio."

Harry corrugò la fronte.

"Faccio oggetti in legno su richiesta, lavori di carpenteria, quel genere di cose. Sto intorno al porto e le voci girano." Fece una pausa. "Sono economico."

"Credo di poterti trovare qualche altro lavoro. Se lo vuoi, ecco." Gia si voltò verso Kat. "Sono felice che tu abbia recuperato i miei soldi, perché ho un altro investimento in ballo."

"Gia, non farlo. Io e te non siamo proprio fortunati." Zio Harry si alzò e tornò verso la griglia.

"Non è quel genere di investimento, Harry. Sto rinnovando il mio salone. Il miglior investimento che posso fare è in me stessa e credo che Pete possa aiutarmi."

"Posso dare un'occhiata domani." Pete masticò un boccone di bistecca.

"Va tutto bene." Kat si voltò verso Gia. "Sono felice che sia tutto a posto adesso."

"Quasi tutto," disse Gia. "Tranne che sono ancora sposata con quell'idiota."

"Forse, o forse no," disse Kat.

Gia si illuminò. "Cosa vuoi dire con forse no?"

"Ho chiamato un amico avvocato. Il tuo caso è un po' complicato, ma in pratica Raffaele non poteva sposarti visto che è già sposato con qualcun'altro."

Gia inspirò bruscamente. "Ma non erano più sposati. Voglio dire, lei era… morta."

"Povera Melinda. È vero, era già morta prima della cerimonia del tuo matrimonio."

"Allora non vedo come…."

"Non era ancora stato emesso un certificato di morte. Come vedovo, non era libero di sposare qualcun'altro finché non fosse stato emesso quel certificato. Questo significa che il tuo matrimonio non era legale tanto per cominciare." Le vennero in mente le notizie in televisione e tremò al pensiero che Gia avrebbe potuto subire lo stesso fato. "A parte questo, la licenza di matrimonio è stata emessa a nome di Raffaele, non Frank. Il matrimonio non è valido a causa di questo falso."

Gia era raggiante. "Non sono sposata dopo tutto?"

"Esatto. Non devi farlo annullare o divorziare o niente del genere."

"Ti ho detto che sono stata fortunata," disse Gia.

"La chiami fortuna?" Kat rise. "Peccato che tu non sia stata abbastanza fortunata da evitarlo fin dal principio."

"Ho imparato la mia lezione. Non mi fiderò mai più dei ragazzi sexy e nemmeno ne sposerò uno. Almeno non nell'immediato."

"Cos'è questa storia di sposarsi?" Zio Harry tornò a sedere con una seconda bistecca. "Sono disponibile per cerimonie nuziali più avanti questo mese."

"Rilassati, Harry," disse Gia. "Non sto convolando. Ho deciso che non mi serve per forza un uomo. Sono un'abitudine piuttosto costosa."

"Te la cavi alla grande da sola," disse Kat. "È la ragione per cui Raffaele ti ha presa di mira fin dall'inizio."

"E la prossima volta, comanderò io." Gia ridacchiò. "Voglio un uomo che mi voglia per me stessa, non per i miei soldi."

"Sono felice che tu sia tornata in te," intervenne Harry. "Ho capito che quel tipo portava guai dal momento in cui l'ho visto."

Kat sollevò le sopracciglia. "Davvero?"

"Già. Ma non c'è niente di sbagliato nel matrimonio. Speravo di convincere un'altra coppia."

"Vuoi dire Kat e Jace?" Gia si voltò verso Kat. "Perché no? Potremmo tenere la cerimonia proprio qui. Possiamo andare a cercare un vestito domani."

Harry si sfregò le mani. "Indosserò il mio smoking. Per la prima volta da vent'anni. Spero che mi vada ancora."

Jace sorrise a Kat. "Ci stanno incastrando?"

"Posso stirarti i capelli?" Gia si voltò verso Kat. "Ho un nuovo prodotto che voglio provare su di te."

"Neanche morta." Kat si passò le dita tra i capelli. "I miei capelli mi piacciono così come sono."

Si voltò verso suo zio e sorrise. "Ti prometto che sarai il primo a saperlo quando ci sposeremo." Lei e Jace non facevano i misteriosi di proposito, ma non erano ancora pronti a condividere i loro progetti. Il tempismo era tutto e a volte il piano migliore era non fare piani.

Ti è piaciuto *Il Lusso della Morte?* Puoi proseguire la lettura con *Acque torbide*, il prossimo titolo della serie.

Volete essere i primi a sapere quando escono nuovi volumi? Registratevi sul sito

Newsletter:

http://eepurl.com/c0jCIr

Sito:

www.colleencross.com

Questa è un'opera di fantasia, ma ci sono alcuni affascinanti fatti storici intrecciati alla storia. Le figure storiche del mio romanzo sono quasi dimenticate oggi, ma la storia spesso si ripete e questa non fa differenza.

La cosa migliore dello scrivere fiction è poter inventare storie. Al secondo posto c'è la possibilità di fare ricerca sui fatti e immaginare una esperienza di prima mano. Quindi quali sono i fatti e quali le invenzioni?

La storia di Raffaele e Gia è pura fantasia, anche se truffe simili sull'amore e i soldi accadono di continuo. Vorrei che non fosse così, ma succedono. Anche Pete è completamente inventato e non è un discendente di Fratello XII.

Fratello XII è un fatto. Era una persona reale e la sua storia è per lo più composta da fatti, con qualche tocco di invenzione qua e là. Il suo vero nome era Arthur Edward Wilson. I marinai della costa occidentale che viaggiano lungo la Costa Pacifica del Canada riconosceranno il nome di Fratello XII e conosceranno il Covo dei Pirati, l'Isola di De Courcy e l'Isola di Valdes.

Fratello XII (ortografia preferita da lui, non da me) istituì la

Fondazione Acquariana vicino a Nanaimo, nella British Columbia nel 1920. Fratello XII e il suo famigerato culto erano famosi in tutto il mondo per le previsioni sulla fine del mondo che fecero negli anni Venti e Trenta, eppure oggi sono quasi del tutto dimenticati.

Quando il suo culto iniziò ad attirare controlli più minuziosi, lui e i suoi seguaci si trasferirono al largo sulle piccole Isole di Valdes e De Courcy. Ho concentrato la storia soprattutto sull'Isola di De Courcy, piuttosto che in località multiple, per semplicità. Ho anche cambiato la geografia, la topografia e la posizione della grotta per adattarla alla storia moderna.

Persone carismatiche come Fratello XII appaiono con sorprendente regolarità nella storia. Ogni pochi anni incantano persone ingenue con sistemi di credenze, combinando il culto della personalità, il misticismo e la religione. Capitalizzano il nostro desiderio di essere parte di qualcosa di più grande di noi. Troppo spesso i risultati sono tragici.

L'oro seppellito nelle giare è un fatto, secondo resoconti confermati degli anni Venti. Se siano ancora sepolte è un'altra storia. Anche se la stima di mezza tonnellata di monete era troppo perché Fratello XII potesse portarla con sé sul suo peschereccio, è molto improbabile che l'oro sia rimasto intoccato e nascosto durante il decennio circa in cui il culto era attivo. Dubito anche che sia rimasto sull'isola, anche se il mito resiste. È più probabile che Fratello XII abbia gradualmente esaurito le riserve d'oro nel corso degli anni e abbia preso quello che rimaneva quando ha lasciato definitivamente l'Isola di De Courcy, nel 1933.

O forse mi sbaglio, e qualche fortunato troverà il tesoro. A mille dollari l'oncia, varrebbe più di quindici milioni di dollari oggi.

Il passaggio sottomarino tra le due isole è un fatto. Nella mia storia collega le isole di De Courcy e di Valdes. In realtà, il tunnel sottomarino collega la grotta sull'Isola di Valdes e l'Isola di Thetis, non di De Courcy. Il cunicolo sotterrano è duecento metri sotto l'ingresso della grotta. Il passaggio era ben noto ed è stato usato dai Salish della costa per i riti di iniziazione per almeno centinaia, e probabilmente migliaia, di anni, fino a quando il terremoto del tardo diciannovesimo secolo l'ha reso impraticabile. Sarebbe stato bloccato anche ai tempi di Fratello XII. Ma se non lo fosse stato, sospetto che avrebbe nascosto lì le sue monete d'oro.

E sapete già che Kate, Jace e Harry sono frutto della mia fantasia. Esistono solo nella mia immaginazione ma sono molto reali per me!

Spero che vi sia piaciuto leggere *Il Lusso della Morte*, il terzo libro nella serie dei *Thriller di Katerina Carter* e la sesta storia di Katerina Carter. Potete trovare altri titoli della serie *Il Colore dei Soldi* di Katerina Carter, se volete leggere altre storie. Finché i lettori come te apprezzeranno le mie storie, continuerò a scriverle. Se ti è piaciuto *Il Lusso della Morte*, puoi trovare i miei libri qui.

Puoi tenerti aggiornato sulle ultime uscite iscrivendoti alla mia newsletter semestrale su www.colleencross.com

ALTRI ROMANZI DI COLLEEN CROSS

Trovate gli ultimi romanzi di Colleen su www.colleencross.com

Newsletter: http://eepurl.com/c0jCIr

I misteri delle streghe di Westwick

Caccia alle Streghe

Il colpo delle streghi

La notte delle streghe

I doni delle streghe

Brindisi con le streghe

I Thriller di Katerina Carter

Strategia d'Uscita

Teoria dei Giochi

Il Lusso della Morte

Acque torbide

Con le Mani nel Sacco – un racconto

Blue Moon

Per le ultime pubblicazioni di Colleen Cross: www.colleencross.com

Newsletter:
http://eepurl.com/c0jCIr